KB195680

미로 속 아이

미로 속 아이

초판 1쇄 발행일 2024년 12월 17일 | **초판 2쇄 발행일** 2024년 12월 19일
지은이 기욤 뮈소 | **옮긴이** 양영란 | **펴낸이** 김석원 | **펴낸곳** 도서출판 밝은세상
출판등록 1990. 10. 5 (제 10 - 427호) | **주소** (10881) 경기도 파주시 문발로 119, 202호
전화 031-955-8101 | **팩스** 031-955-8110 | **메일** wsesang@hanmail.net
블로그 blog.naver.com/balgunsesang8101 | **인스타그램** www.instagram.com/wsesang

ISBN 978-89-8437- 494-2 (03860) | **값** 18,500원
잘못된 책은 구입한 곳에서 교환해 드립니다. | **일러두기** 각주는 모두 옮긴이 주입니다.

미로 속 아이

Quelqu'un d'autre

§

§

기욤 뮈소 장편소설
Guillaume Musso

§

양영란 옮김

밝은세상

오직 한 번만 살 수 있다는 건
전혀 살아보지 못하는 것과 같다.

_밀란 쿤데라

차례

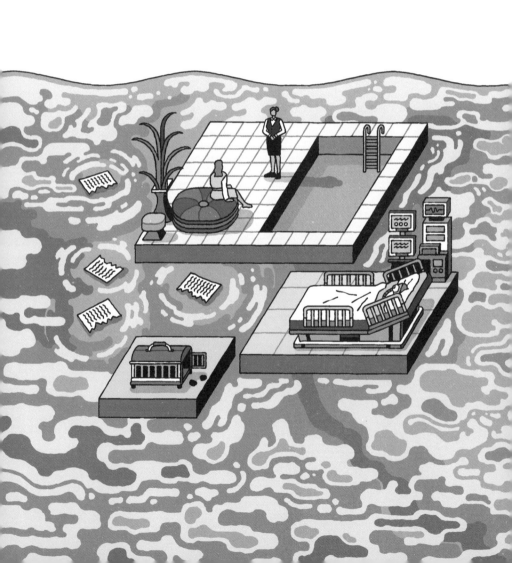

I

요트에 탑승한 여인

1. 사람들이 피하는 것

모든 것은 끊김에서 시작된다.
_폴 발레리

코트다쥐르, 칸 만

구름 한 점 없는 코발트빛 하늘이 최면을 걸듯이 눈길을 잡아끈다. 현기증이 날 정도로 높고 푸른 하늘이다. 요트 위를 맴돌던 한 무리의 갈매기들이 습기라고는 전혀 없는 청명한 대기를 가로지르며 날아간다. 은빛 파도가 밀려올 때마다 45피트 요트가 간헐적으로 출렁거린다.

오리아나 디 피에트로는 밀라노에서 항공기에 탑승해 세 시간 전 니스에 도착했다. 그녀는 니스에 내려서자마자 항무관 사무실에 전화해 〈루나 블루호〉의 출항 준비를 부탁하고 나서 칸으로 직행했다. 이제 곧 결정을 내려야 할 일이 어떤 결과를 낳게 될지 요트에서 휴식을 취하며

11

냉정하게 따져볼 시간이 필요했다.

〈루나 블루호〉는 레렝 제도의 가장 큰 두 개의 섬 사이 바다에 닻을 내려 정박한다. 오리아나는 이번 여행이 마음을 차분하게 가라앉혀주는 한편 중대한 결정을 앞두고 냉철한 판단을 내리는 데 도움이 될 거라 기대한다. 그녀는 소파 쿠션을 선베드처럼 꾸며놓은 자리에 비스듬히 눕는다. 저 멀리 눈이 시리도록 파란 수평선, 위풍당당하게 솟아 있는 에스테렐 산맥, 생토노레의 요새와 수도원의 모습이 눈에 들어온다.

오리아나는 니스의 푸른 바다와 주변의 눈부신 풍경을 바라보면서 긴장을 풀고 여유를 찾길 바라지만 끝내 초조하고 불안한 마음을 떨쳐버릴 수 없다. 그녀는 몸을 반쯤 일으킨 상태로 선글라스를 벗고 바다를 둘러본다. 마치 누군가가 수은을 잔뜩 풀어놓은 듯 바다는 어느새 어두운 물색으로 변해 있다. 위험이 가까이 있다는 불길한 예감이 강한 전류처럼 뇌리를 스쳐 지나간다.

오리아나는 온몸에 소름이 돋는 걸 느끼며 파레오로 하체를 감싼다. 가까이에서 분명 인기척이 느껴졌다. 조타수나 경호원을 데려오지 않은 걸 후회했지만 이제는 소용없는 일이다. 그녀는 아래층 갑판으로 내려와 조타실 내부를 살펴보고 나서 선체를 따라 이어진 창문을 통해 객실 안을 들여다본다. 전혀 이상한 점을 발견하지 못했지만 좀처럼 불안감이 가시지 않는다.

나는 지금 누굴 두려워하는 걸까? 아드리앙? 아이들? 아니면 가증스러운 아델 켈레르?

오리아나는 복부를 꽉 조여오는 압박감에서 벗어나고자 심호흡했지만 여전히 산소 결핍이 느껴지는 동시에 온몸에 소름이 돋는다. 햇볕이 쨍쨍 내리쬐는 가운데 습기라고는 전혀 없이 건조하던 공기가 별안간 끈적거리기 시작하더니 갑자기 숨쉬기가 답답하고 거북해진다.

몸을 돌리는 순간 다시 한번 인기척이 느껴진다. 분명 누군가 가까이 있는데 시야에 포착되지 않는다. 트랩 쪽으로 몸을 숙인 순간 요트의 승강구에 묶여 있는 고무보트 한 척이 눈에 들어온다. 누군가 요트에 올라탔다는 뜻이다. 관자놀이에서 요란하게 뛰는 심장박동이 느껴진다.

오리아나는 다시 플라이 브릿지로 올라가려다가 너무 허둥대는 바람에 사다리 계단에서 발을 헛디뎌 갑판으로 떨어진다. 잠시 머릿속이 아득해졌다가 눈을 떴을 때 햇빛을 막고 서서 자신을 내려다보고 있는 실루엣이 눈에 들어온다. 검은색 잠수복을 착용한 괴한은 쇠꼬챙이인지 부지깽이인지 모를 무기를 손에 들고 있다. 얼굴에 복면을 뒤집어쓰고 있었지만 오리아나는 괴한의 정체를 알아보았고, 그 순간 숨이 멎을 것 같은 공포감이 밀려든다. 그녀가 대적할 수 있는 상대가 아니다. 괴한이 휘두른 쇠꼬챙이가 머리와 목을 가격했고, 오리아나는 미처 비명을 지를 새도 없이 정신을 잃고 쓰러진다. 그녀의 몸에서 흘러나온 피가 갑판을 적시는 동안 갈매기 울음소리만이 하염없이 울려 퍼진다.

2. 사람들이 아는 것

진실이란 환상에 불과한데, 다만 우리는 그것이 환상이라는 사실을 잊고 살아갈 뿐이다.
_프리드리히 니체

레렝 제도 부근에 정박해둔 요트에서 괴한에게 피습당한
이탈리아 기업가의 상속녀 오리아나 디 피에트로!

《니스 마탱》 2023년 5월 6일 자

이탈리아 기업가인 카를로 디 피에트로의 딸 오리아나 디 피에트로가
지난 금요일 저녁 레렝 제도 부근에서 정박 중이던 요트에서 무참하게 폭
행당해 정신을 잃은 상태로 발견되었다.
요트 피습사건이 벌어진 레렝 제도 인근은 더할 나위 없이 매혹적인 장

소로 유명하다. 금요일 저녁에 비극이 발생한 장소가 하필이면 레렝 제도에서 가장 큰 섬인 생트 마르그리트 섬과 생토노레 섬 사이 해상이라서 더욱 큰 충격을 주고 있다. 그 지역은 코트다쥐르에서도 가장 아름다운 풍광을 자랑한다.

종군기자 출신이자 성공한 출판업자인 오리아나 디 피에트로

디 피에트로 가문 소유인 〈루나 블루호〉는 레렝 제도 인근에서 정박해 있다가 최초 목격자에게 발견되었다. 저녁 8시 30분에 배를 끌고 항구로 들어오던 에덱 비즈니스 스쿨(EDHEC Business School) 여학생 두 명이 요트 갑판에 쓰러져 있는 피해자를 처음 발견했다. 두 여학생이 요트에 올라가 확인해본 결과 피해 여성을 숨진 상태로 판단하고 즉시 지중해 해양구조대인 '크로스 메드'에 신고했다. 크로스 메드는 구호팀을 편성해 현장에 급파했다.

피해자는 이탈리아 출신 기자이자 출판업자인 오리아나 디 피에트로로 밝혀졌다. 올해 나이 서른여덟 살이고, 저명한 기업가인 카를로 디 피에트로의 상속자다. 오리아나의 몸에 남아 있는 수많은 상해 자국으로 미루어 볼 때 범인은 쇠꼬챙이를 사용해 무자비한 폭력을 가한 것으로 추정된다. 피해자는 의식을 잃은 상태로 시몬 베일 병원 응급센터로 이송되었다.

참혹했던 범행 현장

최초로 피해자를 발견하고 신고한 두 여학생 가운데 하나인 파니 앙젤리는 사건 현장이 이루 말할 수 없이 참혹했다고 증언했다.

"갑판 전체가 온통 피투성이였어요. 피해자의 얼굴에는 깊게 베인 상처 자국이 있었고요."

니스 경찰청 강력반이 레렝 제도 인근 해상에서 벌어진 요트 피습사건 수사를 맡게 되었다. 사고 당일인 어제 오후까지만 해도 날씨가 더없이 화창했는데 늦은 오후부터 갑자기 기상이 악화되기 시작했다. 저녁 무렵부터 기상 여건이 더욱 나빠지면서 요트 계류장을 찾는 인적이 드물었다. 요트 피습사건이 발생한 금요일 저녁 직후 요트 계류장을 방문한 사람들에 대한 탐문 수사가 시작되었다. 수사에 착수한 니스 경찰청 강력반은 시민들에게 요트 피습사건과 관련해 지극히 사소한 정보라도 즉시 제보해주길 바란다고 당부했다.

경찰 수사팀에서 흘러나온 소식에 따르면 오리아나는 요트 피습사건이 발생한 레렝 제도 인근 지리에 익숙할뿐더러 앙티브 곶에 '아나벨'이라는 이름의 저택을 보유하고 있지만 정작 바다에 정박해둔 요트에서 피습사건이 벌어졌을 당시에는 주변에 아무도 없이 혼자였다고 한다. 피해자의 남편인 재즈 피아니스트 아드리앙 들로네와 두 자녀는 며칠 전부터 앙티브 곶 저택에서 체류하고 있었다.

§

오리아나 디 피에트로의 피습 소식으로 들끓는 이탈리아

《바르 마탱》 2023년 5월 7일 자

이틀 전 요트에서 피습당해 시몬 베일 병원 중환자실에 입원하고 있는 오리아나 디 피에트로는 매우 위중한 상태로 알려졌다.

시몬 베일 병원의 의료진은 말했다.

"오리아나는 여전히 의식을 회복하지 못하고 있습니다. 두개골 외상을 비롯해 흉부와 목에 셀 수 없이 많은 상처를 입었고, 팔다리에도 여러 군데 골절상을 입은 상태입니다."

§

오리아나 디 피에트로 사건
온갖 가설만 난무할 뿐 확실한 증거 없어

《니스 마탱》 2023년 5월 7일 자

단순 강도 사건이 아닌 계획적 폭행 사건이었을까? 신원 미상의 초대 손님과의 언쟁이 참혹한 폭행 사건으로 이어졌을까? 아니면 처음부터 살인을 목표로 했으나 미수에 그친 사건일까? 현재 경찰의 오리아나 피습사건 수사는 전혀 실마리를 찾지 못하고 있다.

토요일 아침, 해양 경찰 소속 잠수부들이 오리아나 피습사건 관련 단서를 찾기 위해 요트가 정박해 있던 바닷물 속을 수색했지만 아무런 성과가 없었다. 전날, 과학수사대 요원들은 길이 15미터에 F45 플라이 브릿지 모델인 〈루나 블루호〉 내부를 샅샅이 수색했으나 변변한 단서를 확보하지 못했다.

사건 당일 요트 계류장에 드나든 사람들을 대상으로 진행된 탐문 수사 역시 별 소득 없이 마무리되었다. 몇몇 사람들은 고무보트 한 척이 레렝제도 해상에 정박해 있던 〈루나 블루호〉 근처로 접근해가는 모습을 보았다고 증언했다. 하지만 경찰은 아직 그 고무보트가 어디에 있고, 주인이 누구인지 파악하지 못한 상태다.

이탈리아에서는 살인 청부업자와의 계약에 따라 치밀하게 계획된 범죄일 수도 있다는 가설이 힘을 얻고 있다. 오리아나에 대해 잘 알고 있다는 익명의 인사는 마피아 개입설을 주장해 눈길을 끌었다.

"오리아나는 기자와 출판업자로 일하는 동안 여러 마피아 조직과 이해관계가 복잡하게 얽혀 큰 갈등을 빚어왔습니다. 오리아나는 나폴리 마피아, 유럽 지역의 마약 커넥션, RAF(독일의 극좌파 무장단체)와 연관되어 있었죠."

디 피에트로 그룹 대변인은 오리아나의 마피아 관련설을 터무니없는 모함이라며 반박했다.

"오리아나 디 피에트로 여사가 마피아와 관련되었다는 주장은 전혀 근거 없는 낭설입니다. 이 시간 이후로 모든 발언에 신중을 기해주길 바라며 사실에 근거하지 않는 주장이나 가설에 대해서는 상응하는 법적 책임을 물을 방침입니다. 부디 피해자가 의식을 되찾아 그날 일을 명백하게 증언해줄 때까지 근거 없는 억측을 삼가길 바랍니다."

§

**저명한 기업가의 상속자이자 우상 파괴적인 행동에
앞장섰던 오리아나 디 피에트로는 어떤 인물인가?**

밀라노에서 태어난 오리아나 디 피에트로는 저명한 기업가 카를로 디 피에트로의 딸이다. 1984년 6월 18일생인 그녀는 이복동생 스테파노보다는 아홉 살 연상으로 알려져 있다. 로마실험영화센터를 졸업한 오리아나는 학창 시절에 모델로 활동했다. 이후에는 2005년 《RAI(이탈리아 공영방송)》에서 지역 문화계 소식을 전하는 프리랜서 기자로 사회활동을 시작한 뒤 줄곧 해외 특파원을 지냈다. 과거 유고슬라비아 내전과 체첸공화국의 전쟁 당시에는 종군기자로 명성을 떨쳤다. 《코리에레 델라 세라》에 보코 하람*의 반란, 멕시코 정부가 펼친 마약과의 전쟁, 수단 다르푸르에서 자행된 참혹한 인종 학살 등을 다룬 기사를 기고해 세계 전역에 충격을 안기기도 했다.

2010년에 다시 《RAI》로 복귀한 오리아나는 카메라 기자이자 사진작가인 풀비오 클레멘테와 자주 한 팀을 이루어 활동했다. 《RAI》 채널을 통해 이탈리아 시청자들에게는 낯익은 인물이 된 그녀는 '아랍의 봄'을 취재한 이후 리비아와 시리아를 거점으로 활동하면서 중동 전문기자로 활동 범위를 넓혀갔다.

2013년에 중동에서 취재 활동을 펼치던 오리아나는 다른 네 명의 기자

*나이지리아의 이슬람 극단주의 테러 조직

들과 함께 무장 이슬람 용병들에게 납치당했다. 《RAI》소속 세 명의 기자들과 두 명의 프리랜서 기자들은 이비드 지역에서 수 주일 동안 인질로 잡혀 있는 동안 수시로 생명의 위협을 받았다. 납치범들은 그들에게 스파이 활동을 벌인 죄를 뒤집어씌우고 여러 감옥을 전전하게 하면서 인민재판정에 세우겠다고 위협하다가 결국 풀어주었다. 이탈리아 정부는 강력하게 부인했으나 납치범들에게 고액의 몸값을 지불하고 얻어낸 대가라는 설이 파다했다. 오리아나는 이슬람 용병들에게 납치되어 지내는 동안 가혹 행위는 없었다고 증언했지만 그 사건은 그녀의 인생에서 지울 수 없는 상처를 남기게 되었다. 그 사건을 계기로 오리아나의 종군기자 경력은 서둘러 막을 내렸다.

2014년, 오리아나는 디 피에트로 가문의 자본을 투입해 〈아넬로 디 지세〉 출판사를 설립했고, 다양한 소설들과 논픽션 작품들을 출판해오고 있다.

§

**오리아나 디 피에트로 사건
수사는 여전히 진행 중**

《AFP》 2023년 5월 10일 자

현재까지 우발적인 강도 사건이 살인미수로 이어졌다는 추론이 힘을 얻고 있지만 니스 검찰청의 필리프 레클뤼즈 검사는 언론을 통해 잘못 보도되고 있는 몇 가지 정보들을 바로잡았다. 아직 고무보트를 타고 정박해둔 요트로 접근한 다음 몰래 승선한 괴한을 직접 눈으로 보았다고 증언한 사람은 없었다. 참혹한 폭행이 자행되던 날 저녁 시간에 정체가 확인되지 않은 고무보트가 요트를 향해 접근해가고 있었다는 증언은 있었으나 그 어떤 영상 자료로도 확인되지 않았다.

니스 경찰청 강력반 수사팀은 아직 우발적인 강도 사건이었는지 사전에 치밀하게 준비된 피습사건이었는지 결론을 내리지 못한 상태이고, 범행 동기에 대해서도 갑론을박하며 결론을 내리지 못하고 있다.

《RAI》에서 기자로 재직 시절 중동의 위험 지역에서 돋보이는 취재 활동을 펼쳐 명성을 얻었고, 이후 출판사를 설립해 괄목할 만한 실적을 거둔 오리아나에게 과연 어느 누가 원한을 품고 그토록 참혹한 피습사건을 저질렀는지 아직 전혀 진상이 밝혀지지 않고 있다.

프랑스와 이탈리아 경찰은 오리아나의 휴대폰 사용 기록과 그녀의 가족관계, 일 때문에 만난 사람들을 탐문 수사하는 데 수사력을 집중하고 있다.

§

여전히 사경을 헤매는 오리아나 디 피에트로

《니스 마탱》 2023년 5월 12일 자

시몬 베일 병원에서 두 번에 걸친 대수술을 받았지만 오리아나의 회생 가능성은 매우 불투명한 상태로 알려졌다. 시몬 베일 병원의 쥘 바르톨레티 외과 과장은 오리아나의 상처가 심각해 당장 섣부른 판단을 내리기보다는 신중하게 차도를 지켜보자는 태도를 취하고 있다.

§

디 피에트로 제국
이탈리아 최고의 기업가 가문에 대한 심층 해부

《로피니옹》2023년 5월 13일 자

2021년에 73세로 유명을 달리 한 카를로 디 피에트로 총수는 주식시장의 시가총액이 일백억 유로에 달하는 거대 기업을 이끈 이탈리아 최고의 기업인 가운데 하나다. 카를로 디 피에트로는 자신의 이름을 딴 안경과 광학렌즈 제조 회사, 은행과 보험사로 이루어진 금융그룹, 세계적인 명성을 누리는 명품 브랜드를 두루 보유한 거대 자산가였다. 스물다섯 살이 될 때까지 보잘것없는 영업사원에 불과했던 그는 그야말로 기적적인 성공을 거두어 초미의 관심을 받았다.

카를로가 사망한 이후 그의 어마어마한 재산은 두 번째 부인 로라, 자동차 레이서인 아들 스테파노, 기자이자 출판업자로 성공한 딸 오리아나에게 균등하게 배분되었다. 디 피에트로 그룹의 상속자들은 GIGE, 즉

디 피에트로의 재산을 총괄하는 지주회사의 지분을 33퍼센트씩 보유하게 되었다. 나머지 일 퍼센트 자산은 카를로의 오른팔로 불리던 아젤리오 카페키가 확보하고 있다. 아젤리오 카페키는 디 피에트로 그룹의 회장에 임명되면서 대외적으로 비치기에는 하나로 똘똘 뭉친 가족 회사의 전문 경영인으로서 이미지를 굳혔다.

§

오리아나 디 피에트로 사건
수사선상에 오른 부부 관계?

《니스 마탱》 2023년 5월 13일 자

오리아나 부부가 극심한 갈등을 겪고 있었다고 증언하는 사람들이 나타났다. 그들 부부와 잘 알고 지낸 어느 지인은 말했다.

"오리아나와 아드리앙은 정열적이면서 파란만장한 관계였어요. 두 사람은 깊이 사랑했고, 서로 상대를 독점하길 갈망했죠."

앙티브 곶에 있는 오리아나의 저택 아나벨에서 가사도우미로 일한 여성은 부부가 싸우는 모습을 여러 번 보았다고 증언했다. 심지어 그들 부부는 자녀들이 보고 있는 자리에서도 언성을 높이며 다투었다는 말을 덧붙였다.

"두 분은 자주 언성을 높이면서 싸웠어요. 오리아나는 툭하면 화를 내기 일쑤였죠. 게다가 화가 치밀면 활화산처럼 폭발하는 기질을 가진 분이 었어요."

그러다보니 오리아나가 부부 싸움을 하다가 그릇을 던져 박살 내버린 일도 더러 있었다.

"그나마 다행스러운 점이라면 두 분의 부부 싸움은 그리 오래 지속되지 않았어요. 상대가 진심으로 미워 다툰다기보다는 사랑을 독차지하기 위한 일종의 애정 싸움이 아닌가 하는 느낌이 들기도 했어요."

가사도우미에 비해 수영장 관리인의 증언은 훨씬 더 신랄했다. 그는 아드리앙 들로네의 입에서 터져 나온 거칠고 위협적인 말들을 그대로 옮기면서 심지어 그가 부인에게 물리적인 공격을 가한 적도 있다고 증언했다.

"아드리앙이 오리아나의 양팔과 어깨를 움켜쥐고 격하게 흔들어대는 모습을 본 적이 있어요. 오리아나의 몸 여기저기에 심한 멍 자국이 남았을 정도였죠."

수사팀은 당시지인 아드리앙 들로네에게 주변 사람들의 증언이 사실인지 확인하고자 몇 번이나 연락을 취했으나 단 한 번도 통화가 성사되지 않았다.

§

의식을 되찾은 오리아나 디 피에트로

《니스 마탱》 2023년 5월 14일 자

디 피에트로 그룹의 상속자인 오리아나 디 피에트로가 요트 피습사건이 발생한 지 열흘 만에 의식을 회복한 것으로 확인되었다. 다만 의료진은 오리아나의 예후에 대해 밝히길 꺼려하고 있다.

§

잠시 의식을 회복했으나 끝내 심각한 상처를 극복하지 못하고 사망한 오리아나 디 피에트로

《니스 마탱》 2023년 5월 15일 자

지난 5월 5일 요트를 타고 레렝 제도로 나갔다가 괴한의 무자비한 공격을 받고 쓰러진 이후 칸의 시몬 베일 병원에서 입원 치료 중이던 오리아나 디 피에트로가 요트 피습사건 발생 열흘 만인 지난 5월 15일 저녁 8시경 서른여덟 살의 나이로 숨졌다. 오리아나는 괴한의 공격을 받고 두개골과 목, 얼굴 부위에 극심한 상처를 입은 것으로 알려졌다. 아직 요트에서 벌어진 무자비한 폭행 사건이 단독범행인지 아니면 공범이 있는지 전혀 밝혀지지 않고 있다.

§

오리아나 디 피에트로 살해 사건은

마르세유재판소에 제소될 예정이다

이탈리아 정부와 디 피에트로 그룹은 오리아나의 사망과 관련한 경찰의 수사가 여전히 진전을 보이지 않고 있어 몹시 우려하고 있다. 조만간 이 사건은 마르세유재판소에 제소될 예정이다. 그 경우 마르세유재판소 수사 판사의 지휘를 받는 마르세유 경찰청과 니스 경찰청이 이탈리아의 밀라노 경찰청과 공조 수사를 벌이게 된다.

§

사망 직전 경찰이 입회한 상태에서
짧은 증언을 남긴 오리아나 디 피에트로

단독 《르푸앵》 2023년 5월 16일 지

오리아나가 사망 직전 강력반 형사가 입회한 가운데 짧은 증언을 남긴 것으로 알려졌다. 다만 경찰은 오리아나의 증언 내용이 무엇인지 확인해주지 않고 있다. 앞으로 이어질 후속 기사에서 내용을 확인하길 바란다.

§

오리아나 디 피에트로 사건

수상한 자금 흐름 포착

《바르 마탱》 2023년 5월 17일 자

경찰은 오리아나가 스위스 제네바에 있는 은행으로 송금한 30만 유로의 자금에 대해 의문을 품고 수사에 착수한 것으로 알려졌다.

§

참고인 자격으로 경찰청에 출두한
오리아나 디 피에트로의 남편 아드리앙 들로네

《니스 마탱》 2023년 5월 18일 자

니스 경찰청 강력반 수사팀은 사건 발생 이후 지금까지 오리아나를 공격해 사망에 이르게 만든 한 사람 또는 복수의 범인들이 무엇을 바라고 범행을 저질렀는지 밝히는 데 수사력을 모으고 있다.

§

오리아나 디 피에트로 사건
경찰 조사를 받고 무혐의로 풀려난 아드리앙 들로네

니스 검찰청의 필리프 레클뤼즈 검사가 아드리앙 들로네를 직접 조사한 결과를 발표했다.

"아드리앙은 부인이 요트에서 살해된 사건과 관련해 니스 경찰청 강력반 수사팀의 소환을 받고 출두해 장시간 조사를 받았습니다. 오전 10시 15분에 시작된 조사는 저녁 6시 30분까지 이어졌습니다. 조사 결과 아드리앙은 혐의점이 드러나지 않아 입건되지 않았습니다."

§

오리아나 디 피에트로 사건
디 피에트로 그룹의 금융 자문 변호사 경찰 소환

《레제코》 2023년 5월 19일 자

디 피에트로 그룹의 금융 자문 변호사 장클로드 지글러는 경찰의 소환 조사 끝에 오리아나의 계좌로 30만 유로를 빼돌린 사실이 밝혀져 입건되었다. 다만 장클로드 지글러의 자금 횡령과 오리아나를 참혹하게 폭행해 죽음에 이르게 한 사건은 아직 뚜렷한 관련성이 없어 보인다.

§

빛과 어둠 사이를 오가는

아드리앙 들로네의 선율

《재즈 맥》2022년 7월 12일에 작성되었고, 2023년 5월 21일에 다시 게재

《재즈 맥》은 오리아나 살해 사건으로 연일 여론의 도마 위에 올라 있는 아드리앙 들로네를 다룬 2022년 기사를 독자들의 알 권리 차원에서 다시 게재하기로 결정했다.

코트다쥐르에서 태어나 프랑스와 미국을 오가며 활발한 연주 활동을 펼치고 있는 재즈 피아니스트 아드리앙 들로네가 오늘 저녁 고향인 코트다쥐르로 돌아와 피네드 굴드 무대에서 콘서트를 연다.

아드리앙의 피아노 연주는 그가 가장 좋아하는 화가 피에르 술라주*의 화풍을 많이 닮았다는 말을 자주 듣는다. 어둡고 멜런콜리한 느낌과 강하고 밝은 느낌이 공존한다는 의미에서 아드리앙의 피아노 연주와 피에르 술라주의 그림은 유사성이 있어 보인다. 아드리앙은 음악뿐만 아니라 외모도 양면성이 있다는 말을 자주 듣는다. 소년처럼 수줍은 면과 강한 남성미가 공존하고, 깊고 강렬한 눈빛에서는 가끔 상대를 무장 해제시키는 부드럽고 달콤한 매력이 배어난다.

첫 앨범을 발매한 지 20년 된 천재적인 재즈 피아니스트는 여전히 전 세계의 내로라하는 음악 페스티벌의 단골 초대 손님이다. 아드리앙 들로네의 피아노 연주는 타의 추종을 불허하는 관객 동원 능력을 보유하고 있기 때문이다. 아드리앙 들로네는 '재즈를 즐기지 않는 사람들이 가

*프랑스 화가, 조각가

장 좋아하는 재즈 뮤지션'으로 불린다. 다만 그의 피아노 연주에 대한 호불호는 극과 극을 달린다. 그를 좋아하는 팬(대개는 여성)들은 기꺼이 그를 빌 에반스나 키스 자렛 같은 대가들과 어깨를 나란히 한다고 여기지만 그에 대해 비판적인 안티 팬들은 과도한 마케팅이 낳은 설익은 연주자, 대입 준비에 한창인 여고생들을 위한 피아니스트라며 비아냥거린다. 여고생들이 아드리앙의 연주를 SNS 조회수 올리는 데 활용한다는 뜻에서다. 진실은 아마도 두 가지 상반된 평가의 중간쯤에 위치할 것이다.

아드리앙 들로네를 대가의 반열에 오른 음악가로 평가하기에는 아직 이르다. 다만 뛰어난 재능과 감수성이 바탕인 그의 눈부신 기술이나 남다른 독창성을 폄훼할 수는 없다. 그는 개성 있는 곡을 쓰고, 매력적인 연주를 들려주는 재능이 있다. 고통스러울 만큼 애잔한 그의 연주는 듣는 이의 오장육부를 후벼 파기도 하고, 출구가 보이지 않는 어두운 미로 속으로 데려가기도 하고, 사랑의 회한을 떠올리게도 하고, 다시는 돌아오지 않을 행복한 날들의 추억을 불러내기도 하다. 아드리앙 들로네의 연주를 듣고 있다보면 가슴이 뛴다. 그는 젊은 시절 한때 어두운 길에서 방황했으나 음악을 통해 힘을 얻고 다시 환한 세계로 돌아오게 되었다. 그의 음악이 깊이와 힘을 갖게 된 기반은 그리 평탄하지 않았던 젊은 시절의 방황일 수도 있다.

아드리앙 들로네는 1982년 코트다쥐르의 빌프랑슈쉬르메르 출생이다. 아드리앙의 아버지 프랑수아 들로네는 해양 생물학자이자 아무런 장비도 갖추지 않고 바닷물 속에서 오랜 시간 버티는 무호흡 잠수사로 유명하다. 1990년대에는 무호흡 잠수 세계기록을 보유하기도 했다. 아드리앙은 아버지의 나라 프랑스와 엄마의 나라 미국을 오가며 어린 시절을 보낸다. 아드리앙이 피아노를 배우기 시작했을 때 버클리음대 교수였던 그의 엄마는 아들의 남다른 음악적 재능을 발견한다. 아드리앙은 클래식 음악을 배우다가 청소년기가 마무리되어갈 무렵 재즈로 방향을 튼다.

1999년에 프랑수아 들로네가 부부 싸움을 하다가 총을 발사해 부인에게 치명상을 입힌 비극적 사건이 발생한다. 큰 충격을 받고 가출한 아드리앙은 한동안 뉴욕으로 떠나 방황과 일탈의 시기를 보낸다. 4년 동안 이어진 일탈의 시간 동안 아드리앙은 도박장에서 뛰어난 솜씨를 발휘해 돈을 따기도 하고, 재즈 클럽에서 피아노를 연주하며 생활비를 마련하기도 한다. 마약에 손을 대면서 정상적인 생활이 불가능해졌고, 뛰어난 음악적 재능을 보유하고 있었음에도 위기를 벗어날 출구를 찾지 못한다. 약물 과다복용으로 죽음의 문턱까지 간 그를 구해준 사람이 바로 색소폰 연주자 세다 포맨이다.

세다 포맨은 크리스토퍼 가의 재즈바 앞에 쓰러져 있는 아드리앙을 발견한다. 관록의 재즈 연주자인 세다 포맨은 아드리앙을 병원으로 데려가 치료해주는 한편 마약중독 치료에 성공하면 그가 리더로 있는 재즈 사중주단에 넣어주겠다고 약속한다. 스위스의 마약 치료센터에 들어간 아드리앙은 마약 치료와 정신과 치료를 병행한 끝에 악마의 덫에서 탈출하게 된다. 그가 오리아나 디 피에트로를 만난 때는 마약중독 치료를 성공적으로 마친 직후다.

아드리앙은 다시 삶의 활기를 되찾게 되었고, 현재 음악적 재능이 활짝 만개하며 훨훨 날아오르고 있다. 그가 작곡한 창작곡들과 U2, R.E.M(미국의 얼터너티브 록밴드), 모비 등의 곡을 리메이크한 첫 앨범 《크라운 사이니스》는 평론가들의 호평을 받으며 공전의 히트를 기록한다. 그 후로도 아드리앙은 왕성한 연주 활동에 나서는 한편 독주, 삼중주, 사중주 곡들로 이루어진 이십여 개의 앨범을 발표한다. 세계적인 유명 브랜드인 에르메스와 애플 영상 광고에 그의 음악이 삽입되기도 한다. 영화 〈사라진 남자〉와 〈아가씨와 밤〉의 OST를 작곡한 그의 명성은 이제 하늘을 찌르고 있다.

아드리앙의 음악적인 독창성은 즉흥연주 분야에서 진가를 발휘하고 있고, 콘서트의 맛을 더해주는 소금 역할을 톡톡히 해내고 있다. 그의 음악에 냉소적인 태도를 보이는 사람들도 즉흥연주에 대해서는 인정한다.

아드리앙은 직접 즉흥연주에 대한 소회를 밝힌 적이 있다.

"음악이 나를 매개로 세상에 태어나는 순간마다 영적이고 성스러운 느낌을 받게 됩니다. 즉흥연주는 자칫 실수하게 되면 콘서트 전체를 망칠 수도 있는 영역이라 매우 긴장되고 고도로 신경을 집중해야 하는 과정의 연속이기도 합니다. 즉흥연주는 기술보다는 영적인 도움이 많이 필요한 연주라고 생각합니다. 그런 까닭에 나는 무대에 설 때마다 음악이 나를 가로질러 청중에게 날아가 감동을 불러일으키게 해주는 신성의 도움이 필요하다고 믿습니다."

나는 당연히 그에게 질문을 던질 수밖에 없다.

"음악은 신성의 영향이 크다고 보십니까?"

아드리앙은 그 질문을 받고 나서 잠시 고민하다가 대답한다.

"음악은 세속적인 영성, 그러니까 갖가지 환멸을 느끼게 해주는 현대사회에서 내가 찾아낸 유일한 처방 약입니다. 우리는 더 이상 아무것도 믿지 않습니다. 우리는 그 무엇에도 흥미를 갖지 않습니다. 우리는 난파 직전의 배에 올라 바다를 떠도는 사람들이자 자기도취에 찌든 소인배들에 불과합니다. 재앙이 코앞으로 다가오는데 그 장면을 인생 사진으로 남기겠다면서 휴대폰을 꺼내 드는 일 말고는 아무것도 할 수 없는 존재들이 되어가고 있습니다."

아드리앙의 말이 과연 예언처럼 들어맞을지는 앞으로 두고 볼 일이다. 다만 우리는 아드리앙이 침몰하기 직전 타이타닉호의 오케스트라 연주 때 피아노 앞에 앉는 모습을 상상해볼 따름이다.

이소르 들라살

§

오리아나 디 피에트로 살해 사건
일 년이 넘도록 지지부진한 수사

《니스 마탱》 2024년 4월 30일 자

누가 오리아나 디 피에트로를 살해했는가?

오리아나가 유명을 달리한 지 일 년이 되어오는데 그녀의 죽음을 둘러싼 진실은 여전히 밝혀질 기미가 보이지 않는다. 항간에는 개인적인 원한

이라는 설도 있고, 마피아 관련설도 나돌고 있으나 이탈리아 경찰과 공조 수사를 펼치고 있는 니스 경찰청 강력반 수사팀은 범행 동기는 물론 피해자가 살해될 당시 어떠한 환경에 처해 있었는지 현장 상황조차 제대로 파악하지 못하고 있는 실정이다.

니스 경찰청 강력반 수사팀의 관계자 말을 들어보자.

"고무보트를 타고 레렝 제도 근처를 지나던 누군가가 정박시켜둔 요트를 발견하고 호기심에 옮겨 탔다가 쇠꼬챙이를 휘둘러 오리아나를 살해한 우발적 사건으로 보는 시각이 있다는 걸 잘 압니다. 하지만 이 사건은 분명 치밀한 사전 계획에 따른 예정된 범죄로 보입니다. 제 생각에 범인은 요트에서 무언가를 훔쳐 가려고 범행을 저지른 것 같습니다. 그 무언가는 현금일 수도 있고, 서류일 수도 있고, 값비싼 물품일 수도 있겠지요."

수사팀 관계자의 말은 여전히 사실인지 확인이 불가하다. 현재 진행 중인 수사와 관련해 디 피에트로 그룹의 금융 자문 변호사가 자금 횡령으로 입건되었으나 오리아나 살해 사건과는 직접적인 관련성이 없어 보인다.

니스 경찰청 강력반이 지금껏 발표한 오리아나 살해 사건의 수사 결과는 이렇다.

"보트 한 척이 은밀하게 〈루나 블루호〉에 접근했고, 요트로 올라간 괴한이 쇠꼬챙이로 희생자를 무자비하게 공격한 것으로 보입니다."

항간에 떠도는 소문에 따르면 수사에 외압이 가해지고 있고, 디 피에트로 그룹의 막강한 힘이 작용해 오히려 수사가 진척되고 있지 않다는 설도 있다.

그런 지적에 대해 니스 검찰청의 필리프 검사는 말한다. "우리는 수사

과정에서 그 어떤 가능성도 배제하지 않았습니다." 다만 그 역시 수사가 답보 상태라는 사실을 인정하고 있다. "현재로서는 증거가 부족할 따름이고 진실은 언젠가 반드시 수면 위로 부상하게 되어 있습니다."

3. 사람들이 찾아내는 것

오만을 부리고 나면 반드시 추락이 찾아온다.

_패트리샤 하이스미스

오늘, 2024년 5월 24일

앙티브 곶

쥐스틴 타이앙디에 팀장이 앙티브 곶에서 가장 아름다운 저택들 가운데 하나로 손꼽히는 아나벨의 철제 대문 앞에 도착한 시각은 오전 6시 30분이다. 이른 아침 맑은 햇살이 지중해를 금물결로 물들이고 있다. 하늘은 시시각각 장밋빛에서 오렌지 빛깔로 변해가는 중이다.

니스 경찰청 강력반의 쥐스틴 타이앙디에 팀장은 초인종을 누른 다음 경찰의 삼색 신분증을 비디오 감시 카메라에 대고 흔들었다. 철제 대문이 열리자 나무들이 울창한 정원이 눈앞으로 다가온다. 쥐스틴 팀장은 동행한 두 형사에게 차를 타고 앞장서라고 지시한 다음 혼자 차에서 내려 해송, 올리브 나무, 레몬 나무, 편백 나무들 따위가 울창한 길을 걷는다. 새벽 공기에 상큼하고 달콤한 감귤 향이 묻어난다. 눈에 들어오지는 않지만 어디선가 흐르는 시냇물 소리도 들려온다.

쥐스틴 팀장은 신들이 산다는 올림포스산 같은 고요를 이제 곧 산산조각 내버릴 작정이다. 과거에는 경비원들의 숙소로 사용되었으나 지금은 비어 있는 별채를 지나 마치 골프장처럼 잔디를 짧게 자른 정원을 가로지르자 저 멀리 요트 보관 창고로 내려가는 돌계단이 눈에 들어온다. 전날 니스 검찰청의 신원확인팀이 말라붙은 혈흔과 머리카락이 묻어 있는 쇠꼬챙이를 발견한 곳이 바로 요트 보관 창고 안이다.

§

오리아나 살해 사건이 발생한 지 일 년이 경과하고 나서야 진행된 요트 보관 창고 압수 수색은 니스 경찰청 강력반으로 걸려온 익명의 제보 전화 덕분이다. 이름을 밝히지 않은 남자—목소리를 위장한 여자일 수도 있다—가 전화로 아드리앙이 부인을 살해한 후 범행에 사용한 쇠꼬챙이를 앙티브 곶에 있는 그들 부부의 저택 아나벨의 요트 보관 창고에 숨겨두었다고 제보했기 때문이다.

니스 경찰청 강력반 형사들은 익명의 전화를 건 위치가 어딘지 추적하는 데 성공했다. 남자가 전화 제보를 한 곳은 앙티브 시내 중심부다. 선불폰으로 전화했기에 소유자가 누군지는 확인할 수 없다. 니스 공항

근처 물랭 지역의 마트에서 구입한 선불폰으로 구입자는 세르지 카라마조프라는 가짜 신분증을 사용한 것으로 확인되었다.

니스 경찰청 강력반 형사들은 장난 전화로 치부하고 제보 사실을 전혀 진지하게 취급하지 않았다. 오리아나 살해 사건은 가뜩이나 엉터리 제보가 많아 골치를 썩였다. 출처가 불분명한 거짓 정보와 유언비어에 가까운 소문이 퍼지고, 온갖 억측이 사람들의 입에 오르내리는 바람에 수사가 더욱 혼란스러워진 측면이 있다.

니스 경찰청 강력반과 마르세유재판소의 수사 판사 지라르와 프랑코브스키는 익명의 제보를 어떻게 취급할지 결정하지 못하고 꾸물댔다. 현재 오리아나 살해 사건 수사팀의 분위기는 그 정도로 확신이 없다.

니스 경찰청 강력반의 쥐스틴 팀장은 수사가 산으로 올라가는 모습을 무기력하게 지켜볼 수밖에 없다. 쥐스틴 팀장은 오리아나 살해 사건 당시 요트로 출동한 형사들 가운데 하나다. 그 당시 강력반 수사팀장은 피에르 푸이그르니에 경감이었다.

쥐스틴 팀장은 그날 요트로 출동했을 때 전개된 상황을 생생하게 기억한다. 하필이면 그날 배탈이 심해 복부 경련과 고열에 시달리고 있었는데 갑판 위에 쓰러져 있는 피해자와 주변을 흥건하게 적시고 있는 피를 보는 순간 구토를 참기 힘들었다.

피해자를 처음 발견해 니스 경찰청에 제보한 에덱 비즈니스 스쿨의 두 여학생이 현장을 크게 훼손한 것도 초동 수사에 차질을 빚었다. 두 여학생은 경찰이 도착할 때까지 사건 현장을 그대로 보존해두고 있었어야 마땅한데 요트 안을 여기저기 돌아다니면서 흔적을 남기는 바람에 과학수사대의 단서 채집을 어렵게 했다. 과학수사대는 현장에서 경찰의 지문 데이터베이스에 등재되어 있지 않은 몇 개의 지문을 채집했으나 범인과의 관련성을 찾아내지 못했다. 범인의 지문이라고 특정할 수 있는 근거가 전혀 없었으니까.

수사를 어렵게 만든 두 번째 요인은 증인 부재다. 레렝 제도는 관광객들이 많이 찾는 곳이지만 저녁 시간에 그 일대를 지나는 배는 드물다. 쥐스틴은 레렝 제도 주변을 돌며 탐문 수사를 벌였으나 이렇다 할 소득이 없었다.

수사를 어렵게 만든 세 번째 요인은 디 피에트로 그룹 사람들이 가하는 수사 압력이었다. 오리아나 살해 사건은 니스 경찰청 강력반이 감당하기에는 덩치가 너무 컸다. 현재 마르세유재판소의 수사 판사까지 합세했고, 디 피에트로 그룹에서 사설탐정까지 고용한 상태라 수사는 구심점을 잃고 계속 표류하고 있다.

수사가 지체되는 건 어쩔 수 없더라도 무려 일 년 동안의 수사 실적이 이 정도로 미미한 경우는 드물었다. 오리아나 살해 사건은 온갖 추론과 억측을 양산하고 있을 뿐 수사는 한 발짝도 앞으로 나아가지 못하고 답보 상태에 머물며 갈팡질팡하고 있다. 니스 경찰청 강력반 형사들도 수사가 실패로 돌아갈 공산이 점점 커지자 굳이 불나방처럼 불을 향해 달려들기보다는 요리조리 눈치를 살피며 빠져나갈 구실을 찾느라 여념이 없다.

마르세유재판소 수사 판사들은 수사가 지지부진하게 진행되자 중요한 결정을 내려야 할 때마다 서로 양보하기에 바쁘다. 그런 와중에 피에르 푸이그르니에 경감이 니스 경찰청 강력반장으로 승진했고, 쥐스틴이 수사팀장이 되었다. 표면상 승진이지만 독이 든 성배에 가깝다.

니스 경찰청 간부들은 도대체 누가 쇠꼬챙이로 오리아나를 잔혹하게 가격해 목숨을 잃게 했는지에 대해 전혀 관심이 없어 보인다. 그들에게는 자리보전만이 중요하고, 수사야 어찌 되든 폭탄을 들지 않길 바란다. 그들은 바닥에 미끄러운 기름칠을 해두고 누가 재수 없게 미끄러지는지 지켜보고 있다.

니스 경찰청으로 범행에 사용한 쇠꼬챙이를 숨겨둔 장소를 제보해준 익명의 전화가 걸려왔고, 쥐스틴 팀장은 요트 창고에서 문제의 쇠꼬챙이를 찾아낸다. DNA 분석 결과 쇠꼬챙이에 말라붙은 혈흔과 머리카락의 주인공이 오리아나인 것으로 밝혀진다. 쥐스틴 팀장이 생각하기에 지나치게 아귀가 잘 들어맞고 있다는 느낌이 들었다. 범죄 행위에 직접 사용된 증거물이 나온 건 처음이다. 중요한 단서를 확보한 마르세유 검찰청은 유력한 용의자인 아드리앙에게 감치 명령을 내렸다.

마침내 쥐스틴 팀장에게는 이 사건의 용의자인 아드리앙을 대면할 기회가 주어졌다.

§

쥐스틴 팀장의 눈에 아드리앙 들로네의 저택이 보인다. 지중해와 알프스산맥이 내다보이는 전망이 기가 막힌 집이다. 철근 콘크리트와 석재를 혼합해 지었고, 아르데코풍 기하학적 라인과 하얀색이 잘 어우러진 3층 건물이다. 저택의 본채와 맞붙어 있는 8각 종탑이 주변의 종려나무와 어우러져 이국적인 정취를 풍긴다.

쥐스틴 팀장을 태우고 온 주세 베르고미 형사와 엘 암라니 형사는 경찰차를 세우고 나서 조각상으로 장식한 분수대 앞에서 담배를 피웠다. 쥐스틴 팀장은 두 형사가 담배를 다 피우길 기다렸다가 저택의 현관으로 이어지는 계단을 올라간다. 현관문이 조금 열려 있어 문을 슬쩍 밀자 이내 실내에서 울려 퍼지는 피아노 소리가 귓전에 울려 퍼진다. 한번 들으면 머릿속에서 한동안 사라지지 않을 만큼 강렬하고 호소력 짙은 멜로디다. 하얀 벽과 석재 바닥, 나무 자재로 지은 집 안 어디에서든 파란 하늘과 지중해가 내다보인다.

쥐스틴 팀장은 눈을 반쯤 감은 상태로 피아노 연주에 열중해 있는 아드리앙 들로네를 지켜본다. 아드리앙은 1990년대 청소년들이 즐겨 입던 찢어진 청바지와 푸 파이터스(Foo Fighters) 티셔츠 차림이다. 살이 드러난 이두박근 언저리에 새겨진 우로보로스 문신이 눈에 들어온다.

쥐스틴 팀장은 저택을 방문하기 전 아드리앙 관련 언론 기사들을 찾아내 읽어보았고, 콘서트 영상을 보며 그의 피아노 연주를 들어보기도 했다. 그 정도로는 그가 어떤 인물인지 감이 잡히지 않았다. 짧게 자른 금발, 뚜렷한 이목구비, 짙은 음영의 검푸른 눈동자로 이루어진 그의 낯빛은 간밤에 잠을 설친 듯 파리하다.

쥐스틴은 이 유명 재즈 피아니스트가 도주하지 못하도록 이미 전날부터 수하 형사들에게 저택을 감시하게 했다. 아드리앙은 어린 두 자녀를 밀라노로 보냈을 뿐 도망치려고 하지 않았다.

아드리앙은 부인을 무자비하게 때려 죽음으로 내몬 살인범인가? 아니면 졸지에 부인을 잃고 절망에 빠진 고독한 남자인가?

오리아나가 숨진 이후 아드리앙은 부인의 죽음과 관련해 그 어떤 말도 하지 않았고, 언론 인터뷰에도 응하지 않았다. 그는 모든 연주 활동을 중단했고, 저택에서 두문불출하며 지내왔다. 지난 일 년 동안 그는 앙티브에 살면서 아이들을 발본 국제학교에 입학시켰고, 매일 아침 직접 차를 운전해 등교시켰다. 이 지역 사람들은 주말이면 가끔 해변의 오솔길이나 가루프 비치에서 산책하거나 유명 레스토랑인 〈메종 드 베이컨〉 테라스에서 식사하는 아드리앙과 자녀들을 보았을 것이다. 적어도 겉모습만 보자면 아드리앙은 아이들을 위해 최선을 다하는 아빠였다.

아드리앙은 내면의 요새에 틀어박힌 사람처럼 연주에 열중한다. 마치 허공을 가로놓인 한 가닥 줄에서 어렵사리 균형을 잡아가며 아슬아슬한 묘기를 부리는 곡예사 같다. 그가 현란한 손길로 건반을 누르며 지나갈 때마다 흘러나오는 멜로디가 몸 안 가득 퍼지며 짜릿한 전율이 인다. 그의 연주를 듣는 동안 쥐스틴 팀장은 점점 더 고독한 몽상 속으로 빠져든다.

피아노 연주가 사람의 마음을 이토록 흔들어놓을 수 있다는 게 신기하다. 쥐스틴 팀장은 그의 저택을 방문한 목적을 잠시 잊고 피아노 소리에 열중했다. 마음을 사로잡는 선율 속으로 깊이 빠져들어 머리를 복잡하게 만드는 여러 가지 생각에서 잠시 벗어나고 싶었다. 그러다가 문득 이 저택을 방문한 목적이 음악 감상은 아니라는 사실이 떠올랐다.

쥐스틴 팀장은 이제부터 방문 목적에 충실하고자 아드리앙에게로 다가갔다. 아드리앙이 방문자를 쳐다보지도 않고 연주를 계속하자 쥐스틴 팀장은 피아노 가까이 다가가 뚜껑을 닫아버린다. 가까스로 건반에 올려져 있던 손가락을 뗀 아드리앙이 화난 얼굴로 쥐스틴 팀장을 바라본다.

"니스 경찰청 강력반의 쥐스틴 타이앙디에 팀장입니다." 쥐스틴이 허리에 찬 케이스에서 수갑을 꺼내면서 말을 잇는다. "오리아나 디 피에트로를 살해한 혐의로 당신을 체포하겠습니다. 당신은 오늘부터 감치 상태에 들어갑니다."

II
추락 천사

쥐스틴 타이앙디에
4. 사람들이 찾아내려고 하는 것

축구 경기에서는 상대 팀의 존재로 모든 상황이 복잡하게 꼬인다.

_장 폴 사르트르

같은 날
니스, 조프레도 가

1

모과나무 잎 사이로 쏟아지는 햇살이 식당 테라스 테이블 위에 아라베스크 문양을 그린다. 쥐스틴 팀장은 백발이 제멋대로 뻗친 남자와 테이블을 사이에 두고 마주 앉는다. 백발의 남자는 40년 넘게 경찰에 몸담아온 니스 경찰청 강력반의 베테랑 형사 주세 베르고미다.

"내가 감치 상태인 아드리앙 들로네를 심문하는 동안 선배는 쇠꼬챙이의 위치를 제보한 사람이 누군지 알아보세요."

니스 출신 베테랑 형사가 양파와 버섯을 다져 넣은 아티초크를 입에 넣으며 말한다. "나도 나름 추적해봤는데 더는 알아낼 수 있는 게 없었어."

"물랭 지역에 가서 마트 직원을 만나 그날 선불폰을 구입한 사람의 인상착의라도 물어보세요."

베르고미 형사가 말한다. "손님들이 한두 사람도 아니었을 텐데 일일이 기억하고 있을까?"

쥐스틴이 물러서지 않고 고집을 부린다. "자꾸 발품을 팔고 돌아다녀야 뭐라도 건지죠. 범행 도구인 쇠꼬챙이를 찾아낸 이후 언론도 다시 이 사건을 주목하기 시작했어요. 분명 솔깃한 정보를 제공하는 사람이 있을 거예요."

베르고미 형사가 단정하듯 잘라 말한다. "적어도 물랭 지역에서는 우리가 원하는 정보를 얻어낼 수 없어."

물랭 지역은 니스에서 가장 비중 있는 마약 거래 장소 가운데 하나인 〈라 라브리〉가 자리한 곳이다. 경찰은 매년 많은 경찰력을 투입해 마약 거래 조직을 와해시키고 있지만 아무것도 남지 않은 잿더미 속에서 다시 마약 거래가 이루어지기 시작한다. 물랭 지역에서는 외부인이 찾아와 뭔가 묻고 다니는 경우 절대로 정보를 제공해서는 안 된다는 게 불문율처럼 되어 있다. 침묵의 계율을 깨면 철저한 응징이 가해진다.

쥐스틴 팀장은 양고기를 곁들인 스트란고치로 간단히 식사를 마무리했다. 재즈 피아니스트에 대한 1차 심문을 앞둔 지금 그녀에게 가해지는 압력은 실제적이고 구체적이다. 뒤집어 생각하면 높은 관심도를 보이는 심문인 만큼 좋은 기회로 활용할 수도 있다. 《니스 마탱》에서 몇 시간 전 아드리앙 들로네가 체포된 사실을 대대적으로 보도한 이후 오리아나 살해 사건 관련 뉴스가 다시금 봇물처럼 쏟아지고 있다. 각종 미디어에서는 경쟁적으로 오리아나 살해 사건에 대한 논평을 쏟아내고 있다.

니스 경찰청은 구름떼처럼 모여든 기자들과 카메라맨들로 발 디딜 틈이 없을 정도다. 이제 새로운 국면이 조성되었고, 뉴스 전문 방송의 일정과도 절묘하게 맞아떨어졌다. 언제나 SNS보다 한 발 더디다는 비아냥을 듣는 뉴스 전문 방송들은 얼마 전까지 정치판의 첨예한 갈등을 실시간으로 보도하며 모처럼 주어진 기회를 마지막 한 방울까지 우려먹었다. 이제 정치 뉴스도 한풀 꺾인 지금 그들은 여름에 치를 파리 올림픽 이전까지 대중들이 심심풀이로 씹을 안줏거리용 뉴스들이 각별하게 필요한 시점이다.

오리아나 살해 사건의 용의자로 체포된 아드리앙 소식은 전통 미디어와 뉴 미디어들이 한 판 제대로 붙어볼 수 있는 쟁점이 많았다. 오리아나 살해 사건 수사는 이탈리아에서는 언론을 들끓게 했으나 프랑스에서는 반응이 그다지 폭발적이지 않았다.

아드리앙은 프랑스에서는 많이 알려지지 않은 피아니스트다. 그가 디저*에서 루도비코 에이나우디**에 이어 음원 다운로드 횟수가 높았지만 아드리앙 들로네라는 음악가에 대해서는 그다지 아는 사람이 많지 않다.

인터넷 공간에 아드리앙과 오리아나 부부가 자녀들과 함께 찍은 사

*Deezer, 프랑스 온라인 음악 스트리밍 서비스
**Ludovico Einaudi, 이탈리아 작곡가

진은 단 한 장도 없었다. 요컨대 아드리앙은 말이 없는 사람, 음악 자체에만 깊이 몰입하는 인물로 과시욕과는 거리가 먼 사람이 분명했다.

오리아나 살해 사건이 벌어지면서 아드리앙에 대한 관심은 자신의 의지와는 별개로 음악면에서 사회면으로 넘어오게 되었다. 그에게는 이제 부인을 살해한 가장 유력한 용의자라는 딱지가 붙는다. 미디어들은 아드리앙 들로네 관련 기사로 사회면을 온통 도배할 태세다. 오리아나 살해 사건이 발생했을 당시만 해도 관심이 미미했던 프랑스 언론은 그간의 부족했던 관심을 증폭시켜 제대로 대박을 터뜨릴 기회를 노리고 있다.

"아드리앙이 감치 명령을 받은 소식이 알려진 만큼 상황은 크게 달라질 겁니다." 쥐스틴 팀장은 끈질기게 베르고미 형사를 설득했다. "이번 기회에 선배가 다시 아드리앙의 이웃 사람들을 만나 탐문 수사를 해보세요."

"아드리앙을 구속하기 위한 증거는 이미 충분히 확보되었잖아."

"증거는 많을수록 좋죠. 앞으로 일이 어떻게 전개될지 아직 속단할 수 없어요. 아드리앙이 절묘한 반박 논리를 만들어 미꾸라지처럼 빠져나갈 수도 있고요. 그를 심문하면서 그의 진술 내용을 선배 휴대폰으로 전송해줄 테니까 그의 태도를 잘 살펴봐주세요."

베르고미 형사는 손짓으로 종업원을 불러 에스프레소 한 잔을 주문한다.

"이탈리아 사람들은 어떻게 할 작정이라던가?"

디 피에트로 그룹은 오리아나 살해 사건을 독자적으로 수사할 목적으로 밀라노 출신 사설탐정들을 고용했다. 그들은 〈루나 블루호〉를 이탈리아의 제노바 인근 라팔로로 이동시켜 다시 한번 단서 채취 작업을 진행했다. 수사를 아예 처음부터 다시 시작하겠다는 뜻이다. 이탈리아의 유명한 기업가 집안이라 충분히 고려해볼 수 있는 일이지만 과연 경찰의 지지부진한 수사 상황을 뒤집을 수 있을지 의문이다. 이탈리아 탐정들은 마치 비밀 조직처럼 은밀하게 활동하면서 니스 경찰청 강력반에도 가끔 수사 진행 상황을 물어왔다. 그들은 정보를 일방적으로 요구하기만 할 뿐 자기들이 확보한 정보에 대해서는 전혀 털어놓지 않았다.

"이탈리아 탐정들이 이제 곧 접촉을 시도해올 겁니다. 그들은 아드리앙 들로네가 감치 상태에서 우리에게 어떤 정보를 털어놓을지 궁금할 테니까요."

"바 베네(두고 보면 알겠지)."

커피를 다 마신 베르고미 형사는 자리에서 일어나 기지개를 켜고 나서 드루피*처럼 축 처진 눈꺼풀을 비빈다. 그가 손목시계를 보며 말한다. "자넨 취조실에 가봐야 할 시간이야."

쥐스틴 팀장이 어깨를 으쓱한다.

"선배도 감치에 대해 잘 알잖아요. 감치 상태인 용의자를 취조실로 데려오려면 절차가 제법 복잡해 적어도 몇 시간은 걸려요."

베르고미 형사가 재킷을 어깨에 걸치고 나서 손에 쥔 휴대폰을 흔들어 보인다.

"나는 이만 가볼게. 필요한 일이 있으면 언제든지 연락해."

*Droopy, 미국 애니메이션에 등장하는 개

2

쥐스틴 팀장은 가볍게 손을 흔들어주고 나서 그의 뒷모습을 물끄러미 지켜본다. 경찰청에 처음 발을 들여놓은 이후 쥐스틴 팀장은 오랫동안 베르고미 형사와 껄끄러운 사이로 지냈다. 심지어 동료가 아닌 적으로 보이기까지 했다. 베르고미 형사는 알베르 스파지아리가 소시에테 제네럴은행을 털었던 1976년에 경찰이 되었으니 퇴물 소리를 듣지 않으려면 진작 은퇴했어야 한다. 그는 휴대폰의 첨단 기능 사용도 서툴고, 과학수사에 어두워 니스 경찰청의 살아 있는 공룡 화석으로 통한다. 여성혐오로 똘똘 뭉친 마초 이미지도 늘 따라다닌다. 젊은 형사들은 웬만하면 그와 같은 팀이 되길 꺼린다. 한마디로 그는 니스 경찰청의 골칫거리였다.

2년 전, 쥐스틴 팀장이 하늘이 무너져 내리듯이 암담한 일을 겪었을 때 동료 형사들 모두가 외면했으나 베르고미 형사만큼은 그녀를 끝까지 지지해주고 함께 싸워주었다. 그 후 베르고미 형사는 쥐스틴 팀장이 유일하게 믿고 따르는 선배이자 동료가 되었다.

쥐스틴 팀장은 종업원에게 계산서를 가져오라고 하려다가 마지막 순간에 달달한 디저트가 먹고 싶어 산딸기 판나코타를 주문했다. 일을 하기에 앞서 당을 보충해둘 필요가 있다. 그녀는 최근 몇 달 동안 복용해온 약 때문인지 자주 극심한 무기력 상태에 빠져든다. 몸에서 열이 나고, 식은땀이 흐르고, 심장이 빠르게 뛰고, 기분이 종잡을 수 없이 바뀌고, 자기도 모르게 깜빡깜빡 조는 증상들이 한꺼번에 겹쳐서 나타난다. 체중도 8킬로그램이나 불었다.

갑작스럽게 진행된 남편과의 이혼이 스트레스의 원인이다. 2022년 봄, 코비드-19 팬데믹이 마지막 방역 조치를 끝으로 종언을 고하던 시점에 하필이면 감당하기 힘든 불행이 밀어닥친다. 칸 시청의 행정국장인 남편 로맹이 며칠 동안 휴가차 여행을 떠날 예정이던 쥐스틴에게 다른 여자가 생겼다고 통보한 것이다. 그녀를 더욱 놀라게 한 건 남편이 이제 곧 생애 처음으로 아이 아빠가 된다는 소식이다. 쇠막대기로 머리를 세게 얻어맞은 기분이다.

그들은 결혼 22년 차 부부다. 처음 결혼했을 당시부터 로맹은 쥐스틴에게 아이를 원하지 않는다고 말했다. 쥐스틴 역시 서둘러 아이를 낳고 싶은 마음이 없었기에 남편의 선택을 기꺼이 받아들이며 살아왔다. 그들 부부는 둘 다 업무 강도가 높은 직업에 종사하고 있었고, 가끔 시간이 나면 여행과 트레킹, 스쿠버 다이빙을 즐겼다.

시간은 덧없이 흘러갔다. 어느 날 아침 쥐스틴의 남편 로맹은 서른두 살인 젊은 소아외과 의사와 살겠다면서 돌연 집을 나가버렸다. 마치 하늘이 내려앉은 듯 눈앞이 캄캄했고, 세상이 와르르 무너져 내린 느낌이었다. 그 이후 가슴 깊은 곳에서 걷잡을 수 없는 분노가 치밀어 올랐다.

거리에서 어린아이들을 볼 때마다 눈물이 솟았다. 나이 마흔다섯 살에 임신해 아이를 낳을 수 있는 확률은 제로에 가깝다. 엄마가 될 기회를 날려버린 스스로의 선택을 후회했다. 아이 생각만 하면 머릿속이 부글부글 끓어올랐다. 왜 로맹에게 아이를 갖고 싶다고 강력하게 주장하지 않았는지 도무지 이해할 수 없었다.

로맹이 아이를 낳길 원하지 않았기 때문이라는 건 완벽한 설명이 되지 않는다. 그 당시 쥐스틴의 머릿속에서 똬리를 틀고 있던 뿌리 깊은 생각이 있다. 아이는 구속력이 강해 결국 자유로운 시간 활용이 불가능해지고, 경력 쌓기에도 제동이 걸리게 될 거라는 불안감이 임신을 꺼리게 했다.

쥐스틴은 아이를 낳지 못하게 될 거라고 생각한 적이 없었다. 아직 젊으니까 임신은 잠시 뒤로 미루고 경력 쌓기에 매진했다. 쥐스틴은 젊었을 당시만 해도 어디에서든 돋보이는 미모에 생각이 깊고 프로답게 일한다는 칭찬을 들었다. 사람들은 나이보다 훨씬 젊어 보이는 그녀를 '마담'보다는 '아가씨'라고 부르길 좋아했다.

쥐스틴은 이제 자신이 나이 들어 가쁜 숨을 몰아쉬는 퇴물이 되어가고 있다는 생각을 떨쳐버릴 수 없었다. 기력이 다해 쓰러지기 직전이 된 말. 이제야 절실히 깨달았으나 누군가에게 전수해줄 자기만의 경험도 없을뿐더러 그런 게 있다고 해도 물려줄 사람이 없었다. 이제 남은 건 쓰라린 패배감과 돌이킬 수 없는 후회의 감정뿐이었다. 가까이 지내던 친구, 동료, 가족들은 어느새 모두 멀어져갔다. 심지어 한 달 전에는 엄마와도 대판 싸워 사이가 틀어졌다.

"내가 뭐랬어? 더 늦기 전에 아이를 낳아야 한다고 했잖아. 내 말을 듣지 않고 끝내 고집을 부리더니 지금 그 꼴이 뭐니?"

더욱 치욕스러운 건 전 남편과 부부 사이가 된 소아외과 의사의 인스타를 습관처럼 들여다본다는 사실이다. 이 뻔뻔한 커플은 휴가지에서 찍은 사진을 실시간으로 올리면서 행복을 과시하느라 여념이 없다. 그들 커플은 최근 갓난아기와 함께 포르토 베키오 근처에서 요트를 타는 사진들을 올렸다. 그들이 올린 사진들에서 모노이 향, 따끈한 모래, 짭짤한 바닷바람 맛이 느껴졌다.

그들 커플이 행복하게 어우러지는 사진을 보는 것보다 더 큰 고문은 없었다. 긴 머리에 청소년들이 즐겨 입는 티셔츠를 챙겨 입고, 활짝 웃음 짓는 로맹의 얼굴을 보자니 그야말로 상처에 소금을 들이붓듯이 마음이 쓰라렸다. 그의 부인이 된 소아외과 의사의 앳된 얼굴과 상큼하고 귀여운 미소를 보는 것도 정말이지 죽을 맛이다. 햇볕에 적당히 탄 피부, 윤기가 좔좔 흐르는 금발, 주위를 환하게 밝히는 미소.

쥐스틴 팀장은 그들을 찾아가 머리통에 말뚝을 박고, 가슴팍을 드릴로 뚫어버리고 싶을 만큼 분노가 치밀어 오른다. 맨손으로 로맹의 심장을 꺼내 갈가리 찢어발겨야 화가 풀릴 듯했다.

그런 다음 나도 죽어야겠지. 쥐스틴, 너 이제 제대로 미쳤구나.

쥐스틴 팀장은 인스타를 보던 휴대폰을 테이블에 내려놓는다. 이제 더 이상 스스로 상처를 후벼 파는 일은 멈춰야 한다. 이제는 후회와 절망, 분노에서 벗어나 새로운 인생의 페이지를 넘겨야 한다.

프랑수아 트뤼포 감독의 영화 〈이웃집 여인〉의 대사가 머릿속에서 맴돌았다.

당신이 넘겨야 할 인생의 페이지 무게가 일 톤쯤 된다면 어떡하지?

쥐스틴 팀장은 지금 이런 마음가짐으로는 아드리앙을 심문할 수 있을 것 같지 않다. 하긴 푸이그르니에 반장과 두 명의 수사 판사, 프로파일러 캉디스 라숌이 취조실 옆방에서 심문 과정을 영상으로 지켜보기로 되어 있다. 그들은 쥐스틴이 수사팀의 총알받이가 되어주길 기대하면서 언제나 최일선 현장으로 등을 떠밀기 일쑤다.

　쥐스틴 팀장은 눈을 질끈 감고 숨을 깊이 들이마신다. 우울증 초기만 해도 열심히 일하다보면 이 정도는 쉽게 치유될 거라 믿었다. 수사에 몰입하다보면 아드레날린이 치솟아 우울한 기분쯤은 얼마든지 자연스레 해소될 거라 믿었다. 쥐스틴은 경찰에 몸을 담고 있는 동안 제발 세상을 떠들썩하게 만드는 사건을 맡게 되기를 꿈꿨다. 하필이면 그녀의 인생에서 가장 힘든 시기에 사회적인 관심이 집중된 오리아나 살해 사건을 맡게 되었다. 그녀가 제 앞가림도 하기 힘들 만큼 어려운 시기에.

3

　식당을 나온 쥐스틴 팀장은 니스 경찰청 신청사까지 곧장 연결된 드플리 가를 거슬러 올라갔다. 신청사 근처, 오텔데포스트 가의 종려나무 그늘 아래에 벌써부터 기자들이 운집해 있다. 수사 초기만 해도 쥐스틴이 잘 아는 전국 일간지 기자들이나 지역 일간지 기자들이 주를 이루었으나 얼마 전부터 손에 든 휴대폰으로 무엇이든 함부로 찍어대는 시민 기자들도 몰려들어 있다. '노란 조끼 시위' 때부터 점차 눈에 띄기 시작한 시민 기자들은 '경찰의 과잉 대응', '경찰의 폭력'이라고 오해할 만한 일이 벌어지거나 극히 사소한 충돌 상황이 빚어지더라도 득달같이 달려와 영상을 찍어 SNS에 올리는 바람에 늘 골칫거리다. 그녀는 하이에나 같은 기자들이 달라붙기 전에 발걸음을 재촉해 니스 경찰청 신청사 정문 앞 계단을 올라간다.

　니스 경찰청은 지난날 생 로크 병원으로 사용했던 건물을 리모델링해

관청으로 쓰고 있다. 신고전주의 건축 양식의 파사드와 줄지어 늘어선 석재기둥, 건물을 넓게 둘러싼 철제 난간, 가지런한 창틀에 이르기까지 제법 근사한 외관을 자랑하는 웅장한 건물이다. 니스 경찰청 건물 안에 니스의 치안을 책임지는 국립 경찰, 시립 경찰, 도시 관리 감독 센터 등이 모두 입주해 있다. 건물 외관은 생 로크 병원으로 쓰던 당시의 건축 양식과 멋을 그대로 살렸으나 건물 내부는 현대적인 인테리어로 바꿨다. 온갖 식물들이 자라는 안뜰, 푸르스름한 기운을 머금은 유리, 벽면 여기저기를 도배하다시피 뒤덮은 디지털 스크린이 자연 친화적인 환경과 초현대적인 분위기들이 서로 잘 어울리도록 안배했다.

쥐스틴 팀장은 엘리베이터를 타고 제일 꼭대기 층으로 올라간다. 엘리베이터 거울에 비친 자신의 모습이 마음에 들지 않는다. 올이 풀린 청바지, 두꺼운 셔츠, 그 위에 걸친 헐렁한 카디건, 낡은 스니커즈, 헝클어진 머리를 보자니 마치 중세 마녀 느낌이 난다. 비록 멧 갈라(Met Gala) 쇼에 참석하는 건 아니라고 해도 어느 누가 보더라도 눈살이 찌푸려질 옷차림이다.

대충 머리를 매만진 쥐스틴 팀장은 건물의 서관 쪽으로 걸어간다. 서관은 생 로크 병원이 입주해 있던 당시에는 정신과 병동으로 사용한 건물이다. 회의실 복도 끝에서 몇몇 사람들이 그녀가 오길 기다리고 있다. 귀에 휴대폰을 대고 있는 푸이그르니에 반장, 아드리앙을 심문할 때 쥐스틴과 동석하기로 한 엘 암라니 형사, 외부에서 온 두 명의 프로파일러도 눈에 들어온다. 개를 데려온 세르주 퐁투아즈 행동과학부의 캉디스 라솜은 익히 아는 프로파일러이고, 어린 시절에 즐겨본 〈기동전

사 건담 0080〉에 나오는 가르시아 중사처럼 콧수염을 기른 프로파일 러는 얼굴은 익숙한데 이름은 기억나지 않는다.

쥐스틴 팀장은 좌중을 향해 인사를 건넨다. 젓가락처럼 **빳빳한** 금발 의 캉디스 라숌은 언론이라면 사족을 못 쓰는 인물이다. 그녀는 일방적 으로 언론을 짝사랑하는 게 아니라 서로 주고받는 게 확실한 동업자 관 계라고 보면 된다. 캉디스 라숌은 '프렌치 스타일 프로파일러'로 방송에 소개되면서 높은 인기를 구가하는 한편 여러 범죄 사건을 지원하기 위 해 수사팀에 투입되면서 자문 기술을 정교하게 가다듬었다. 수사가 성 공적으로 마무리될 경우 캉디스 라숌은 미디어의 조명을 한 몸에 받으 며 여러 방송국에 순회 출연했고, 실패로 돌아갈 경우 수사팀 형사들이 자신의 말을 귀담아듣지 않아 수사가 실패로 돌아갔다면서 담당 형사 들에게 책임을 떠넘긴다. 니스 경찰청 강력반 수사팀 형사들이 보기에 는 매우 상투적인 수법에 불과했으나 언론을 효과적으로 이용하면 많 은 특혜를 누리게 된다는 사실을 몸소 보여주는 인물이다.

푸이그르니에 반장이 좌중에게 따라오라는 손짓을 보낸다. 그는 취 조실과 붙어 있는 사무실 문을 밀고 안으로 들어간다. 특수시설을 갖춘 방으로 커다란 단방향 투시거울이 설비되어 있다. 취조실의 형사와 죄 수를 한꺼번에 볼 수 있는 반투명 거울로 흔히 '스파이 미러'라고 부르기 도 한다. 테이블에 둘러앉은 사람들은 푸이그르니에 반장이 회의 시작 을 알릴 때까지 서로를 멀뚱멀뚱 바라본다.

푸이그르니에 반장이 침묵을 깬다. "마르세유재판소의 프랑코브스키 수사 판사를 만나봤어. 그들은 DSC(헌병대 소속 행동과학센터)의 프로파일러가 용의자 심문 과정을 지켜보도록 허용했어. 두 명의 프로파일러들은 취조실이 아니라 지금 이 방에서 용의자의 말과 행동을 관찰하게 될 거야."

프로파일러들은 마이크와 이어폰을 착용하고 취조실에서 용의자를 심문하는 쥐스틴 팀장을 지켜보고 있다가 용의자가 모호한 답변을 하면 진의가 무엇인지 파악해 알려주는 한편 좀 더 효과적인 질문을 할 수 있도록 뒷받침하는 역할을 맡기로 했다.

"이 자리에 모인 사람들은 모두 한 배에 타고 있다는 걸 명심해."

그 말을 들은 사람들이 웅성거린다.

"좋은 소식과 나쁜 소식이 한 가지씩 있어." 푸이그르니에 반장이 말을 이어간다. "좋은 소식은 오늘 아드리앙 들로네의 지문 검사 결과가 나왔다는 거야. 범행에 사용된 쇠꼬챙이에서 발견된 지문과 그의 지문이 일치한다는군."

쥐스틴은 점심을 먹으러 가기 전에 이미 들은 소식이다. 쇠꼬챙이에서 아드리앙의 지문이 나온 건 사실 놀랍다. 다만 결정적인 단서라고 하기에는 여전히 미흡하다. 아드리앙 역시 이미 예상한 결과일 테니까 심문 과정에서 지문 조사 결과로 압박해도 딱히 당황해할 것 같지 않았다.

"나쁜 소식은 용의자가 변호인의 입회를 바라지 않는다는 거야. 우리가 몇 번이나 권유했지만 요지부동이야."

아드리앙이 변호인 입회를 거부하고 있다는 게 오히려 경찰에게는 악재가 될 수 있다. 변호인이 입회하지 않은 심문 결과는 나중에 이의 제기를 한다거나 심문한 형사가 진술 내용을 임의로 조작했다는 의심을 받을 수도 있으니까.

"변호인 입회를 거부한 점이 매우 흥미롭군요." 캉디스 라솜이 끼어든다. "그 결정 하나만으로도 우리는 아드리앙의 심리 상태에 대해 많은 걸 짐작할 수 있어요."

푸이그르니에 반장이 그녀의 말을 받아 묻는다. "예를 들자면?"

"아드리앙은 이미 부인을 살해한 사실을 자백할 마음의 준비가 되어 있는 것으로 보입니다. 심리적으로 큰 압박을 받고 있다는 뜻이죠."

쥐스틴 팀장이 이의를 제기한다. "오히려 범죄를 저지르지 않았다는 사실을 증명할 수 있다는 확신이 있어 변호인 입회를 바라지 않았을 수도 있죠."

캉디스 라솜이 시인한다. "매우 일리 있는 반론이네요."

쥐스틴 팀장이 프로파일러의 발언을 파고든다.

"우리는 용의자의 심리 상태와 관련해 상반된 예상을 하고 있는 셈이네요. 수사의 진척에 매우 도움이 되는 예상이죠. 이제 곧 두 가지 가설 중 하나는 잘못되었다는 결론이 나올 테니까요. 심리 분석의 대가인 프로파일러들이 이 자리에 함께 있어 얼마나 다행인지 모르겠어요."

푸이그르니에 반장이 쥐스틴 팀장을 나무란다.

"우리는 같은 편이니까 서로 도발은 자제하는 게 좋아."

캉디스 라솜이 전혀 주눅 든 기색 없이 다시 입을 연다.

"이제 용의자에게 완력을 사용하거나 위협을 가하는 식으로 진술을 받아내던 시대는 지나갔습니다. 용의자에게 공포감을 주는 상황에서 받아낸 진술, 용의자를 협박해 얻어낸 자백은 이제 아무짝에도 쓸모없어요."

쥐스틴 팀장은 프로파일러의 말을 끊지 않기 위해 입술을 질끈 깨문다.

"심문하는 형사와 용의자의 교감이 무엇보다 중요합니다." 여성 프로파일러의 지루한 설명이 이어진다. "형사와 용의자 사이에 신뢰가 쌓여야 제대로 된 진술이 나올 수 있습니다. 형사는 최대한 용의자를 존중하는 태도로 심문해야 합니다. 최대한 예의를 갖추고, 용의자의 마음을 편안하게 누그러뜨릴 필요가 있습니다."

쥐스틴 팀장이 더는 참지 못하고 이죽거린다. "차라리 심문을 시작하기 전에 용의자에게 먹음직한 요리를 만들어 대접하라고 하지 그러세요?"

프로파일러는 쥐스틴 팀장의 말을 무시하고 최근 자신이 관여해 용의자 자백을 받아낸 사건에 대해 설명한다. 원조 프랑스인들이 사는 시골 지역에서 발생한 여성혐오 살인사건이다.

쥐스틴 팀장은 고개를 가로젓는다. 캉디스 라숌은 방향을 잘못 잡았다. 아드리앙은 캉디스 라숌이 바람직한 전략 없이도 옭아맬 수 있었던 어리벙벙한 용의자와 동급으로 취급해서는 안 되는 부류다.

쥐스틴 팀장이 여성 프로파일러의 친절한 설명을 더는 들어주기 힘들어 속을 끓이는 동안 푸이그르니에 반장과 엘 암라니 형사, 가르시아 중사는 스펀지처럼 그녀의 말을 빨아들인다. 마치 눈앞에서 세계 8대 불가사의를 대하는 표정들이다. 캉디스 라숌은 눈 깜빡거림, 목소리 고저, 말투, 가벼운 미소, 이따금씩 머리카락을 귀 뒤로 넘기는 행위 등 의도적인 몸짓과 표정이 조성하는 긍정적인 효과들을 완벽하게 이용하고 있다. 쥐스틴 팀장이 보기에 이를테면 로맹을 꼼짝 못 하게 홀려버린 소아외과 의사처럼 유명 프로파일러의 주장에는 전혀 빈틈이 없다.

쥐스틴 팀장의 머릿속에서 이 유명 프로파일러가 작성한 수십 페이지 짜리 사건 보고서 내용이 떠오른다. 범죄 현장인 요트에서 수집한 증거물이나 범인이 저지른 행위로 유추해볼 수 있는 범행 분석과 전혀 무관한 내용 일색이었고, 일선 형사의 수사에 전혀 도움이 되지 않는 모호한 가설만 잔뜩 늘어놓은 보고서였다.

쥐스틴 팀장은 범행 현장인 요트에 도착했을 당시 눈앞에 펼쳐져 있던 광경을 똑똑히 기억하고 있다. 피해자에게 그 정도의 상처를 입히려면 범인의 분노가 통제 불가능할 정도로 폭발한 상태에 이르렀다고 봐야 한다. DSC의 프로파일러가 남긴 보고서의 분석 틀로는 범인이 고무보트를 타고 요트로 접근해 범행을 저지른 뒤 짧은 시간 동안 어느 누구에게도 들키지 않고 다시 유유히 사라진 과정에서 보여준 냉정하고 치밀한 모습을 설명할 방법이 없다. 범인의 냉정한 태도와 범행 현장에서 엿보이는 통제 불가능한 분노 수위를 양립시키는 건 불가능하다.

쥐스틴 팀장은 인간 심리를 방정식 풀듯이 풀 수는 없다고 본다. 인간 심리는 저마다 각기 다를 뿐만 아니라 서로 모순되는 측면이 다양하게 얽히고설켜 있다. 정확한 해답을 제시할 수 없는 복잡다단한 영역이자 출구 없는 4차원의 미로다.

쥐스틴 팀장은 눈앞에서 탁상공론에 불과한 주장을 펴고 있는 프로파일러의 모습을 보고 있자니 숨이 막혀 질식할 것 같다. 효과적인 심문을 하는 데 필요한 방침을 마련하기 위해 모인 이 자리에도 진절머리가 났다. 입만 살아 있는 프로파일러가 분명하다. 머릿속으로 하나부터 열까지 다 끝내버리는 수사 놀이는 당장 집어치우고 어서 취조실로 들어가고 싶다.

푸이그르니에 반장이 손목시계를 힐끗 보고 나서 겨우 분위기 파악이 되었는지 캉디스 라숌의 장광설을 손을 들어 제지했다. 방금 전까지 푹 빠져 있던 프로파일러의 설명에서 겨우 벗어난 그가 몇 번 손뼉을 쳐 주위를 환기하고 나서 말한다.

"자, 그 정도면 설명은 충분하니까 쥐스틴 팀장과 엘 암라니 형사는 이제 취조실로 자리를 옮겨 심문을 시작해." 푸이그르니에 반장이 회의 종료를 알린다. "우리에게 충분히 낙관적인 상황이니까 다들 긍정적인 기대를 하면 돼. 우린 용의자의 신병을 확보했고, 유죄를 확신할 수 있으니까. 범행을 증명할 명백한 단서도 확보했고, 여러 가지 증거 목록도 있어."

푸이그르니에 반장이 애써 긍정적인 말을 할수록 쥐스틴 팀장은 그가 수사 결과를 그다지 신뢰하지 않는다는 느낌이 든다. 문제는 쇠꼬챙이에서 발견된 아드리앙의 지문이 아니라 범죄를 저지른 동기라고 할 수 있다. 아드리앙이 범인이라면 그가 왜 부인을 무참하게 살해했는지 범행 동기를 찾아내는 게 시급하다.

푸이그르니에 반장이 쥐스틴 팀장을 바라보며 말한다. "우리 이제부터 '크레센도(점차 강하게)'로 가자고. 총알을 미리 다 써버리지 말고 조금 기다렸다가 결정적인 증거들을 들이밀어야 한다는 뜻이야. 자, 이제부터 용의자 심문을 시작해."

푸이그르니에 반장은 복도에서 대기하고 있던 사법경찰에게 아드리앙을 데려오라고 지시하고 나서 쥐스틴 팀장에게 단둘이 할 말이 있다고 했다.

푸이그르니에 반장은 사람들이 다 나가고 단둘이 남게 되자 말한다. "자네가 캉디스에 대해 어떻게 생각하는지 알고 있어. 프로파일러들이 가끔 터무니없는 말을 하긴 해도 수사에 도움이 될 때도 많다는 걸 명심해. 그들이 늘 멍청한 분석만 하는 건 아니니까."

쥐스틴 팀장의 허공에 가 있는 눈동자를 보자니 마치 영혼이 다른 곳에 가 있는 듯하다.

"용의자 심문을 차질 없이 잘 수행할 자신 있지?"

쥐스틴 팀장이 무기력 상태에서 겨우 빠져나와 되묻는다.

"물론입니다. 무엇 때문에 그런 질문을 하죠?"

푸이그르니에 반장이 한숨을 푹 내쉰다.

"자네가 삐끗하면 유력한 용의자의 진술을 확보하지 못하게 될 수도 있어. 그 경우 세상 사람들로부터 무능하다는 질타를 받게 될 거야. 자네는 반드시 용의자의 자백을 받아내야 해. 변명의 여지 없는 자백을 받아내고, 용의자가 직접 진술서에 서명하게 만들어."

"당연히 그래야죠."

"내가 자네에게 바라는 건 그것뿐이야."

푸이그르니에 반장이 반신반의하는 얼굴로 방을 나섰고, 쥐스틴 팀장은 그 자리에 혼자 남았다. 창 너머로 컴퓨터 앞에 앉아있는 엘 암라니 형사의 모습이 보인다. 짧은 머리와 깔끔하게 면도한 얼굴에 연한 빛깔 리넨 재킷을 걸치고 있다. 개학하는 날 선생님이 교실로 들어오길 기다리는 착한 고교생 같은 행색이다.

사법경찰 두 명이 양옆에서 호위하는 가운데 취조실로 들어선 아드리앙이 무심한 표정으로 스파이 미러 앞에서 걸음을 멈춰 선다.

　두 사람의 시선이 허공에서 맞부딪친다.

오리아나 디 피에트로
5. 우리를 죽이는 것

사람들이 서로 치고받고 싸우는 곳, 거기가 현실계다.

_자크 라캉

18개월 전
스위스, 루가노

1

카를 야스퍼스 의료센터는 세레지오 호숫가에 자리해 있다. 하얀 석재로 지은 유서 깊은 건물로 주변에 보리수나무와 마로니에가 울창하다. 카를 야스퍼스 의료센터를 설립한 이후 수십 년이 흐르는 동안 그 주변으로 파사드를 온통 유리로 치장한 현대적인 건물들이 하나둘씩 덧붙여졌다.

오리아나는 어렸을 때부터 미로 같은 의료센터 건물을 자주 드나들어 건물 주변에 어떤 꽃들이 피고, 주변 숲에서 어떤 새들이 재잘대고, 호수에서 반짝이는 윤슬을 볼 수 있는 때가 하루 중 언제인지 속속들이 알고 있다.

오리아나는 여섯 살 때 엄마와 함께 코르티나담페초 스키장에 가던 길에 자동차 사고를 당했다. 그 당시 서른여덟 살이던 엄마 안나 마리아 디 피에트로는 마세라티를 운전하다가 한순간 차를 제대로 제어하지 못해 가파른 골짜기 아래로 굴러떨어졌다. 안나는 사고 당시 심한 부상을 당해 구조된 지 몇 시간 만에 사망했다.

오리아나는 턱뼈가 부서지고, 경추와 척추에 골절상을 입고, 내출혈이 심해 여러 차례 수술을 받았고, 루가노에 위치한 카를 야스퍼스 의료센터에서 장기간 요양하며 길고도 고통스러운 재활의 시간을 보내야만 했다.

오리아나는 청소년기가 끝날 때까지 줄곧 재활용 코르셋을 몸에 걸치고 지냈다. 지금은 오른쪽 다리가 왼쪽 다리보다 조금 힘이 달리고, 만성 척추 통증만 일부 남아 있을 정도로 건강이 회복되었다. 훗날 종군기자가 된 오리아나는 심각한 부상을 당했던 몸을 이끌고 수많은 전쟁터를 누비고 다니며 현장감 넘치는 기사를 타전했다.

오리아나는 건강에 적신호가 켜질 때마다 카를 야스퍼스 의료센터를 방문한다. 프랑수아 샤푸이 원장은 오리아나가 오랜 재활 과정을 통해 건강을 회복해가는 모습을 지켜보았고, 그런 인연으로 이 세상에서 둘도 없는 친구 사이가 되었다.

프랑수아 샤푸이 원장이 집무실 테이블 앞에 앉아있는 모습을 볼 때마다 의사라는 직업과 전혀 어울리지 않는 사람처럼 보인다. 레슬링 선수 같은 단단한 몸집에 마치 조각상처럼 매끄럽게 다듬어진 얼굴 윤곽선, 아래쪽이 넓은 코와 두터운 눈썹은 명배우 리노 벤추라를 연상시킨다. 어두운 얼굴 표정으로 봐서는 뭔가 걱정거리가 있는 사람처럼 보이지만 늘 차분하고 절제된 힘이 흰색 가운 밖으로 흘러넘치는 사람이다. 반달 모양 안경 뒤에서 빛나는 그의 눈빛이 환자와 그가 손에 들고 있는 사진 사이를 분주히 오간다.

그날 아침 오리아나는 다양한 건강 검진을 받으려고 의료센터를 방문했다. 지난 몇 주 동안 잠에서 깨어날 때마다 두통과 현기증을 느꼈는데, 밀라노의 가정의학 전문의는 약간의 고혈압 증상이 원인이고 많이 걱정할 정도는 아니라면서 고혈압 약을 처방해주었다. 한동안 두통과 현기증이 사라져 안심했는데 얼마 지나지 않아 왼쪽 팔에서 전에 없던 통증이 자주 일었다. 마치 팔에 쥐가 난 느낌이다. 처음에는 대수롭지 않게 생각해 그냥 넘기려고 했으나 오리아나는 볼로냐에서 열린 아동서적 박람회장에서 의식을 잃고 쓰러졌다. 그 사건을 심각한 경고로 받아들인 오리아나는 카를 야스퍼스 의료센터를 찾아가기로 했다. 일단 CT, 뇌 MRI, 조직검사 등을 받아볼 작정이었다. 샤푸이 원장은 검사 결과에 대해 보고받고 오리아나를 집무실로 불러들였다. 오리아나는 어느 정도 나쁜 결과를 예상하긴 했으나 막상 샤푸이 원장의 어두운 표정을 대하자 가슴이 덜컥 내려앉는다.

"원장님, 주저하지 말고 있는 그대로 말씀해주세요. 너무 신중하시니까 겁나잖아요." 오리아나가 왠지 말을 꺼내길 주저하는 샤푸이 원장에게 묻는다. "검사 결과가 그다지 좋지 않은가봐요?"

"응, 많이 안 좋아." 샤푸이 원장이 시인한다.

"암인가요?"

"뇌종양이야. 종양이 생겨 뇌를 누르니까 통증을 느끼는 거야. 고혈압, 두통, 갑자기 정신을 잃고 쓰러지는 증상들은 다 뇌종양 때문이었어."

샤푸이 원장은 매사 긍정적인 편으로 아버지처럼 든든하게 환자를 안심시키는 성향이었으나 오늘은 전혀 그런 모습이 아니다.

"뇌종양 교모세포종 4기야." 샤푸이 원장이 정확한 병명을 말해준다.

"몇 기까지 있는데요?"

"교모세포종은 4기가 가장 마지막 단계야."

"전이될 확률이 높겠네요?"

"전이 속도도 무척이나 빨라."

"종양 절제 수술이 가능할까요?"

"안타깝지만 불가능해." 샤푸이 원장이 한숨을 푹 내쉰다. "종양이 이미 오렌지 정도로 커진 데다 우측 두정엽에 뿌리를 내린 상태야."

오리아나는 종양의 이미지를 상상하면서 공포감을 느낀 동시에 지금 이 상황이 비현실적으로 느껴지기도 한다.

도대체 어떻게 오렌지 크기로 자란 종양이 내 머릿속에서 뿌리를 내리고 있다는 말인가?

"종양 제거 수술을 받는다고 해도 완벽하게 제거하는 건 불가능해. 재발 가능성이 높다고 봐야겠지."

오리아나는 어떻게 해서든 긍정적인 답변을 들으려고 기를 쓴다.

"방사선 항암 치료는 어때요?"

"종양을 제거하지 않는 한 항암 치료는 근본적인 해결책이 될 수 없어. 환자를 지치게 할 뿐 소용없는 일이야."

"단일 클론 항체를 체내에 주입하면 어떨까요?"

"그렇게 해도 자네의 기대 수명이 연장되지는 않아."

"그럼 희망이 전혀 없다는 뜻인가요?"

샤푸이 원장이 미간을 찌푸린다.

"지난 30년 동안 나는 자네에게 단 한 번도 거짓말을 한 적이 없어. 자네와 나는 서로 거짓말을 하지 않기로 약속했었지. 자네도 기억하지?"

"기억하다마다요."

"솔직히 말하자면 매우 암담한 상황이야."

오리아나가 묵묵히 의사의 사망선고를 듣고 나서 묻는다.

"만약 항암 치료를 받지 않는다면 결과가 어떻게 될까요?"

샤푸이 원장은 잠시 생각에 잠겼다가 신중하게 설명한다.

"종양이 점점 커질 테고, 병세가 점점 더 위중해지겠지."

"가령 어떤 증세가 나타나게 되죠?"

"간질 발작을 일으킬 수도 있고, 몸의 절반이 마비될 수도 있어. 언어 기능이 마비되고, 기억력도 희미해지겠지. 시력도 나빠질 수 있고, 심한 경우 실명이 될 수도 있어."

오리아나는 방금 전해들은 말들이 절망감을 높였지만 애써 마음을 가라앉히며 계속 질문한다.

"유전적인 영향인가요? 아니면 제가 부주의했기 때문인가요?"

"유전적인 요인도 있겠지만 자네가 어린 시절에 자동차 사고를 당해 각종 검사와 수술을 받느라 방사선에 심하게 노출된 것도 영향이 있을 거라고 봐. 그냥 내 추측일 뿐 확실하게 단정 짓는 건 아니야."

이제 가장 중요한 단 하나의 질문이 남아 있다.

"앞으로 얼마나 더 살 수 있을까요?"

샤푸이 원장이 면목 없다는 듯 인상이 굳어지더니 머리를 긁적이며 말한다. "길어야 몇 달."

"두 달, 아니면 열 달?"

"두 달 쪽에 가까워."

오리아나는 고개를 끄덕였으나 그 말을 완전히 받아들이고 백기를 들자니 왠지 억울한 느낌이 든다.

"지금의 몸 상태로 보자면 내일 당장 죽을 것 같지는 않은데요."

"아직은 자각 증상이 느껴지지 않아서 그래. 하지만 병세가 악화할수록 고통이 뚜렷이 감지될 거야. 몸 상태도 급격히 나빠지겠지."

"그럼 저는 이제부터 무엇을 해야 할까요?"

"자네가 선택하기에 달렸어."

"그러니까 어떤 선택을 하면 좋을까요?"

"이제부터 무얼 해야 할지 곰곰이 생각해봐. 당장 하던 일을 그만두고 삶을 정리하는 여행을 다녀올 수도 있고, 자네가 살아 있는 동안 반드시 처리하고 싶은 일이 있으면 당장 그 일에 매달려야겠지. 무엇보다 자네 의사가……."

오리아나는 다시 샤푸이 원장의 말을 끊는다.

"당장 밀라노로 돌아가야겠어요."

샤푸이 원장은 오리아나를 배웅하려고 병원 정문 앞까지 따라나선다. 안타까운 마음을 담은 그의 두 눈이 햇빛을 머금은 우물처럼 반짝인다. 단단한 체구와 걸걸한 목소리 뒤에 예민한 감수성을 가진 그의 따스한 인간성이 숨어 있다.

"내가 언제나 자네 편이라는 걸 알지? 내게 도움을 바라거나 조언이 필요한 경우 언제든지 연락해."

"원장님, 한 가지만 부탁할게요. 당분간 제가 뇌종양 교모세포종 말기라는 사실을 어느 누구에게도 알리지 말았으면 해요."

"무슨 말인지 잘 알겠네."

2

오리아나가 카를 야스퍼스 병원을 나선 시각은 오후 4시다. 이제껏 병원 근처 공원 풍경을 오늘처럼 관심 있게 둘러본 적이 없다. 10월 초였지만 더운 날씨가 오래도록 이어지고 있다. 하늘은 맑고, 햇빛을 받은 호수에서는 윤슬이 반짝이고, 나무들은 푸른 물을 잔뜩 머금어 파릇파릇하다.

오리아나는 공원 벤치에 앉아 주변 풍경을 감상하고 새들이 재잘거리는 소리를 들으며 한동안 꼼짝도 하지 않는다. 마치 자연을 가슴 깊이 품어 안고 합일을 이루면 종양이 자리한 머릿속이 다시 깨끗이 치유되기라도 하듯이.

오리아나는 부당하다는 생각이 들지도 않고, 죽음이 두렵지도 않다. 억울하거나 분노가 끓어오르지도 않는다. 그저 아무런 감정도 느껴지지 않는다. 감정 자동차단기가 있어 감정의 흐름을 아예 막아버린 느낌이다.

오리아나는 담배에 불을 붙여 한 모금 빨고 나서 연기를 길게 내뿜었다. 이제는 폐가 망가지는 걸 두려워하지 않고 담배를 피울 수 있게 되었다. 오리아나는 모처럼 나무가 울창한 푸른 숲에서 담배를 피웠다. 초록 물결이 넘실대는 잔디, 청자를 연상시키는 호수 빛깔, 가을 문턱에서 황금빛을 머금은 나뭇잎이 그녀와 함께한다.

사람들은 대개 오리아나를 강한 성품을 가진 여성이라고 생각하지만 실제로는 그렇지 않다. 오리아나는 그저 고집이 셀 뿐이다. 오리아나의 삶은 여섯 살 때부터 고난이 계속되었고, 불행에 굴복당하지 않으려면 끝없이 투쟁해야 하는 고통의 연속이었다. 그녀는 오랜 시간 고통을 참고 견뎌냈고, 마침내 이겨냈다. 어린 나이에 수많은 고통을 겪어오다보니 삶이 가하는 고통은 회피할 수 없으며 어떻게든 싸워서 이겨내야 한다는 사실을 일찍부터 깨달았다. 고통과 시련을 피할 수 없다면 정면 대결해서 이겨내는 수밖에 없었다.

오리아나는 운전기사에게 병원 정문 앞으로 차를 가져오라고 문자메시지를 보낸다. 공원 벤치에서 일어난 그녀는 병원 정문 앞으로 가려고 공원을 가로질러 걸어간다. 의료센터 건물의 푸르스름한 유리창마다 그녀의 실루엣이 여러 겹으로 겹쳐 보인다. 그녀가 입고 있는 원피스의 꽃무늬가 유리창에 비친 하늘과 나무들 사이로 섞여든다. 대학 시절 모델로 일하는 동안 사람들은 그녀의 계란형 얼굴, 반짝이는 빛을 발하는 두 눈, 아치 모양 곡선을 그리는 눈썹을 아름답다고 칭찬했다. 20년이 지난 지금도 그녀는 여전히 아름다웠고, 사람들의 이목을 끌었다. 그녀는 삶을 버리고 떠나고 싶다고 생각한 적이 결코 없다.

오리아나는 운전기사가 시동을 걸어두고 기다리는 메르세데스 벤츠의 문을 열고 미끄러지듯 안으로 들어선다. 그녀는 운전기사 에두아르도에게 밀라노로 가자고 말한다. 뒤로 빗어 넘긴 백발에 바다거북 껍질로 만든 선글라스를 착용한 에두아르도는 수십 년째 디 피에트로 그룹에서 일해온 사람이다. 말수는 적지만 눈치가 빠르고, 고용주에게 충직한 인물이다. 오리아나의 아버지는 옛날 기업가답게 무슨 일이든 이의를 제기하거나 묻지 않고 묵묵히 일하는 사람들을 선호한다.

오리아나는 차에 오르고 나서야 비로소 얼마나 큰 충격을 받았는지 깨닫는다. 피로감이 걷잡을 수 없이 밀려와 캐시미어 담요로 몸을 감싸고 자장가처럼 아련하게 들려오는 엔진소리를 벗 삼아 잠시 졸았다.

이제부터 새롭게 주어진 현실에 어떻게 적응해나가야 하지?

샤푸이 원장은 길어야 두 달쯤 더 살 수 있을 거라고 했다. 두 달은 짧고도 긴 시간이다. 얼마 남지 않은 자유 시간을 빼앗겨서는 안 된다는 게 그녀에게 주어진 과제다.

오리아나는 얼마나 더 살 수 있을지 예측하고 싶지 않았고, 당분간 이 모든 사실을 비밀에 부치기로 했다. 타인의 시선이야말로 인간의 실존 문제를 가장 어렵게 만드는 감시망이니까. 오리아나는 늘 타인의 시선을 의식해야 하는 노예의 삶을 살지 않기 위해 몸부림친다.

나의 병에 대해 털어놓아서는 안 돼. 타인의 시선을 의식하느라 얼마 남지 않은 시간을 허비하고 싶지 않아.

오리아나는 자녀들인 파올로와 소피아 그리고 남편에 대해 생각한다. 그녀에게 주어진 유산은 수십억 유로에 달했고, 그녀의 죽음이 임박했다는 사실이 알려지게 되면 상속자들 사이에서 서로 유산을 많이 차지하려는 아귀다툼이 벌어질 수도 있다. 암초는 도처에 널려 있다시피 하다. 오리아나는 지금껏 가족들을 디 피에트로 제국의 광기로부터 지켜온 건 자신의 인생에서 가장 훌륭한 업적일 수도 있다고 생각했다.

내가 이 세상에서 사라지게 되면 어떤 일이 벌어질까?

오리아나는 두 눈을 감는다. 그녀가 사라져도 인류의 역사는 계속 이어질 것이다. 아무리 지혜롭고 사려 깊은 사람이라는 이미지를 얻기 위해 애써왔다 해도 그녀 역시 디 피에트로 가문의 피를 물려받았다. 오리아나 디 피에트로는 카를로 디 피에트로의 딸이고, 겉으로 드러내지 않아 사람들이 잘 모를 뿐이지 천부적인 씨움꾼이다.

오리아나의 머릿속에서 한 가지 계획이 싹트기 시작한다. 어떤 방식으로든지 삶을 이어나갈 방도를 찾아내야 한다.

더는 이 세상 사람이 아니더라도 계속 살아남기 위해.

아델 켈레르
6. 사람들이 발견하는 것

한 명의 인물이란 우리가 결코 그 안을 파고들 수 없는 어둠이다.

_마르셀 프루스트

일주일 후

2022년 10월 16일, 파리

1

나는 2017년 여름에 아르바이트를 하면서 지낸 런던의 한 호텔 방에서 투숙객이 깜빡 잊고 놓아두고 간 그 책을 발견했다. 백 페이지도 안 되는 얇은 책으로 일본 작가 다니자키 준이치로가 쓴 책이다. 나는 우선《음예 예찬》이라는 제목에 눈길이 간다.

소설이라기보다는 에세이에 가까운 책이었고, 다니자키 준이치로는

'눈이 부시도록 환한 빛 속에서 아름다움을 찾을 수 있다'라는 관점의 현대 서양 미학과는 입장을 달리해 '희미한 빛에서도 아름다움을 찾을 수 있다'라는 새로운 미학의 관점을 제시한다. 일본의 조각품들은 음영이 분명하게 나타나도록 섬세하게 만지고 다듬어 처음에는 하찮게 보이다가도 궁극의 아름다움을 이끌어낸다. 인간의 아름다움도 환한 빛 속이 아니라 빛이 필터나 베일을 통과하는 과정을 통해 완성된다. 필터나 베일이 만들어낸 음영이 오히려 외적 매력과 신비를 돋보이게 해주는 역할을 한다.

나는 비록 일본 사람은 아니지만 그들의 생각이 나의 존재 방식과 일치한다는 느낌이 든다.

내 이름은 아델 켈레르, **그림자 여인**이다.

2

내 루틴은 언제나 똑같다. 매일 아침 지하철을 타고 가나가 오전 8시에 마들렌역에서 내려 포부르생토노레 가를 거슬러 올라간다. 어떤 사람들은 명품 매장 진열대에 전시된 물건들을 넋잃고 바라보기도 하지만 나는 명품보다는 그 지역 호화 저택들에 대해 훨씬 관심이 많다. 가령 31번지의 빨간색 대문 집은 신비스러운 뭔가를 감추고 있다는 느낌이 든다. 엘리제궁과 미국 대사가 산다는 폰탈바 저택도 내가 무척이나 관심 있게 지켜보는 건물이다. 가끔 대문이 열려 있는 날이면 정원의 잔디밭과 분수대, 정원사나 운전기사가 눈에 들어오기도 한다.

대저택들이 줄지어 늘어선 구역을 지나 내가 총괄 메이드로 일하는 럭셔리 끝판왕 브리스틀 호텔까지 내처 걷는다. 계획적이고 치밀한 성격인 나는 이 호텔의 스위트룸이 있는 9층에서 객실 서비스 담당으로 일한다. 일을 꼼꼼하게 하는 나만의 비밀이 있는데 언제나 손님 입장이 되어 그들의 기대와 요구사항을 미리 점검해본다. 내가 주어진 일을 완벽하게 해내면 손님들은 편안하게 지낼 수 있다. 내가 생각하는 최고의 객실 서비스는 손님들이 내가 어떤 노력을 기울였는지 전혀 눈치채지 못하면서도 가장 편안하게 지내도록 하는 것이다.

나는 어둠 속에 머물면서 사람들 눈에 띄지 않기를 바란다. 나에게는 빛이 들어오지 않는 후미진 환경이 익숙하고 좋다. 호텔에서 꽃장식을 맡은 직원, 세탁물 담당자, 좁아터진 주방에서 일하는 견습생, 은제 식기를 반짝거리게 닦는 일을 하는 직원, 쉴 새 없이 겉은 바삭하고 속은 촉촉한 사과파이를 구워내는 제빵사도 나처럼 웬만해서는 사람들 눈에 띄지 않는다. 우리는 호텔이 차질 없이 잘 돌아가도록 해주는 윤활유이자 보이지 않는 곳에서 빛나도록 만들어주는 장인들이다.

오전 9시에 나는 검은색 바지 정장에 흰 셔츠를 착용하기 전에 탈취제를 한 번 더 뿌린다. 호텔의 객실 총책임자가 '파리의 지붕'이라고 불리는 스위트룸에 매우 중요한 손님이 묵게 될 거라고 귀띔해준다.

"이탈리아에서 온 VIP야."

내가 기억을 더듬으며 말한다. "스위트룸은 이미 오래전 도밍게스 가족이 예약했는데요."

"나도 알아. 하지만 호텔 지배인이 이탈리아 VIP에게 스위트룸을 내주었나봐. 손님 이름은 오리아나 디 피에트로야. 당신도 이름을 들어본

적 있을 거야.”

나는 거울 앞에 서서 뒤로 빗어 넘긴 쪽머리를 매만지며 고개를 끄덕인다.

“직접 만나본 적도 있어요.”

“아, 그렇구나. 그래서 오리아나 디 피에트로 부인이 당신을 스위트룸으로 보내달라고 했나봐.”

3

9층.

나는 한 손에 은쟁반을 들고 깊이 숨을 들인 마신 다음 초인종을 누른다.

“디 피에트로 부인?”

문은 반쯤 열린 상태다. 나는 다시 문을 가볍게 노크한다.

“디 피에트로 부인, 9층 객실 서비스 담당인 아델 켈레르입니다.”

아무런 대답이 없어 나는 그냥 안으로 들어갈 수밖에 없다.

일단 안으로 들어가봐야겠어.

스위트룸에 들어갈 때마다 나는 창문이 달린 망사르드 지붕, 참나무 원목으로 깐 쪽마루 같은 디테일에 감탄한다. 부드러운 햇살이 방 안을 채우고 있는 덕분에 파스텔톤 벽과 ‘트왈 드 주이’*로 감싼 소파 사이의 조화가 만들어내는 분위기가 우아하다.

오리아나는 테라스에 나가 앉은 상태로 노트북을 들여다보고 있다.

*18세기 프랑스의 주이 앙 조자스에 설립된 면직물 날염 공장에서 제작된 직물을 총칭하는 말

그녀 뒤로는 팔레 가르니에에서 사크레쾨르 대성당까지 이어진 파리의 지붕들이 파노라마처럼 펼쳐져 있다.

노트북 화면에서 눈을 뗀 오리아나가 나를 알아보고 미소 짓는다.

"안녕, 아델! 다시 만나게 되어 반가워요."

"안녕하세요, 디 피에트로 부인."

우리 두 사람이 그리스에서 마지막으로 얼굴을 본 건 2년 전이다. 키클라데스 제도의 호텔에 묵으면서 나는 오리아나의 두 자녀를 돌봐주었다. 오리아나는 내가 기억하는 2년 전 모습 그대로다. 갈색 머리, 우아한 몸짓, 아름다운 얼굴과 조화를 이루는 곡선미까지 똑같다. 영화 〈특별한 하루〉의 소피아 로렌과 〈라빠르망〉의 모니카 벨루치의 매력을 절반씩 합쳐놓은 듯하다.

내가 차를 담아온 쟁반을 테이블 위에 내려놓으며 말한다. "생강차와 꿀, 레몬을 가져왔어요. 우리 호텔 스파에서만 특별히 제공하는 비법 차입니다."

오리아나가 나를 따뜻하게 안아주며 말한다.

"이봐요, 아델. 당신은 내가 볼 때마다 점점 더 예뻐지고 있어요."

오리아나는 항상 나에게 상냥하고 친절했다. 그리스에서 함께 보낸 15일 동안 우리는 마치 가족처럼 친근하게 지냈다. 서로를 충분히 이해하고 배려하는 분위기였다. 그 무렵, 부친이 사망해 크게 상심한 오리아나는 장례식을 마친 후 잠시 휴식을 취하고자 두 아이와 함께 그리스를 찾았다고 했다. 그때 그녀의 남편은 동행하지 않았다. 그들 가족이 휴가를 마치고 떠났을 때 나는 이루 말할 수 없이 슬프고 허전한 느낌을 받았다. 나는 마치 오리아나가 나를 움직이게 해주던 배터리를 모두 가져가버린 듯 한동안 의기소침한 상태로 지내야 했다.

"부인을 파리에서 또다시 뵐 수 있게 되어 얼마나 기쁜지 몰라요."

"사실은 아드리앙을 따라왔어요. 오늘 저녁 파리 조폐국에서 아드리앙의 콘서트가 열리거든요."

"파올로와 소피아는 잘 지내죠?"

"네 물론이죠. 그 아이들이 얼마나 컸는지 보여줄게요." 오리아나가 휴대폰에 저장해둔 아이들 사진을 보여준다.

정말이지 너무나 귀여운 아이들이다. 마치 환하게 빛나는 조각상 같다. 나는 두 아이를 또렷이 기억한다. 오리아나가 보여준 사진 속에서 파올로는 AC밀란 축구팀 유니폼을 입고 첼로를 연주하고 있고, 소피아는 발레 연습에 매진하고 있다. 두 아이 모두 옆에 있는 것만으로도 사람들의 기운을 북돋우고, 밝고 유쾌한 기분을 전염시키는 존재들이다.

나는 아이들 사진을 보면서 오리아나가 말해주는 장소들을 그려본다. 브레라에 있는 정원 딸린 아파트, 앙티브 곶의 저택, 코르티나담페초 스키장에 있는 샬레 등이다. 디 피에트로 가문 사람들의 삶은 마치 한 치의 오차도 없이 완벽하게 연주되는 악보 같아서 그들을 바라보는 자들에게 실존에서 가장 풀기 어려운 질문 가운데 한 가지를 떠올리게 만든다.

카드놀이를 할 때 왜 누군가는 에이스 원 페어를 손에 쥐게 되고, 다른 누군가는 포 카드를 손에 쥐게 될까?

소피아가 눈썰매를 타는 사진을 볼 때 하얀 눈밭 위에 피가 한 방울

툭 떨어진다.

나는 즉시 고개를 들고 소리친다. "코피가 나요."

나는 욕실로 달려가 휴지를 가져온다.

오리아나가 휴지로 코피를 훔치며 말한다. "별일 아니니까 걱정하지 말아요."

오리아나는 휴지를 대고 코뼈의 아래쪽을 눌러 지혈을 시도한다.

"의사 선생님을 부를까요?"

"아니, 그럴 필요 없어요. 요즘 자주 코피가 나요."

코피가 멎자 오리아나는 다시 테라스 테이블에 앉더니 나에게도 앉으라고 권한다. 나는 자리에 앉는 대신 그녀에게 따스한 차를 한 잔 따라준다.

"그러지 말고 어서 앉아요."

"그러면 안 돼요."

오리아나가 내 셔츠 소매를 잡아당겨 기어이 테라스 의자에 앉힌다.

4

"제가 뭘 도와드릴까요?"

"이제부터 나를 디 피에트로 부인이라고 부르는 대신 그냥 편하게 오리아나라고 불러, 알았지? 나도 편하게 말을 놓을 테니까."

나는 고개를 끄덕인다.

"나는 우연히 브리스틀 호텔에 온 게 아니야. 사실은 너를 만나려고 일부러 찾아왔어."

"아니, 무슨 일 때문에요?"

"너에게 뭔가 제안할 게 있어."

침을 꿀꺽 삼킨 나는 갑자기 잔뜩 긴장한다. 내가 상대해야 하는 손님들은 가끔 아주 해괴망측한 상상들을 하니까.

"어서 말씀해보세요."

오리아나는 코피 묻은 휴지를 테이블 위에 놓인 크리스털 재떨이에 넣는다.

"너에게 반드시 내 말을 따르라고 강요할 마음은 없어. 나는 그저 너에게 선택권을 줄 생각이야."

"어떤 선택권인데요?"

"이 호텔에 남을지, 나를 따라 떠날지 선택해줘."

"제가 왜 이 호텔을 떠나야 하는데요?"

"내가 너에게 한 가지 일을 시켜야 하니까."

"무슨 일인데요?"

"네가 계속 이 호텔에 남겠다고 하면 나는 너에게 비밀 한 가지를 알려줄 거야. 나랑 루가노에 있는 의사 말고는 아무도 모르는 비밀이야."

오리아나는 노트북 가까이 놓여있는 담뱃갑을 집어 든다.

"그 비밀을 알게 되는 즉시 넌 위험에 빠지게 될 거야."

잠깐 말을 끊은 오리아나가 자개 장식이 된 라이터로 담배에 불을 붙이는 사이 나는 방 안의 장식물과 가구들이 중심을 잃고 흔들리는 느낌을 받는다.

"네가 만일 그 비밀을 발설하는 경우 나는 너의 집으로 사람을 보내겠지. 그가 너의 다리를 부러뜨리고, 치아가 단 하나도 남지 않을 때까지 때릴 거야."

끔찍한 이미지가 순간적으로 내 머릿속을 스쳐 지나간다. 비현실적일 만큼 무섭고 끔찍한 이미지다.

"분명히 말하는데 결코 농담이 아니야." 오리아나가 정색하고 말한다. "너의 예쁜 얼굴은 엉망이 되고, 인생도 끝장나는 거야. 그 정도에서 멈추면 그나마 다행이겠지만 최악의 경우⋯⋯."

몇 초도 안 되는 사이에 내가 알고 있던 오리아나는 사라지고 없다. 그 대신 활활 타오르는 시선, 확장된 동공, 너무나 위협적인 목소리를 가진 다른 여성이 눈앞에 있을 뿐이다.

선량한 친구 오리아나가 갑자기 〈스타워즈〉에 나오는 쉬브 팰퍼틴으로 변신한 듯하다. 그 순간 나는 자명한 사실을 깨닫는다.

"혹시 어디 아프세요?"

"역시 넌 추리가 뛰어나. 브라보!"

오리아나는 담배 연기를 길게 빨아들였다가 내뿜는다. 담배 연기는 이내 흩어진다.

"뇌종양 교모세포종 4기야." 오리아나가 남의 말 하듯이 덤덤하게 말한다. "전이 속도가 빨라 제거 수술은 불가하고, 올해가 가기 전에 죽을 가능성이 높아."

"정말 안타까워요. 난 그런 줄도 모르고."

"네 잘못이 아니잖아."

오리아나는 목을 꾹꾹 누르며 하품을 참는다.

"평소 통증이 심해요?"

"매일매일 달라. 괜찮은 날도 있고, 심한 날도 있고."

"제가 무얼 도와드릴까요? 저에게 제안할 게 있다고 하셨잖아요."

"단도직입적으로 말할게. 내게는 과거 인연을 생각해 눈치를 보거나 체면 차릴 시간이 없으니까. 여기에 오기 전 너에 대해 많이 알아봤어. 그 결과 너의 인물 됨됨이를 잘 알게 되었지."

나는 깜짝 놀라 몸을 움찔한다.

"지난 17년 동안 네가 같이 잔 남자들 명단도 있고, 어떤 일을 하며 살았는지 일자리 목록도 갖고 있어. 은행에서 대출받은 돈이 얼마인지, 네가 사는 하녀 방 월세가 얼마인지도 알아. 심지어 나는 오늘 밤 네가 잠자리에 들기 전 무슨 생각을 할지도 짐작하고 있어."

"나를 뒷조사하고 다닌 이유가 뭐죠?"

"너도 내 처지라면 그럴 수 있을 거야."

내가 이 방에 도착한 이후 오리아나의 휴대폰이 쉬지 않고 진동한다. 오리아나는 이제껏 휴대폰에는 관심을 보이지 않더니 화면을 힐끗 쳐다보고 나서 잔뜩 인상을 찌푸린다.

"저에게 무얼 제안할 건데요?"

"너에게 말해주기까지 시간이 좀 더 필요해." 오리아나가 자리에서 일어나 담배를 비벼 끄며 말을 잇는다. "지금은 사람들도 만나야 하고, 할 일이 많이 남았어. 오늘 저녁 6시에 다시 나를 만나러 와줄래?"

"저는 이 호텔 직원이고, 부인이 원한다고 해서 다 받아주긴 힘들어요."

오리아나는 미처 예상하지 못한 순간 갑자기 내게로 다가와 입을 맞춘다. 그녀의 입술이 내 입술에 닿는 순간 나는 그대로 얼어붙는다.

오리아나가 테라스를 나서며 말한다. "그거 알아? 넌 화낼 때가 더 귀엽다는 거."

스위트룸 안으로 들어간 오리아나가 아직 테라스에 남아 있는 내게로 몸을 돌리자 마치 액자에 들어 있는 인물처럼 보인다.

"마지막으로 한 가지만 더 말해주지. 넌 지금 만나는 남자 친구를 차버려야 할 거야."

"정말이지 너무 심한 말 아닌가요?"

"너랑 어울리지 않는 남자야. 오늘 안에 당장 헤어져."

"부인이 시키면 저는 무조건 따라야 한다고 생각해요?"

"그래, 바로 그거야. 넌 내 말을 무조건 따라야 해."

나는 오리아나의 앞을 가로막으며 말한다. "혹시 미친 건 아니죠? 제가 왜 그래야 하죠?"

오리아나가 한숨을 푹 쉰다.

"그래, 난 미쳤어. 다른 사람들도 다 미쳤고. 자크 라캉이 말하길 '모두들 헛소리를 한다'고 했지. 너는 내가 시키는 대로 일을 깔끔하게 처리한 다음 나를 보러 와야 해."

"강요하지 마세요. 저도 생각하는 능력이 있으니까."

"네 안에서 속삭이는 목소리를 잘 들어봐. '이제 넌 타인의 삶을 부러워하며 바라보지 말고, 네 인생을 살아야 할 때야'라고 말하는 목소리가 들려올 거야."

나는 손목시계를 힐끔 본다. 벌써 시간이 많이 지체되었다.

"이제 팀원들에게 가봐야 해요."

오리아나가 내 목소리를 흉내 내 방금 전 내가 한 말을 그대로 따라 한다. "이제 팀원들에게 가봐야 해요."

내가 방문을 닫았을 때 오리아나가 소리친다.

"오늘 저녁 6시에 호텔 수영장으로 와."

2023년 5월 5일 금요일 오후와 저녁 시간

	13시 -아드리앙 들로네는 몸이 아파 말로센 의사에게 왕진을 와달라고 연락
-오리아나 디 피에트로 니스 공항에 도착(AF62l2편). 남편에게 잠시 요트를 타러 간다는 내용의 문자메시지 발송 -오리아나 택시를 타고 칸토항으로 출발	**16시** -육아 도우미와 아이들은 칸으로 영화를 보러 외출 -16시 45분: 말로센 의사 앙티브 곶의 저택 '아나벨'에 도착
-17시경: 오리아나는 혼자 〈루나 블루호〉에 탑승 -17시 30분경: 요트는 레렝 제도의 두 섬 중간 지역 프리율 운하에 닻을 내리고 정박	**17시** -17시 15분: 의사가 돌아간 뒤 아드리앙 들로네는 침대에 누웠고, 19시까지 잠을 잤다고 주장
-서풍이 일기 시작	**18시**
-19시 30분~45분: 오리아나 피습. 쇠꼬챙이로 여러 차례 가격당함. 최초 목격자의 눈에 사망한 것으로 보였음. 요트로 접근하는 고무보트를 보았다는 증언	**19시** -19시 10분: 일흔 살 먹은 정원사 앙드레 칼랑드리가 아드리앙 들로네를 수영장 근처에서 봤다고 진술
-20시 45분: 에덱 비즈니스 스쿨에 재학 중인 두 여학생이 쓰러진 오리아나를 발견하고 경찰에 신고	**20시** -20시 05분: 두 아이와 육아 도우미 귀가. 이들은 저녁 시간 일부를 아빠와 보냄

쥐스틴 타이앙디에
7. 사람들이 함구하는 것

거짓말을 하는 건 인간적이다. 대부분의 시간 동안 우리는 심지어 우리 자신에게조차 정직할 수 없다.
_구로사와 아키라 감독의 영화 〈라쇼몽〉에 나오는 대화

2024년 5월 24일 금요일
니스 경찰청

1

니스 경찰청 취조실은 붉은 벽돌 벽과 유광 콘크리트 바닥, 철제 테이블과 의자, 천장에 매달린 산업용 전등이 인테리어의 전부다. 바다를 향해 난 대형 유리창이 있긴 하지만 항상 블라인드가 쳐져 있고, 어느 누구도 불평하지 않는다.

쥐스틴 팀장이 묻는다. "사건 당일 어디에서 무얼 하고 있었는지 자세히 설명해주세요."

아드리앙은 침착하기 그지없는 태도로 철제 테이블 앞에 앉아 있다.

그와 마주 앉은 쥐스틴 팀장은 몸을 잔뜩 웅크린 자세고, 왼쪽 옆자리에 앉은 엘 암라니 형사는 입을 꾹 다문 상태로 아드리앙의 진술을 열심히 받아 적고 있다.

"벌써 몇 번째 똑같은 말을 반복해야 하죠?" 아드리앙이 짜증스럽다는 듯이 길게 한숨을 토한다.

아드리앙은 짙푸른 폴로셔츠에 청바지 차림이고, 산뜻한 빛깔의 운동화 끈이 돋보이는 아디다스 스탠스미스 운동화를 신고 있다.

"앙티브 곶에는 사건 전날인 목요일에 도착한 게 맞죠?"

"네, 맞습니다. 내가 알리바이 확인용으로 제출한 항공권에도 나와 있을 겁니다."

"그날, 당신은 앙티브 곶 저택에서 두 자녀와 육아 도우미 나디아 살라히 부인을 만났습니다. 그들은 주 초부터 거기서 지냈죠?"

아드리앙은 대답 대신 고개를 끄덕인다.

"두 자녀가 다니는 학교의 방학 기간이었죠. 당신은 뮌헨에서 음반 녹음을 마치고 나서 곧장 앙티브 곶 저택에 합류했고요."

"뮌헨에서 색소폰 연주자 체다 포어맨의 앨범 제작이 있었는데 피아노 연주가 필요한 부분을 내게 도와달라고 해서 갔었어요. 사건 당일에는 원래 루체른에서 열리는 페스티벌에 참가해 피아노를 연주할 계획이었는데 취소되었죠."

쥐스틴 팀장은 사실 확인을 위해 컴퓨터 화면에 힐끗 눈길을 준다.

"그 페스티벌 명칭이 '재즈 스프링'이었죠?"

아드리앙이 심드렁하게 고개를 끄덕인다.

쥐스틴 팀장은 이어서 묻는다. "한 가지 의문점이 있는데 왜 뮌헨에서 곧장 스위스로 이동하지 않았습니까?"

아드리앙이 당연한 걸 왜 묻는지 모르겠다는 표정으로 대답한다.

"아이들이 보고 싶었습니다."

"고작 하루만 버티면 만날 수 있는데 굳이 일정을 바꿀 정도로 보고 싶었나요?"

"물론이죠." 아드리앙이 오히려 놀란 표정을 짓는다. "팀장님은 자녀가 없으시죠?"

쥐스틴 팀장은 그 지점에서 예기치 않게 한 방 제대로 먹는다. 은근히 화가 치밀었지만 쥐스틴 팀장은 애써 태연한 척하며 다음 질문을 한다.

"당신은 마지막 순간에 루체른에서 열기로 한 콘서트를 취소하고, 앙티브 곶에 그대로 머물러 있었습니다."

"몸이 안 좋았어요."

"어디가 아팠는데요?"

"독감이었습니다."

"5월 초였으니 유행성 독감은 이미 지나간 때 아니었나요?"

아드리앙이 어깨를 으쓱하고 나서 말했다. "독감 전문가나 의사가 아니라서 나도 잘 모르겠네요."

"당신 주치의인 자비에 말로센 박사를 만나봤어요. 금요일 점심 무렵 당신이 전화해 왕진을 오라고 했는데 그는 선약이 있어 오후 4시 45분이 되어서야 당신 집을 방문했다고 하더군요. 당신이 열이 많이 나고, 코도 막히고, 두통도 심했다고 했어요."

"주치의가 오자마자 내 체온을 쟀는데 39.1도였으니까요."

"그런데 왜 주치의는 약을 처방해주지 않았죠?"

"주치의가 말하길 강한 독감약은 타미플루인데 요즘에는 인플루엔자 바이러스의 내성이 강해지고 부작용이 발생할 수도 있어 그다지 권장하지 않는다고 하더군요. 그 대신 따뜻한 물을 충분히 마시고, 해열진통제와 비타민C를 섭취하는 게 더 효과적일 수도 있다고 하면서요. 그 정도 약은 우리 집 약상자에 들어 있었기에 굳이 처방전을 받을 필요가 없었죠."

"건강보험공단에서 당신의 선택에 고마움을 표해야겠네요. 그때 집에 혼자 있었습니까?"

"육아 도우미가 아이들을 데리고 칸에 있는 극장에 가는 바람에 혼자 있었습니다."

"주치의가 돌아간 오후 5시 15분부터 무얼 하셨습니까?"

"열이 39도로 펄펄 끓는데 무얼 할 수 있겠습니까? 진통제를 먹고 나서 침대에 곧바로 누웠죠. 인플루엔자 바이러스에 감염된 적이 있다면 내 말이 무슨 뜻인지 잘 알 겁니다. 팀장님은 내가 열이 펄펄 끓는 몸을 이끌고 유산소 운동이라도 했어야 마땅하다고 생각하세요?"

"그때쯤이면 당신 부인이 항공기에 탑승해 앙티브 곳으로 오고 있다는 사실을 알고 있었을 텐데요?"

"오리아나가 온다는 건 당연히 알고 있었습니다. 전날 아내가 전화해 알려주었거든요."

"그날 오후 4시에 니스 공항에 도착한 부인은 곧장 요트를 타러 가겠다는 문자메시지를 보냈습니다. 그 문자메시지를 봤나요?"

"침대에 누워 끙끙 앓느라 오후 내내 휴대폰을 확인하지 못했습니다."

"정말 이상하네요. 당신은 오후 4시가 조금 지난 시각에 육아 도우미가 아이들에게 팝콘을 사줘도 되는지 묻는 문자메시지에는 답변을 해주었던데요."

아드리앙은 조금도 동요하지 않고 대답했다. "육아 도우미가 휴대폰으로 전화하거나 문자메시지를 보낼 경우 '지금은 바쁘니 나중에 다시 걸어주세요' 모드로 해놓았다고 하더라도 내 휴대폰에서 계속 신호가 울리도록 설정해두었으니까요."

"당신 부인이 보낸 문자메시지는 그냥 보지 않고 무시해도 되고요?"

2

"당신은 주치의가 돌아간 이후 침대로 이동해 끙끙 앓다가 잠이 들었다고 했습니다. 몇 시간쯤 잤나요?"

"두 시간쯤 잤습니다. 온몸에 땀이 흥건한 상태로 깨어났을 때 시계를 보니 저녁 7시 가까이 되었더군요. 비록 짧은 시간이지만 깊이 자서인지 몸 상태가 한결 나아진 걸 느꼈습니다. 주방 냉장고에서 에비앙 생수 한 병을 꺼내 거의 다 마셨습니다. 목구멍에 불이 붙은 듯 갈증이 심했거든요."

"그때도 집에 혼자 있었나요?"

"그때는 정원사도 집에 있었습니다."

"앙드레 칼랑드리 씨가 당신 집 정원사죠?"

"네, 그렇습니다."

"정원사 말로 그 당시는 해가 긴 계절이라 저녁 6시 55분까지 일했고, 일을 마치고 나서 그날 쓴 연장들을 오두막 창고로 옮겨두고 집으로 돌아갔다고 하더군요. 정원사는 그날 저녁 7시 10분쯤 수영장 근처에서 당신을 봤고요."

"바람을 좀 쐬려고 밖에 나갔다가 정원사를 보았고, 이내 집 안으로 들어와 아이들이 돌아올 때까지 다시 침대에 누워 있었습니다."

"육아 도우미의 증언에 따르면 저녁 8시 5분에 아이들을 데리고 집으로 돌아왔다고 하던데요."

"네, 뭐 그때쯤 돌아왔을 겁니다. 그게 뭐 잘못되기라도 했나요?"

"당신은 정원사가 당신을 본 저녁 7시 10분과 육아 도우미가 아이들을 데리고 집에 온 저녁 8시 5분 사이의 알리바이 증명이 불가하군요."

"아, 정말 그러네요." 아드리앙이 순순히 인정했다.

"우리가 사건 당일 입수한 자료들을 분석한 결과 당신 부인이 요트에서 괴한으로부터 공격받은 시간은 저녁 7시 30분에서 45분 사이로 추정됩니다. 공교롭게도 당신이 알리바이를 확보하지 못한 바로 그 시간과 겹치는데요."

"오리아나는 해안에서 6해리 넘게 떨어진 지점에 요트를 정박시켜두고 있다가 괴한의 공격을 받았습니다. 내가 그 짧은 시간에 해안에서 6해리나 떨어진 요트까지 다녀올 수 있을까요?"

"모터가 달린 고무보트를 이용할 경우 가능하지 않을까요?"

"그래도 30분 넘게 걸립니다."

아드리앙의 말은 결코 틀리지 않다. 그가 알리바이를 증명하지 못한 55분 동안 보트를 타고 해상에 정박해둔 요트로 이동해 오리아나에게 린치를 가하고 집으로 돌아오기에는 현실적으로 턱없이 부족한 시간이다.

지난 일 년 동안 경찰이 아드리앙의 집을 압수 수색하거나 감치 명령을 내릴 수 없었던 이유다. 아드리앙이 자신만만한 눈빛으로 쥐스틴 팀장을 똑바로 쳐다보며 '이제 그만 꺼지시지'라고 소리칠 수 있었던 이유이기도 하다.

아드리앙은 앵무새처럼 늘 똑같은 진술을 했지만 이미 명백히 드러난 알리바이만으로도 무죄를 증명하는 게 가능했다. 그는 이번 심문 과정에서도 이전과 똑같은 말을 반복한다. 다른 유사한 사건의 용의자들과 달리 그는 절대로 자신이 이전에 했던 말을 번복하지 않는다. 그는 거짓말을 늘어놓다가 걸린 적이 없다.

이번에도 과연 아드리앙은 진술을 번복하지 않을 수 있을까?

"우리는 당신의 진술에 근거해 이미 여러 번 집에서 요트까지의 여정을 검증해봤습니다." 쥐스틴 팀장이 말을 이었다. "바람이 잔잔한 날에는 보트를 타고 최대한 빨리 이동할 경우 당신 부인이 요트를 정박해둔 곳까지 20분도 안 걸리더군요."

"내 눈으로 확인하지 않는 이상 전혀 믿을 수 없는 주장이네요."

쥐스틴 팀장은 화제를 바꾼다. "이 사건을 수사하다가 크게 놀란 적이 있는데 혹시 무엇인지 아십니까?"

"글쎄요, 뭔지 모르겠네요."

"그날, 당신 집에 경비원은 없었습니다."

"경비원은 늘 없어요. 재산 관리인이 집의 유지 보수를 위한 관리 감독을 맡고 있는데 그 사람은 알베르 1세 대로변에 있는 부동산업체 소속으로 되어 있습니다."

"경비원을 직접 채용해 쓰지 않는 이유가 있나요?"

"오리아나와 나는 사생활을 침해받는 걸 좋아하지 않습니다. 우리 부부가 그 집에 머무는 동안 다른 사람을 가까이 두고 싶지 않았습니다."

"감시 카메라가 정문 입구에만 달려 있더군요."

"전에도 말했다시피 나는 자기도 모르게 감시 카메라에 촬영되는 걸 싫어하거든요."

"일반적으로 유명 인사나 재력가들은 적어도 한 명 이상의 경비원을 고용합니다. 경비원에게 숙소를 제공하는 건 물론이고요. 경비원을 두지 않을 경우 혹시 자녀들의 안전이 걱정되지는 않던가요?"

"나는 평소 아이들에게 위험한 상황이 벌어지더라도 결코 두려워하지 말라고 가르칩니다. 사람들이 선호하는 여러 보호 장치들이 아이들의 안전을 지켜줄 거라 기대하는 건 환상이죠. 난 아이들에게 보호 장치들을 믿지 말아야 한다고 가르칩니다."

"혹시 부인에게 적들이 있었습니까?"

"누구나 적들이 있겠죠. 오리아나가 살해당한 이유도 적들과 관련되어 있지 않을까 추측됩니다."

"가령 누가 당신의 부인을 적대시했을까요?"

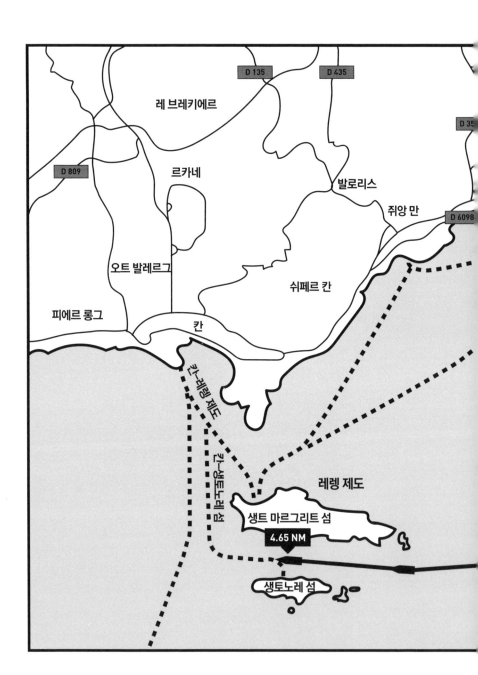

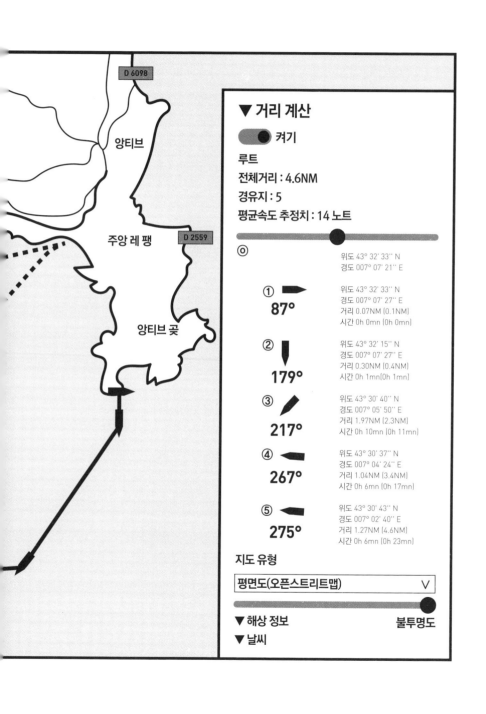

D 6098

앙티브

D 2559

주앙 레 팽

앙티브 곶

▼ 거리 계산

● 켜기

루트
전체거리 : 4.6NM
경유지 : 5
평균속도 추정치 : 14 노트

◎   위도 43° 32' 33'' N
　　경도 007° 07' 21'' E

① ➡
87°   위도 43° 32' 33'' N
　　경도 007° 07' 27'' E
　　거리 0.07NM (0.1NM)
　　시간 0h 0mn (0h 0mn)

② ⬇
179°   위도 43° 32' 15'' N
　　경도 007° 07' 27'' E
　　거리 0.30NM (0.4NM)
　　시간 0h 1mn(0h 1mn)

③ ↗
217°   위도 43° 30' 40'' N
　　경도 007° 05' 50'' E
　　거리 1.97NM (2.3NM)
　　시간 0h 10mn (0h 11mn)

④ ⬅
267°   위도 43° 30' 37'' N
　　경도 007° 04' 24'' E
　　거리 1.04NM (3.4NM)
　　시간 0h 6mn (0h 17mn)

⑤ ⬅
275°   위도 43° 30' 43'' N
　　경도 007° 02' 40'' E
　　거리 1.27NM (4.6NM)
　　시간 0h 6mn (0h 23mn)

지도 유형

평면도(오픈스트리트맵)   ∨

● 불투명도

▼ 해상 정보
▼ 날씨

"수사에 착수한 지 일 년이 넘도록 당신들은 무얼 했죠? 오리아나의 적이 누군지 나에게 묻지 말고 당신들이 찾아냈어야 하지 않나요?"

"그동안 수사가 지지부진했던 건 명백한 사실이니 부인하거나 변명하지 않겠습니다. 경찰을 질책하는 것도 좋지만 내 질문의 요지는 당신이 부인의 적이라고 생각한 사람이 누군지 물었는데요?"

"정말이지 당신들은 고집불통이군요. 프랑스 경찰의 난맥상이야 잘 알려진 사실이지만 나에게 그런 질문을 왜 하죠? 정말이지 당신들을 보면 진절머리가 납니다. 당신들은 시민의 안전을 돌보지 않아요. 나 같은 사람을 사냥 목표로 삼고 꼼짝하지 못하도록 옭아매기나 하죠. 나는 돈도 많고, 유명한 사람이니까. 하지만 당신들이 어찌나 무능한지 나는 나 자신을 방어하기 위한 변호사를 고용할 필요조차 없더군요."

쥐스틴 팀장은 화가 나기는커녕 용의자가 평정심을 잃어가고 있는 듯해 일단 좋은 징조로 받아들인다.

"우리가 당신 부인이 요트에서 착용하고 있던 물건들의 목록을 보여주었을 때 당신은 손목시계가 보이지 않는다고 지적했습니다."

"보통 시계가 아니라 로즈골드와 다이아몬드로 만든 파텍필립 노틸러스입니다. 오리아나를 만난 지 20년이 되던 해에 내가 선물한 시계이기도 하고요."

"인터넷에서 가격을 검색해봤더니 20만 유로가 넘는 명품 시계더군요. 손목시계 하나가 그 정도로 비싸리라고는 미처 몰랐네요. 침실 두 개 딸린 아파트 한 채와 비슷한 가격이니까요."

"무슨 뜻으로 한 말인데요?"

"그날 당신의 부인이 그 시계를 손목에 차고 있었다고 확신할 수 있습니까?"

"항상 차고 다녔으니까요."

"당신 부인을 살해한 자가 시계를 가져갔을 거라 생각해요?"

"당연하죠. 범인이 아니면 누가 훔쳐 갔을까요? 그날 요트에 출동한 형사나 구조대원이 그런 짓을 했을 리 없잖아요. 에덱 비즈니스 스쿨 학생들이 그랬을 리도 없고요."

그날 오리아나가 손목시계를 차고 있었다면 정말이지 이상하다. 쥐스틴은 팀원들과 몇 달 동안 인터넷 중고 시계 거래 사이트들을 주시하는 한편 사건이 벌어진 지역 근처 보석상들의 거래 내역을 확보해 자세히 살펴보았으나 수상한 거래 흔적을 찾아내지 못했다.

"만난 지 20년이 넘었으니 당신과 부인은 정말이지 오래된 커플이네요."

아드리앙은 아무 말도 하지 않고 천장만 바라보고 있다. 거기에 있지도 않은 얼룩을 찾아내려는 듯이.

3

"20년 동안 같이 살면서 두 분은 문제없이 돈독하게 지냈나요?"

"더없이 좋았습니다."

쥐스틴 팀장은 앞에 펼쳐놓은 파일을 훑어본다.

"간혹 다투긴 했네요. 심지어 자녀들이 보는 앞에서."

"오리아나는 열정적인 성격이라 부부 싸움도 의사소통의 방법 중 하나라고 보았어요."

"부모가 자주 싸워 힘들었다는 자녀들의 진술과 아빠의 생각은 차이가 크네요."

"아이들이 부부 싸움 때문에 힘들었다고 했다고요?"

"네, 분명 그렇게 진술했습니다."

"어느 가정이든 완벽할 수야 없지 않나요? 아이들에게 늘 기쁨을 준 건 아니었지만 그런 일은 극히 일부분에 지나지 않았습니다. 내 아이들의 가장 큰 불행은 엄마를 잃은 것이고, 경찰이 아직 범인을 잡지 못했다는 겁니다."

"단도직입적으로 묻겠습니다. 혹시 부인을 때린 적이 있나요?"

"말도 안 되는 소리!"

"당신 집 수영장 관리인의 증언에 따르면 당신이 부인의 손목을 멍이 시퍼렇게 들 정도로 세게 잡아당긴 적이 있다고 하던데요."

아드리앙이 고개를 가로젓는다.

"수영장 관리인은 일을 게을리해 내가 2년 전에 해고한 사람입니다. 나에게 해고당해 앙심을 품은 사람의 증언이 신빙성이 있을까요?"

"부인에게 그런 행위를 한 적이 결코 없습니까?"

"맹세코 없습니다."

"2020년 이후에 찍은 사진을 보면 부인의 코 윗부분에 상처 자국이 보이던데요."

"오리아나가 수영장에서 다이빙을 하다가 실수로 코를 부딪치는 바람에 생긴 상처입니다. 내가 수영장에 있었다면 그런 일은 발생하지 않았을 겁니다. 그때 하필 내가 자리를 비우고 없었거든요. 오리아나의 사체를 부검했으니 잘 아실 텐데요? 오리아나의 몸에 멍 자국이나 오래된 상처 자국이 조금이라도 있던가요?"

침묵.

"굳이 대답을 들을 필요도 없겠네요."

"그럼 혹시 부인이 당신을 때린 적은 있습니까?"

"소설을 쓰려면 제대로 쓰세요. 우리 집에서 가족을 때린 사람은 없어요."

쥐스틴 팀장은 또다시 파일에 눈길을 준다.

"가사도우미가 '부인이 자주 그릇을 깼다'고 증언했네요."

"그 말은 맞아요. 오리아나가 그릇을 깬 적이 더러 있어요. 화가 나면 간혹 접시를 집어던졌거든요."

"두 분은 주로 무슨 일로 싸웠습니까?"

아드리앙이 지친 기색으로 고개를 절레절레 젓는다.

"부부 사이에 흔히 있는 다툼이었죠. 팀장님은 아직 미혼이십니까?"

쥐스틴 팀장은 갑작스러운 질문에 다시 머릿속이 하얘진다. 용의자들을 심문하다보면 가끔 예기치 않은 반격이 가해지는 경우가 더러 있다. 아무리 난감한 질문을 받더라도 그녀는 언제나 용의자들의 노림수를 간파해 판세를 뒤집고 심문을 유리하게 진행했다.

컴퓨터 화면에 경고 메시지가 떴다. 쥐스틴 팀장은 이어폰을 착용하지 않고 버티고 있었으나 심문 과정에서 나오는 말을 단 한마디도 놓치지 않고 듣고 있던 프로파일러 캉디스 라솜이 '용의자가 당신이 불편해하는 표정을 보았으니 조심하세요'라는 음성메시지를 보낸 것이다.

쥐스틴 팀장은 눈두덩을 비볐다. 옆방에서 눈을 빛내며 이 상황을 주시하고 있는 사람들이 있다는 걸 잘 알고 있다. 지난 2년 동안 쥐스틴은 외모에 대한 자신감을 많이 잃었다. 젊을 때만 하더라도 미모 덕을 많이 보았는데 지금은 젊은 여자와 눈이 맞은 남편에게 버림받은 신세가 되었다.

쥐스틴 팀장의 불행을 접한 동료들의 반응은 두 부류로 나뉜다. 대놓고 비아냥거리는 부류와 거짓 연민으로 위로하는 척하는 부류다. 샤덴프로이데*의 전형적인 사례라고 할 수 있다. 누군가의 불행을 지켜보면서 오히려 안도감을 느끼는 사람들이 있다.

쥐스틴의 꼴을 보라지. 내가 훨씬 낫잖아.

"그래요, 우리 부부는 가끔 싸웠어요." 아드리앙이 다시 말을 잇는다. "부부가 오랫동안 같이 살다보면 사소한 마찰이나 갈등을 빚을 수밖에 없잖아요. 그냥 지나가는 말다툼이었어요. 우리 부부가 살아가는 방식이었습니다. 혹시 자크 브렐이 부른 〈오랜 연인의 노래〉를 아세요? 그 노래 가사에 '연인들에게는 평화롭게 사는 것이야말로 최악의 함정이 아닐까?'라는 부분이 있어요. 습관이라는 함정에 빠지면 안 되잖아요."

이번에는 쥐스틴이 방금 전 아드리앙이 했던 말을 꼬투리 잡아 역전을 시도했다.

"나도 자크 브렐을 좋아합니다. 그 노래는 특히 더 좋아하고요. 당신은 콘서트 때 자주 피아노로 그 노래를 연주하고, 녹음도 했더군요. 나도 그 음반을 구입한 적이 있어서 잘 압니다. 자크 브렐의 그 노래 가사

*Schadenfreude, 타인의 불행을 위로해주려는데 자꾸 웃음이 난다는 뜻

에 이런 대목이 있죠. '물론 몇 사람의 애인이 당신을 거쳐 갔어요. 그럴 때도 필요하기 마련이지요.'"

쥐스틴의 말뜻을 파악한 아드리앙이 잠시 신경질적으로 인상을 찌푸린다.

"오해하지 말고 들어주길 바랍니다. 혹시 당신 부인에게도 은밀하게 만나는 연인들이 있었을까요?"

"결코 없었어요."

"당신 말이 옳다고 확신하십니까?"

"내가 잘못 알고 있다는 걸 증명해보시든지."

"혹시 당신에게는 비밀리에 만나는 연인이 있었습니까?"

"당신들이 한동안 나를 미행하고 다녔으니 이미 답을 알고 있을 텐데요?"

"당신 생각을 말하지 말고, 그냥 묻는 말에 대답하세요. 혹시 부인을 속인 적이 있습니까?"

"그건 내 사생활이니까 대답하지 않겠습니다."

"사생활이라니요? 감치 상태인 용의자는 사생활을 내세워 답변을 거부할 수 없습니다."

"혹시 시간 되시면 솔제니친의 작품을 읽어보세요. 우리의 자유란 타인이 우리의 존재에 대해 알지 못하는 바탕 위에서 구축되는 겁니다."

"나는 지금 용의자를 심문하고 있어요. 철학 강의 시간이 아니라는 뜻입니다."

"경찰은 수사에 착수한 지 일 년이 지났습니다. 나는 수사가 어떻게 진행되고 있는지 여러 차례 물었으나 성의 있는 답변을 듣지 못했습니다. 경찰과 언론은 나를 유력한 용의자로 취급하고 있고, 나는 일 년이 넘도록 내 아이들을 제대로 쳐다보지도 못하고 죄인처럼 지내왔습니다. 내 아이의 학교 친구들이 '네 아빠가 엄마를 죽였대'라고 대놓고 말할 정도입니다. 내 아이들의 눈빛에 나를 향한 의혹의 그림자가 보인다는 게 얼마나 괴로운 일인지 아십니까?"

"너무 흥분하지 마세요."

"팀장님은 아이가 없죠?"

"그건 왜 묻죠?"

"아이가 있는지 없는지 말하는 게 어렵습니까?"

"아이는 없습니다만 이 일과 무슨 상관이죠?"

"아이가 없는 사람들은 도저히 이해하기 힘든 영역이 있거든요. 이 세상은 아이가 있는 사람과 없는 사람으로 분류할 수 있습니다."

쥐스틴 팀장은 화가 치밀어 따귀라도 한 대 올려붙이고 싶은 마음이 들었지만 가까스로 참았다. 그녀는 공개석상에서 진보적이고 개혁적인 입장을 취해왔으나 용의자를 심문하면서 인권 존중을 한답시고 지나치게 정중하게 대하면 역효과가 나기 일쑤였다. 수사에 도움이 되는 진술을 이끌어내려면 때로는 압박이 필요하다. 물론 용의자에게 물리적인 압박을 가하는 건 엄격하게 금지되어 있다. 쥐스틴 팀장이 신참 시절이던 2011년에 대대적인 경찰 개혁이 이루어진 결과다. 그 이전까지만 해도 강력 범죄 용의자는 양손을 등 뒤로 돌려 수갑을 채우고, 등받이도 없는 의자에 몇 시간씩 앉혀놓고 심문했다. 48시간 동안 잠을 재우지 않고 심문하는 경우도 허다했다. 베르고미 형사로부터 1980년대와 1990년대의 강력반 이야기를 자주 들었다. 그는 바타이유 팀 일원이었는데 레이날 페페르콘, 일명 정원사라고 불리던 연쇄살인마를 체포하는 데 일익을 담당했다. 그 당시 마르세유 경찰청 강력반 형사들은 레이날 페페르콘이 마지막으로 살해한 희생자의 사체를 유기한 장소를 찾아내려고 놈의 목에 가죽 벨트를 감고 조이기도 했다. 그러다가 기절하는 바람에 병원 응급실로 급히 이송하는 불상사를 빚기도 했다.

쥐스틴 팀장은 머리에서 온갖 잡념을 몰아내기 위해 숨을 깊이 들이마신다. 어차피 하루 이틀 만에 마무리될 심문이 아니었다. 조급히 서두르다가 용의자에게 패를 다 보여주는 실수를 저지르는 건 금물이다. 우선 용의자가 무슨 말을 하는지 충분히 들어보고 나서 어떤 방식으로 밀고 나갈지 정해도 늦지 않다.

"경찰은 이미 당신 부인을 살해한 범인이 누군지 찾아냈습니다. 당신은 머지않아 아이들에게 범인이 누군지 알려줄 수 있을 겁니다."

오리아나 디 피에트로
8. 사람들이 계속 추적하는 것

"당신이 삶에서 추구하는 가장 큰 야심은 무엇입니까?"
"불멸의 존재가 되고 난 다음 죽는 것입니다."

_장 뤽 고다르 감독의 영화 〈네 멋대로 해라〉 중에서

18개월 전

2022년 10월 16일

파리

1

대형 창유리를 통해 쏟아져 들어온 햇살이 수영장 물을 금빛으로 물들인다. 브리스틀 호텔 7층에 있는 수영장은 마치 파리의 지붕 위를 표표히 떠다니는 요트의 갑판을 연상시킨다. 지중해에 떠 있는 선박의 뱃머리와 배꼬리를 그린 벽화가 수영장 벽면에 그려져 있어 더욱 그런 느낌이 든다.

오리아나는 이를 악물고 수영장의 50미터 레인을 스무 번 왕복하고 나서 풀을 나와 가운을 집어 들고 선베드로 걸어갔다. 이제 곧 땅거미가 질 시간이지만 날씨는 여전히 무덥고, 바람 한 점 불지 않는다. 오리아나는 하늘을 채운 보랏빛 구름을 바라보면서 수건으로 얼굴에 흘러내리는 물기를 닦는다.

죽음도 이런 거라면?

오리아나는 죽음에 대한 공포, 세상의 온갖 소음, 너무 일찍 찾아온 세상과의 이별, 사랑하는 가족들을 두고 떠나야 하는 암담한 분노와 슬픔으로부터 거리를 두고자 여행을 떠나왔다. 여행하는 동안 살아 있는 자들을 멀고도 가까운 곳에서 바라보면서 삶에 대한 미련을 거두고 생을 정리할 작정이었다.

오리아나는 오렌지 향이 나는 쪽으로 시선을 돌리는 순간 아델 켈레르를 보았다. 화분에 심어놓은 오렌지 나무들 사이에 서 있는 그녀가 마치 쌍둥이 자매처럼 느껴진다.

"안녕하세요, 디 피에트로 부인."

오리아나가 퉁명스럽게 쏘아붙인다. "그냥 오리아나로 부르라니까." 그런 다음 간단한 손짓으로 아델을 가까이 오라고 청한다. "이렇게 내 앞에 다시 나타난 걸 보면 넌 역시 영리해. 하긴 네가 영리하다는 사실을 단 한 번도 의심해본 적이 없어."

"나를 영리하다고 생각하는 근거가 뭐죠?"

"내게는 아버지에게 물려받은 각별한 장점이 하나 있는데 바로 직관력이야. 절대로 그냥 해보는 말이 아니야. 나는 사람들이 마음속에 숨겨두고 있는 생각이 뭔지 잘 읽어내는 편이지. 종군기자 시절에 한두 차례 생사의 기로에 선 적이 있는데 내 직관력 덕분에 살아남을 수 있었어. 내가 이슬람 테러리스트들의 생각을 읽고 선제적으로 대처했거든."

"나랑 함께 할 때는 직관을 너무 믿지 말아요."

오리아나의 입가에 가벼운 미소가 어린다.

"그래, 난 네가 지금처럼 고개를 뻣뻣이 세우고 나를 대하는 게 좋아. 일단 5분만 앉아 봐. 너에게 해줄 말이 있으니까."

아델은 잠시 주저하다가 결국 선베드에 앉는다. 상체를 반듯이 세우고 두 다리를 딱 붙인 자세다.

"들을 준비가 되었으니 어서 시작해보세요."

오리아나는 이야기를 시작하기에 앞서 물을 한 모금 마신다.

"1991년 2월 1일, 그 당시 내 나이는 여섯 살이었어. 그날, 엄마가 학교 수업을 마친 나를 픽업하러 왔지. 엄마는 조각가였는데 이름이 안나 마리아 디 피에트로였어. 그날은 금요일 오후였고, 밀라노의 날씨는 더할 나위 없이 화창했지. 우리는 아빠와 함께 코르티나담페초 스키장의 샬레에서 주말을 보내기로 약속한 상태였어."

이제 수영장에는 그들 빼고 아무도 없다. 난방보일러가 돌아가는 소리가 수영장 물이 출렁이는 소리와 포개진다.

"난 엄마가 운전하는 차를 타고 여행하는 걸 무척이나 좋아했어. 빨간 마세라티의 핸들을 쥔 엄마는 음악을 크게 틀어놓은 상태로 빠르게 도로를 질주했지. 이탈리아 싱어송라이터들인 주케로, 에로스 라마초티, 토토 쿠투뇨가 인기의 절정을 구가하던 시대였지."

아빠의 샬레

오리아나는 추억이 기억의 표면으로 솟아오르기를 기다리듯 눈을 반쯤 감은 상태로 느릿느릿 말을 이어갔다. 그녀의 머릿속에서는 〈우나 스토리아 임포르탄테〉*가 배경음악처럼 넘실거린다.

"오후 5시에 우리는 베르가모 근처를 달리고 있었는데, 그로부터 한 시간 후에 베로나, 파도바, 베네치아를 차례로 지났고, 트레비소에서 고속도로를 빠져나왔어. 차가 벨루노를 지나 돌로미티산맥으로 접어들 었을 때부터 경사가 심하고 꼬불꼬불한 커브 길이 시작되었지."

아델은 꼼짝도 하지 않고 이야기를 듣고 있다. 아델의 머릿속에서는 테크니컬러로 제작된 옛날 영화처럼 화사하면서도 따스한 기운이 느껴지 는 이미지들이 펼쳐진다. 돌로미티산맥의 급경사 도로와 좁은 커브 길.

*Una storia importante, 에로스 라마초티가 1985년에 발매한 노래

"나는 갖가지 색상의 사인펜이 가득 들어 있는 필통과 수첩을 무릎에 올려두고 뒷좌석에 앉아 있었어. 부모님이 내 직전 생일에 선물로 사준 스코티시 폴드종 고양이가 바로 내 옆자리에 있었지. 부드럽고 복슬복슬한 털이 덮인 동글동글한 몸집에 귀염성 있는 얼굴이 녀석의 도드라진 매력이었어. 나는 녀석에게 구페토라는 이름을 지어주었는데 볼 때마다 새끼 올빼미를 닮았다는 생각이 들어서야. 엄마는 코르티나담페초 스키장의 샬레를 향해 떠나기 전 나에게 녀석을 철망이 달린 상자에 넣어두겠다고 약속해야 데려갈 수 있다고 했어. 엄마는 거듭 나에게 주의를 주었지. '차로 이동 중에는 절대로 고양이가 든 상자를 열면 안 돼.' 그럴 때마다 나는 '네, 엄마'라고 대답했지."

아델의 머릿속에서 펼쳐지는 이미지는 마치 자신이 경험한 일인 양 정확하고 또렷하다. 꼬불꼬불한 급경사 길을 달리는 빨간 마세라티, 돌로미티산맥의 현기증 날만큼 아름다운 풍광, 나무들이 빼곡한 숲, 만면에 환한 웃음을 지으며 목이 터져라 노래를 부르는 안나 마리아.

"우리 딸, 차로 이동 중에는 절대로 고양이가 든 상자를 열면 안 돼, 알았지?"

"네, 엄마."

"구페토가 든 상자는 내 옆자리에 놓여 있었어." 오리아나가 말을 이었다. "상자의 철망으로 구페토의 살짝 접힌 귀와 구릿빛이 도는 눈, 잔주름 잡힌 주둥이가 보이더군. 자글자글한 주둥이 때문에 녀석의 얼굴은 언제나 웃는 상이었지. 나는 구페토의 보드라운 털을 쓰다듬고 싶어 미칠 지경이었어. 엄마와의 약속을 지키려고 무던히 애쓰긴 했는데 그만……."

"상자를 열었나요?"

"나는 그저 녀석의 보드라운 털을 쓰다듬고 싶었을 뿐이었어. 구페토가 몹시 흥분해 상자가 열리자마자 총알처럼 날아 앞좌석으로 뛰어내릴 줄은 미처 몰랐지. 엄마는 소스라치게 놀랐고, 녀석을 잡으려고 한쪽 팔을 뻗었어. 구페토는 엄마의 손에 잡히지 않으려고 재빨리 자동차 페달 쪽으로 기어들어갔지. 기겁하듯이 놀란 엄마가 차를 세우려고 핸드브레이크를 급히 잡아당기는 바람에 차가 순간적으로 기우뚱했어. 빠른 속도로 달리고 있어서 엄마는 차를 안전하게 제어할 수 없었던 거야. 빨간 마세라티는 차도와 보도 사이 연석을 들이받으면서 허공으로 날아올랐다가 이내 관목 덤불로 떨어졌고, 30미터 아래로 데굴데굴 굴렀어."

내 친구 구페토

2

시시각각 달라지는 빛의 변화로 두 여인의 실루엣이 고색창연한 목재 바닥 위에 그림자 연극 같은 장면을 연출한다. 종업원이 나타나더니 양초에 불을 붙이고 나서 이내 사라진다. 불이 켜진 양초에서 은은한 꿀과 오렌지 향이 번져간다.

오리아나의 눈앞에서 어린 시절에 겪은 교통사고 장면이 다시 떠오른다.

"데굴데굴 구르던 차는 거꾸로 뒤집힌 상태로 멈춰 섰어. 나는 많이 다쳤지만 본능적으로 연기가 피어오르는 차체에서 기를 쓰고 빠져나왔지. 나는 아마도 데굴데굴 구르던 차가 갑자기 멈춰 선 순간과 그 이후 이어진 침묵 그리고 뒤이어 울려 퍼지던 오디오의 음악 소리를 영원히 잊지 못할 거야. 피투성이가 된 엄마의 얼굴과 희미한 눈동자도."

아델은 두 눈을 깜박인다. 연속으로 터지는 스피드 라이트 플래시처럼 추락하는 차의 이미지가 눈두덩 안쪽에서 활활 타오른다. 절벽 아래에서 불타고 있는 차, 피투성이가 된 안나 마리아의 얼굴, 자동차 앞 유리에 달라붙은 머리카락이 차례로 떠오른다. 차의 오디오에서는 여전히 이탈리아 가수의 노랫소리가 흘러나오고 있다.

"까무룩 정신을 잃었다가 깨어나보니 병원 침상이었어. 사고 현장에 출동한 구조대가 찌그러진 차체에서 엄마를 구조하느라 많은 시간이 소요되었다고 하더군. 엄마는 허파 파열, 다발성골절, 흉부 타박상, 뇌출혈이 겹쳐 병원에 실려 온 지 불과 몇 시간도 안 돼 숨을 거두었어."

어느새 밤이다. 창밖으로 프랑스학술원의 돔 천장과 불을 밝힌 채광창이 유난히 가깝게 보인다. 루프탑에 줄지어 늘어선 선베드들이 마치 톱니처럼 비죽비죽하게 만들어놓은 요새의 난간을 연상시킨다.

"내 삶을 통틀어 최악의 악몽이었지. 내 삶을 뿌리째 흔든 사고였어. 내 몸 역시 산산조각 날 만큼 크게 다쳤지만 나는 무려 30년이 넘도록 그 끔찍한 비밀, 그러니까 내가 엄마의 목숨을 잃게 만들었다는 비밀을 가슴 깊이 품고 살아야 했어."

"자학하지 말아요." 아델이 이의를 제기한다. "사고였잖아요."

"내 실수로 발생한 사고였어."

"고의는 아니었어요."

"나는 엄마와 철석같이 약속해놓고 지키지 않았어. 그 결과 사고가 발생했고, 엄마를 돌아가시게 만들었지. 그때 그런 일이 있었다는 건 나의 트라우마를 치료해준 정신과 전문의 말고는 아무도 몰라. 그 누구 에게도 그 이야기를 털어놓을 수 없었거든. 엄마를 여왕처럼 떠받들며 살아온 아빠의 슬픔과 낙담은 이만저만이 아니었어. 엄마가 돌아가신 후 아빠는 마음을 굳게 닫아버렸고, 그 어떤 일에도 이전 같은 열정을 보이지 않았지. 사업을 계속하긴 했지만 그저 관성적으로 했을 뿐 마음 은 이미 멀리 떠나버린 상태였거든. 그러다가 내가 꼴도 보기 싫어하는 여자와 재혼했고, 내 이복동생이 태어났지. 아빠는 그 아이에 대해서도 무심했어. 2021년 봄에 아빠가 몸져눕게 되었을 때 난 진실을 털어놓 기로 결심했지. 무려 30년이 지난 일이지만."

"왜 그래야 한다고 생각했어요? 차라리 끝까지 비밀로 하는 게 낫지 않았을까요?"

오리아나는 무슨 뜻으로 묻는지 알겠다는 듯이 고개를 끄덕인다.

"나도 수없이 망설였지만 30년 동안 숨겨온 비밀이 내 삶을 송두리째 갉아먹는 걸 더는 좌시하기 힘들었어. 나는 아빠에게 용서를 구하려고 무던히 노력하며 살았지. 어쩌면 아빠는 내가 저지른 짓을 다 알고 있을지도 모른다고 생각했어. 나중에야 알게 되었지만 내가 잘못 생각하고 있었던 거야. 나는 아빠에게 모든 진실을 털어놓았고, 아빠는 아연실색한 얼굴로 나를 물끄러미 바라보았어. 아빠의 얼굴에 벗어던지기 힘든 공포가 드리워져 있었지. 아빠는 다시 발작을 일으켰고, 며칠 후 돌아가셨어."

아델은 흘러간 이야기에 한 방 제대로 얻어맞은 기분이 든다.

"아빠의 장례식을 치르고 나서 기진맥진해진 나는 기운을 추스르려고 아이들을 데리고 그리스의 호텔에 갔었지. 그때 난 깊이를 알 수 없는 고통의 심연에 빠져 있었고, 좀처럼 암울한 생각에서 벗어날 수 없었어. 차라리 빌딩 꼭대기로 올라가 몸을 날려버릴까, 아니면 정신병원에 입원할까 고민하느라 머리가 부서질 듯했지. 심지어 내 목숨보다도 소중한 파올로와 소피아조차도 나에게 살아가야 할 이유가 되어주지 못했어. 그 당시 남편은 연일 콘서트 일정이 잡혀 있었고, 아이들을 돌봐주던 육아 도우미는 영국으로 돌아간 상태였지. 나는 호텔 관계자에게 우리 아이들을 돌봐줄 사람을 구해달라고 부탁했고, 그때 네가 나에게 와준 거야. 넌 우리 아이들을 완벽하게 보살펴주었지. 아이들이 뭔가 물으면 언제나 유효적절한 대답을 해주었고, 늘 호의적이고 지혜로웠어. 아이들을 심리적으로 안정시켜주는 한편 현실감을 잃지 않도록 배려해주었지. 네가 아이들을 잘 돌보고, 나에게도 잘해준 덕분에 그나마

나는 무너지지 않고 버틸 수 있었어. 그 이후로도 나는 줄곧 너를 마음속에 품고 지내게 되었지."

"오늘 저에게 그 이야기를 해주는 이유가 뭐죠?"

"나는 이제 곧 죽을 거야."

"죽다니요, 그게 무슨 뜻이죠?"

오리아나는 선베드에서 일어나 아델의 옆자리에 앉는다. 수영장의 물이 비현실적인 빛 속에 잠겨 출렁거린다. 일렁거리는 촛불이 만들어낸 을씨년스러운 그림자들이 마치 구석구석에서 비밀 집회를 열고 있는 사람들처럼 보인다. 벽화에 들어 있는 인물들조차 살아 움직이는 느낌이 든다.

"너를 볼 때마다 늘 똑같은 생각이 머릿속에 떠올랐어. 네가 내 남편과 정말 잘 어울리는 커플이 될 수 있을 거라고."

아델은 움찔 놀라며 되묻는다. "무슨 말씀이세요? 우리가 한집에서 함께 살기라도 하게요?"

"어떤 의미에서는 그렇지만 네가 상상하는 그런 그림은 아니야. 난 네가 내 자리를 대신 차지하길 바라."

3

"내가 왜 부인을 대신하길 바라는데요?"

"난 지금 몹시 진지해. 난 이미 너에게 뇌종양 교모세포종 4기라는 사실을 털어놓았고, 사망선고를 받은 거나 다름없다고 이야기했어."

"부인은 뇌종양과 싸워 이길 수 있어요."

"뇌종양 교모세포종 4기는 치료 불가야. 난 2, 3개월 안에 죽을 수밖에 없어. 그러니까 내 제안에 대해 잘 생각해봐."

"말이 안 되는 제안이에요."

"나를 대신해 내 남편과 아이들을 보살펴줘."

아델은 세차게 고개를 저으며 선베드에서 벌떡 일어선다.

"결코 있을 수 없는 일이에요!"

"아니, 너와 나 우리 모두에게 좋은 일이 될 거야."

"난 부인의 남편을 한 번도 본 적이 없어요. 그런 내가 어떻게……."

"장담컨대 넌 내 남편을 사랑하게 될 거야."

"그분 입장도 고려해야 하지 않나요?"

"아드리앙도 너를 사랑하게 될 거야. 넌 내 남편 취향이니까. 아드리앙은 금발에 조심성 많고 너그러운 성품의 여자를 좋아하거든."

아델의 머릿속에서 언젠가 읽은 마거릿 미첼의 《바람과 함께 사라지다》가 떠올랐다. 그 소설에서 가장 마음에 드는 인물이 멜라니였다. 그녀는 가장 너그러운 성품을 지닌 인물로 사망하기 직전에 틈만 나면 남편 애슐리를 넘봤던 스칼렛에게 자신의 남편과 아들을 잘 보살펴달라고 부탁한다.

"왜 하필 나인데요?"

"이미 말했잖아. 우리 아이들을 돌봐주는 모습에 반했다고. 그다음으로는 네가 나를 많이 닮았다고 생각하기 때문이야."

"내가 부인과 어디가 비슷한데요? 우린 아무런 공통점이 없어요."

"우린 이미 많은 걸 공유하고 있어."

아델은 얼토당토않은 주장이라는 생각이 들면서 별안간 현기증이 인다. 촛불에서 흘러나오는 향과 이상한 방향으로 전개되는 초현실적인 이야기가 두통을 불러일으킨다.

지극히 비합리적인 대화야. 왜 나는 이 비정상적인 제안을 단칼에 자르지 못하고 질질 끌려가고 있지?

"난 못 해요. 도저히 받아들일 수 없는 제안이에요."

"아니, 넌 내 말을 받아들여야 해. 그리 쉽지는 않겠지만 이겨낼 수 있을 거야."

"부인은 지금 엉터리 제안으로 나를 놀리고 있어요."

"이미 말했지만 나는 그 어느 때보다 진지해."

아델은 도저히 헤어날 수 없는 마법의 불길 속에 갇힌 기분이다.

"부인 남편이 나를 마음에 들어 할지 어떻게 알죠? 부인이 단정할 수 있는 문제는 아니잖아요?"

"난 내 남편을 잘 알아. 난 너에게 내 남편의 마음을 움직일 수 있는 열쇠를 줄 거야."

"아이들은 어쩌고요?"

"아이들은 이미 너를 좋아해. 내가 죽더라도 네가 우리 가족의 연속성을 유지시켜나가게 해줄 엄마라는 사실을 깨닫게 해주면 돼."

"부인은 무슨 이유로 가장 소중한 가족을 나에게 맡기려고 하죠?"

오리아나의 얼굴에 씁쓸한 미소가 어린다.

"나는 이기적이고 과대망상증 환자니까. 더없이 소중한 내 가족을 나아닌 누군가에게 맡긴다는 게 그리 쉬운 결정은 아니지만 그 결과 내 가족이 평화와 행복을 누릴 수 있다면 정말 좋은 일이 될 테니까."

"나 말고도 이미 아이들을 보살펴줄 가족이 있잖아요."

"아니, 아무도 없어. 내 부모님은 돌아가셨고, 이복동생은 아무 생각이 없고, 새엄마는 아빠의 오른팔이었던 작자와 놀아나고 있지. 그 작자는 디 피에트로 그룹의 왕이 되기 위해서라면 무슨 짓이든 할 놈이야. 정말 무서운 놈이지. 너도 앞으로 그 작자를 조심하는 게 좋아."

"내가 부인의 제안을 받아들인다면 내 삶이 어떻게 될지 생각해본 적 있어요? 나에게는 누구를 사랑할지, 어떤 길을 가야 할지, 누구와 평생 동행할지 선택할 권리가 있다는 걸 좌시해서는 안 돼요."

"현실적으로 무엇이 올바른 선택이 될지 잘 생각해봐. 내 제안이 얼마나 환상적인지 너도 잘 알 거야. 내 제안대로 해주면 넌 앞으로 평생 은쟁반이 깔린 길을 걷게 될 테니까. 로또 당첨 이상으로 환상적인 삶이 주어질 거야."

"난 현재의 내 삶을 포기하고 싶은 마음이 전혀 없어요."

"네가 추구하는 삶이 뭔데? 앞으로도 계속 밤낮없이 일하고, 하녀 방에서 쪼그리고 잠드는 삶?"

"가난하긴 해도 난 부족하다고 느끼지 않고 살아가고 있어요. 이미 무덤 속으로 한 발을 들이민 부인과는 달라요."

오리아나는 일이 생각보다 쉽게 풀리지 않자 한숨을 푹 쉰다.

아델을 선택한 게 잘못이었나?

만일 그렇다면 아델을 붙잡고 시간 낭비할 때가 아니다. 뇌종양이 모든 신체 기능을 무력화시키기 전에 서둘러 다른 상대를 찾아봐야 한다.

뇌종양은 이제 곧 수백만 개의 파편으로 터져버릴 폭탄이다. 가끔 그녀는 자신의 머리에 암세포 전이를 막아낼 힘이 있다고 믿었으나 합리적인 판단이 아니었던 셈이다. 종양 폭탄이 폭발하면 수많은 파편이 몸 구석구석까지 헤집고 들어가게 된다.

오리아나는 아델의 두 눈을 똑바로 들여다본다.

"니체가 이렇게 말한 적 있어. '도덕성이란 개개인에게서 엿보이는 떼거리 본능이다'라고."

"그런데요?"

"니체는 약자들이 강자들을 대하는 관점에서부터 도덕이라는 관념이 탄생하게 되었다고 보았어." 오리아나가 설명을 이어간다. "니체는 부족한 점을 잘 아는 약자들이 강자들의 가치를 전복시킬 방법을 모색하게 되었고, 그 결과 자기들의 방식으로 선과 악을 바라보는 관점인 도덕이라는 관념을 만들어내게 되었다고 본 거야."

그 말을 들은 아델의 눈이 반짝 빛난다. 그 빛은 아델이 오리아나에게서 발견한 찬란한 광채의 일부다. 사람들이 최신 유행하는 패션, 화장, 디올 백 얘기를 할 때 오리아나는 니체, 칸트, 헤겔, 오스카 와일드의 미학을 화제로 꺼내든다.

"니체는 약자들의 도덕을 강자들의 도덕과 대비시켰어. 자기만의 가치와 이상을 추구하는 우월한 강자들이 창조해내는 도덕과 말이지."

"왜 나에게 그런 이야기를 해주는데요?"

"너에게는 떼거리 본능이 없기 때문이야. 너는 약자들의 도덕과 변변치 않은 가치관에 굳이 동조할 필요가 없어. 너는 변변찮은 무리들로부터 해방되기 위해 태어난 존재니까. 너는 나와 같은 삶을 살기 위해 태어났고, 이제부터 내 삶을 이어받아야 해."

"억지 주장에 불과해요."

"아니, 대단히 구체적이고 실질적인 주장이야. 나는 너의 삶을 바꿀 수 있고, 너는 나의 삶에서 남아 있는 것들을 바꿔줄 수 있거든."

수영장의 물에서 이는 잔잔한 파동 탓에 바닥의 모자이크 타일이 만들어내는 희고 푸른 기하학적 무늬들이 일그러져 보인다.

"부인은 뇌종양 탓에 합리적인 사고가 불가능해 보이네요. 부인은 지금 예전처럼 명석하지 않아요."

"내 제안이 담고 있는 가치에 대해 잘 생각해봐."

"이미 많이 생각해봤지만 내 대답은 노(No)입니다."

상자

이 문장에서 네가 뭘 이해하지 못하지?

_ 네이선 파울스

절대 고양이 상자를 열면 안 돼, 알았지, 우리 딸?

절대 고양이 상자를 열면 안 돼, 알았지, 우리 딸?

절대 고양이 상자를 열면 안 돼, 알았지, 우리 딸?

절대 고양이 상자를 열면 안 돼, 알았지, 우리 딸?

절대 고양이 상자를 열면 안 돼, 알았지, 우리 딸?

절대 고양이 상자를 열면 안 돼

절대 **고양이 상자**를 열면 안 돼

절대 고양이 상자를 **열면** 안 돼

너, 절대 고양이 상자를 열면 **안 돼**

절대
그 망할 놈의
고양이 상자를
열면 안 돼!

아델 켈레르
9. 우리를 눈부시게 하는 것

밤이 창을 향해 돌진했다. 기차는 속도를 올렸다. 나는 삶이 나를 향해 돌진한다고, 나 또한 그 안으로,
벨벳처럼 부드러운 이미지의 세계 속으로 뛰어들고 있다고 느꼈다.

_니나 베르베로바

2022년 10월 16일
파리

1

트렌치코트, 스카프, 에어팟.

마치 저녁 모임에서 술을 너무 많이 마시기라도 한 듯 나는 정신이 아
득한 상태로 슬그머니 그 자리를 빠져나온다. 바깥 공기는 그리 차지
않지만 예기치 않은 바람이 포부르생토노레 가에서 불어온다. 나는 트
렌치코트의 벨트를 여미고 나서 잰걸음으로 호텔을 벗어난다.

오리아나에게서 들은 정신 나간 계획을 머릿속에서 떨쳐버리려면 신선한 바람이 필요하다. 귀에 꽂은 이어폰에서 누에보 탱고 음악이 흘러나온다. 길을 건너 마리니 대로로 들어선 나는 샹젤리제의 정원을 따라 걷는다.

이제부터 무얼 하지? 고양이랑 넷플릭스 보기? 참아주기 어려운 친구들과 한잔하기? 하긴 클럽에 가고 싶어도 입장료를 낼 돈이 없잖아.

나는 그런 것들보다는 아무런 목적 없이 걷기를 선호한다. 발길이 가는 대로 걸으며 머릿속에서 맴도는 복잡다단한 생각들을 아무런 제한이나 설정도 없이 맘껏 방황하도록 내버려두길 좋아한다. 사실 나는 진정한 친구도 없고, 연애는 환멸의 연속이다. 오리아나가 나에게 남자친구와 당장 헤어지라고 했던 말을 떠올려보자니 기분이 씁쓸하다. 그녀가 나에 대해 알아본 정보들은 업데이트되기 이전 것들이다. 나는 이미 2주 전에 그 남자를 정리했다. 섹스 파트너 이상의 의미는 없는 남자였다. 언제부터인가 데이팅 앱 검색이 설렘보다는 실망감으로 점철되는 일이 되어버렸다. 아무리 검색해봐야 별 볼 일 없는 프로필에 형편없는 남자들만 득시글거린다. 기대감이나 호기심을 느끼게 하는 상대는 보이지 않고, 거짓 약속과 허풍을 남발하는 쓰레기들만 북적거린다.

콩코르드 광장에 다다랐을 때 갑자기 소나기가 쏟아진다. 나는 버스 정류장 지붕 아래에서 잠시 비를 피한다. 뿌옇게 김이 서린 유리 뒤로 불을 환하게 밝힌 대관람차가 잿빛 하늘 속에서 알록달록한 색깔의 얼룩처럼 튀어 보인다. 나는 뿌연 유리에 비치는 행인, 택시, 버스의 일그러진 형태들이 끊임없이 교차하며 빚어내는 콩코르드 광장의 풍경을 바라본다. 오늘 하루 겪은 일들이 내 머릿속에서 파노라마처럼 펼쳐지고 있지만 난 거기에 일일이 신경 쓰고 싶지 않다.

소나기가 그치고 바람이 두 배는 거세진다. 나는 다시 길을 걷는다. 아스토르 피아졸라의 누에보 탱고에 빠진 나는 파리의 유령들에 현혹된 상태로 센 강을 끼고 걷는다. 반도네온 소리가 나를 저 멀리 아르헨티나로 데려간다. 다시 비가 내리고 있어 주변 세상이 마치 베일을 통해 보듯이 온통 희미하고 비현실적으로 보인다. 나의 몽상 속에서 파리의 건물들이 아르헨티나 색채로 갈아입는다. 화사한 색상으로 채색된 센 강 주변의 집들이 켜켜이 포개진다. 카미니토*의 벽화들이 파리의 구질구질한 낙서들을 지워버린다.

2

이어폰을 귀에서 빼자마자 방금 전까지 본 거리의 풍경들이 가뭇없이 사라져버린다. 자동차 클랙슨 소리와 경찰차의 사이렌 소리가 귀를 때리는 가운데 나는 그제야 꺼칠꺼칠하고 혼란스러운 현실로 돌아온다. 정처 없이 걷다보니 어느새 콩티 부두를 지나 파리 조폐국에 다다라 있다. 퐁데자르와 퐁네프다리 중간쯤이다. 밤에 보는 파리 조폐국 건물은 러시아의 상트페테르부르크 네바 강에서 본 대리석 궁전과 흡사하다. 저녁에 열리는 재즈 페스티벌을 소개하는 포스터가 여러 장 붙어 있는 건물 입구에 관객들의 대기 줄이 길게 늘어서 있다.

생제르맹데프레 재즈 페스티벌

*Caminito, 아르헨티나 부에노스아이레스 인근 보카 지역에 위치한 길

아드리앙 들로네 - 피아노 솔로
10월 16일 일요일
파리 조폐국 안뜰 정면 계단

우연한 동시성에 깜짝 놀란 나는 두 눈을 포스터에 고정한 상태로 꼼짝도 하지 않는다. 헝클어진 머리에 오뚝한 콧날, 윤곽이 뚜렷한 입술, 사나흘 면도하지 않은 턱수염에 푸르스름한 빛깔 렌즈를 착용해 부분적으로 가려진 아드리앙 들로네의 시선이 마치 나를 노려보는 듯하다.

10분 후에 파리 조폐국 안뜰 계단에서 아드리앙 들로네의 콘서트가 열린다. 나는 조폐국 안뜰로 들어갈지 말지를 두고 잠시 망설인다. 이 놀라운 우연은 독이 든 선물일 수 있다. 내가 자진해서 오리아나가 준비해둔 굴속으로 걸어 들어가는 셈이니까.

그나저나 무슨 수로 입장권을 구하지?

나는 혹시 연극 공연이나 콘서트가 열리는 곳이라면 그 어디서나 볼 수 있는 암표상이 이곳에도 분명 있을 거라 기대하며 주변을 두리번거린다. 몰려선 사람들 너머로 '입장권 판매'라고 적힌 피켓을 흔들어대며 호객 행위에 열중인 체크무늬 셔츠 차림의 털북숭이 남자가 눈에 들어온다.

"얼마죠?" 내가 피켓을 가리키며 묻는다.

"당신이 나와 동행해준다면 공짜로 모시겠습니다."

지나치게 요행을 바라는 건 아닌가?

"그냥 혼자 볼래요."

"그럼 200유로를 내세요."

내 형편으로는 지나치게 비싼 가격이다. 나는 단두대 벽화 앞에 서 있는 암표상을 바라본다. 벽화에 적힌 '마크롱, 조심하는 게 좋을 거야. 우리가 또 시작할 수도 있으니까'라는 글귀에 밑줄이 그어져 있다.

"어서 입장권을 줘요."

털북숭이 남자는 나에게 리디아*로 계좌이체를 해달라고 요청하면서 주머니에서 입장권을 꺼낸다.

"리디아 계좌로 이체하면 내 휴대폰 번호가 당신 휴대폰에 찍힐 겁니다. 혹시 누가 알아요. 콘서트가 끝나고 당신이 나랑 한잔 마시고 싶어 전화할지."

혹시 사기를 당한 건 아닌지 의심하며 입장권을 유심히 뜯어보던 나는 무사히 파리 조폐국의 유서 깊은 출입문을 통과한다. 재즈 페스티벌이 열리는 안뜰로 들어서자마자 아름다운 풍경이 시야를 가득 채운다. 가장 먼저 웅장한 돌기둥들과 박공이 눈길을 끈다. 촛불을 밝힌 야외무대의 휘황찬란한 모습에 눈이 부시다. 흥분에 사로잡힌 나는 막 자리를 잡기 시작한 커플들과 단체 관람객들 한가운데에 위치한 내 자리를 찾아간다.

우렁찬 함성과 박수를 받으며 무대에 등장한 아드리앙 들로네가 피아노 앞에 앉더니 건반을 가볍게 두드린다. 한동안 나는 정신 집중이 되지 않은 상태로 주변을 두루 살핀다. 어둠이 내린 광장을 스쳐 지나는 미지근한 바람, 꺼질 듯 말 듯 흔들리는 촛불, 파리 조폐국 건물 정면에 어린 그림자들.

*Lydia, 카카오뱅크의 프랑스 버전

아드리앙 들로네의 피아노 연주는 딱히 어느 장르에 속하는지 분류하기 힘들다. 클래식과 팝, 재즈의 혼합이다. 아드리앙은 고뇌에 찬 얼굴로 피아노 건반과 힘겨루기를 하고 있다. 그의 연주에는 드뷔시, 슈베르트, 비틀스, 라디오헤드가 섞여 있다.

아드리앙은 피아노를 연주하는 동안 얼굴을 찡그리기도 하고, 고개를 이리저리 돌리는가 하면 몸을 뒤틀기도 한다. 그의 피아노 소리는 한없이 낮게 깔리다가 이내 새로운 활로를 찾아 나서지만 한동안 안개속을 헤맨다. 그러다가 서서히 안개가 걷히면서 외로운 줄타기를 하던 그의 연주는 점차 절정을 향해 치닫는다. 샘에서 솟아오르는 물처럼 맑고 투명한 멜로디가 울려 퍼지는 동안 나는 두 눈을 감고 그의 연주에 나 자신을 맡긴다. 그리스 신화에 등장하는 세이렌의 노래, 듣는 이의 영혼을 빼앗아 죽음으로 이끈다는 그 노래가 떠오른다. 내가 피아노 연주에 푹 빠져 있는 동안 누군가의 손이 내 어깨를 부여잡는다. 소스라치게 놀란 나는 감고 있던 눈을 크게 뜬다.

오리아나 디 피에트로의 얼굴이 눈에 들어온다.

3

오리아나는 콘서트가 끝날 때까지 기다리지 않고 바깥의 오래된 카페로 나를 데려간다. 목재 인테리어, 원형 테이블, 가죽 소파, 바우만 의자 등으로 꾸민 파리식 카페다. 벽에 걸린 황동 전등과 누벨바그 시대의 영화 포스터에 이르기까지 하나같이 예전 모습을 담고 있어 마치 그 시대로 돌아간 느낌이 든다.

오리아나는 화이트와인과 타파스를 주문한다. 그녀는 홀의 손님들이 이야기를 나누느라 웅성거리는 소리가 귀에 거슬리는지 종업원에게 술과 안주를 바깥 테이블로 가져다 달라고 부탁한다. 그녀는 어딘가 모르게 많이 달라진 모습이다. 상황을 다시 주도하게 되어 자신감을 되찾은 탓인지 그녀의 일거수일투족이 여유롭고 활기차 보인다. 나는 오리아나가 제안한 모험에 이미 한 발을 들여놓았고, 이렇게 된 이상 내 운명을 시험해보기로 했다.

"지난 10년 동안 나는 여자들에게 돈을 주면서 아드리앙을 유혹해보라고 부탁한 적이 있어. 물론 100유로에 몸을 내주는 매춘부들이 아니라 밀라노나 뉴욕에서도 돋보이는 매력을 가진 여자들을 골라서 부탁했지."

"결과는 어떻게 되었어요?"

"아드리앙을 유혹하는 데 성공한 여자는 없었어."

"그런 부탁을 한 이유가 뭐죠?"

"우리의 사랑을 시험해보고 싶었어."

"다들 실패했는데 왜 나는 성공할 수 있으리라 생각해요?"

"넌 특별하니까."

"어떤 점이 특별한데요?"

"너의 내면에 깃들어 있는 순수한 모습이 특별하지. 넌 충분히 아드리앙을 유혹할 수 있어."

오리아나가 종업원에게 재떨이를 가져다 달라고 부탁한다. 마른 체구의 종업원이 재빨리 재떨이를 가져다준다.

"남편이 더는 당신을 사랑하지 않나요?"

오리아나는 잠시 화난 표정을 지었다가 담배에 불을 붙이면서 고개를 절레절레 흔든다.

"누구에게나 사랑은 시작할 때부터 이별이 예정되어있는 거야. 이 세상의 모든 연인들은 누구나 권태를 경험하게 되어 있어. 우리는 예측 가능한 미래를 얻는 대신 뜨거운 열정을 잃게 되니까."

오리아나는 담배 연기를 길게 들이마시면서 잠시 생각에 잠겼다가 이내 다시 입을 연다.

"누가 한 말인지 언뜻 기억나진 않지만 '인간은 모든 일에 지치기 마련이다. 심지어 사랑에도'라는 말이 있어. 시간이 흐르면 사랑도 변해."

나는 오리아나의 말이 막연하고 추상적이라고 느꼈으나 고개를 끄덕인다.

"아드리앙은 무신론자인데 음악을 통해 현실계를 초월해 미지의 세계를 넘나드는 사람이야. 너도 방금 아드리앙의 피아노 연주를 들었으니 내 말이 조금은 이해가 될 거야. 넌 아드리앙의 피아노 연주에 열중해 있는 동안 현실계와는 다른 곳, 손에 잡히지는 않지만 또 다른 세계를 맛본 셈이지."

오리아나는 종업원을 불러 화이트와인을 각기 한 잔씩 더 주문한다. 나는 몹시 피곤한 데다 흥분이 가시지 않아 정신이 몽롱하다.

"음악을 만들려면 우리 안에서 감정을 솟구치게 만드는 게 무엇인지 찾아내야 하겠지. 음악을 작곡하는 데 필요한 창조적 에너지는 영원히 축적되어있는 게 아니라 언젠가는 고갈되기 마련이야. 음악가에게 더는 음악을 만들 수 없는 순간이 찾아오는 거야. 아드리앙이 지금 그런 상태야. 새로운 앨범을 발표하지 않은 지 벌써 몇 년이 지났어. 최근에 발매한 음반들은 이미 전에 냈던 곡을 편곡하거나 리메이크한 곡들이지. 콘서트 때 라이브로 연주한 곡들이거나. 다시 한번 말하자면 아드리앙의 창조적 에너지 탱크가 고갈된 거야. 빈 탱크에 새로운 에너지를 채워 넣어줄 방법은 사랑밖에 없어."

"아드리앙이 사랑에 빠지면 창조적 에너지를 채워 넣을 수 있다고 확신할 수 있어요?"

"나는 확신해. 아드리앙과 사랑을 하려면 꼭 필요한 게 있어. 그의 방을 열 수 있는 열쇠를 찾아야 해. 열쇠를 못 찾으면 아드리앙의 세계로 들어갈 수 없으니까. 문 앞까지 갔지만 열쇠가 없어 문을 열지 못하면 아무런 의미가 없잖아."

나는 화이트와인을 단숨에 비우고 나자 한층 더 정신이 몽롱했지만 오리아나와의 대화를 계속 이어가고 싶었다.

"벼락은 우연히 떨어지지 않아." 오리아나가 새 담배에 불을 붙이면서 말을 잇는다. "아드리앙은 대단히 지적인 사람이야. 넌 아드리앙이 한 걸음 더 나아가는 데 필요한 영감을 불어넣어주는 존재가 되어야 해."

"나는 부인이 말하는 그의 열쇠나 영감을 불어넣어주는 방법을 몰라요."

"내가 다 가르쳐줄 테니까 걱정 마. 아드리앙의 마음을 열 수 있는 비밀 열쇠를 너에게 줄게. 그와 교감할 수 있는 책, 영화, 음악, 적절한 어휘, 아이디어, 의견이 뭔지도 알려줄게. 요컨대 너와 아드리앙이 밀접한 사이로 발전하려면 서로 친해질 수 있는 코드가 필요한 법이니까."

"아드리앙과 가까워지려면 내가 부인의 마리오네트가 되어야 한다는 뜻인가요?"

"아드리앙의 창조적 에너지와 음악적 영감을 되살리는 데 필요한 연인이 되어달라는 뜻이야."

쥐스틴 타이앙디에
10. 사람들이 감추는 것

인간 존재의 진실성은 거짓말 속에서 찾아진다.

_다니자키 준이치로

2024년 5월 24일 금요일, 저녁 6시

니스 경찰청

1

"아드리앙 들로네 씨, 당신의 진술을 토대로 몇 가지를 좀 더 명확하게 해두고 싶습니다."

30분 동안 휴식을 마치고 나서 10분 전부터 심문이 다시 시작되었다. 쥐스틴 팀장은 휴식 시간을 이용해 커피를 한 잔 마시고, 담배를 한 개비 피우고, 화장실에도 다녀왔다. 캉디스 라솜이 한껏 거드름을 피우고 있는 옆방에는 가지 않았다. 이제 막 2라운드가 시작되었고, 쥐스틴 팀장은 아드리앙의 진술에서 일관성이 결여된 부분을 집중적으로 파고들 작정이다.

어떤 면에서 심문은 테니스와 일치하는 부분이 있다. 시합에서 이기려면 상대가 친 공을 받아넘겨야 할 뿐만 아니라 내가 친 공을 상대가 받아넘기지 못하도록 기술과 센스가 결합된 공격을 퍼부어야 한다는 점에서 그렇다.

"부인이 피습당한 날 아침에 당신은 루체른에서 열기로 한 콘서트를 취소했는데, 그 이유가 독감 때문이었다고 진술했습니다."

아드리앙은 고개를 끄덕이기도 귀찮다는 듯이 묵묵부답으로 앉아 있다. 그는 무관심한 태도, 잔뜩 찌푸린 얼굴, 가끔 허리 통증을 호소하면서 장시간 계속되는 심문에 대한 불만을 표출했다. 폴로셔츠의 단추를 모두 풀어헤쳐 털북숭이 가슴이 그대로 드러난 상태인 그는 2분마다 한 번씩 목덜미를 마사지하느라 부산을 떨었다.

쥐스틴 팀장은 그러거나 말거나 질문을 계속한다.

"당신은 루체른 페스티벌의 메인 출연자였어요. 당신이 콘서트를 취소하자 주최 측은 당혹감을 감추지 못했고, 팬들은 크게 실망했죠."

아드리앙이 마치 운명론자처럼 말한다. "살다보면 이런 일 저런 일이 다 있기 마련이죠."

"루체른 페스티벌을 빼고 당신이 지금껏 몇 번이나 콘서트를 취소했는지 아십니까?"

"글쎄요, 일일이 세어본 적도 없을뿐더러 굳이 그런 걸 기억할 필요성을 느끼지 못하겠는데요."

"당신은 무려 25년 동안 재즈 피아니스트로 활동했고, 그 기간 동안 공연을 취소한 적이 단 한 번도 없었습니다. 설령 건강상의 문제가 있더라도 당신을 기다리는 관객들을 실망시키지 않기 위해 적극적으로 연주에 나섰죠."

쥐스틴 팀장은 파일에서 한 장의 서류를 꺼내 테이블에 내려놓는다.

"지금껏 당신과 함께 공연했던 뮤지션들이나 페스티벌 주최자들과 통화해봤는데, 모두 한목소리로 당신의 프로페셔널한 태도를 칭찬하더군요. 당신은 건강 문제나 컨디션 문제로 공연을 취소한 적이 단 한 번도 없었고, 언제나 최선을 다해 약속을 지켰다고요."

쥐스틴 팀장은 미리 작성해둔 메모를 읽어 내려간다.

"2006년 페루자에서 열린 콘서트 때는 귀에 염증이 있어 병원 치료를 받고 있었는데 끝까지 최선을 다해 연주했고, 2011년 뉴포트에서 열린 페스티벌 때는 눈길에서 넘어져 목을 크게 다쳤지만 끝내 연주를 포기하지 않았습니다. 2015년에 열린 마르시악 재즈 페스티벌 때는 미주신경 장애가 발생했지만 청중들은 당신의 열정적인 연주를 끝까지 듣는 행운을 누렸죠."

"그런 사례들을 일일이 메모해 나에게 들려주는 이유가 뭔데요?"

"당신이 최초로 연주를 취소한 날 하필이면 당신 부인이 살해되었습니다. 당신이 계획한 일을 추진하려고 콘서트를 취소한 것으로 보이는데 어떻게 생각하세요?"

"무려 25년 동안 쉬지 않고 연주 활동을 해오다보니 나도 많이 지치더군요. 이제 나도 새파랗게 젊은 나이도 아닌데 몸이 심하게 아프면 연주를 취소할 수도 있지 않나요?"

"당신이 다른 일을 꾸미고 있어 콘서트를 취소한 게 아니고요? 가령 당신은 부인을 살해할 계획이었고, 그날 코트다쥐르에 머물러 있을 구실을 만들어내려면 몸이 아프다는 핑계를 대고 콘서트를 취소할 수밖에 없었거든요."

아드리앙이 한숨을 푹 내쉰다.

"그다음 단계는 뭐죠?"

"그다음 단계는 알리바이 확보였죠. 당신은 영화 관람을 빌미로 육아 도우미와 아이들을 집에서 떠나 있게 했습니다."

"아이들이 극장에 가고 싶어 해 보내주었을 뿐입니다."

"당신이 아이들을 부추겼을 수도 있다고 보는데요. 호기심 많은 아이들을 꼬드기는 건 그리 어려운 일이 아니죠. 육아 도우미의 증언에 따르면 어떤 영화를 볼지 당신이 미리 선택해주었다고 하더군요."

"그날 난 아이들이 어떤 영화를 봤는지 전혀 기억나지 않습니다."

"〈삼총사〉입니다. 공교롭게도 앙티브에서는 상영되지 않는 영화였고, 오로지 칸에 가야 볼 수 있었죠. 러닝타임이 두 시간도 넘게 걸리는 영화로 오후 늦게 시작해 저녁 7시 15분에 끝나는 영화였어요. 영화를 다 보고 나서 집으로 돌아오는 데 걸리는 시간을 합하면 저녁 8시가 되기 전까지 아이들이 집에 돌아올 일은 없었죠."

"그다음은 고무보트를 타고 오리아나가 요트를 정박해둔 곳까지 갔겠네요. 40도를 오르내리는 고열로 신음하던 내가 불덩어리 같은 몸을 이끌고 요트로 가서 오리아나를 살해했다고 주장하고 싶은 거죠?"

"단지 주장이 아니라 사실에 근거한 추론이죠."

"팀장님이 그럴싸한 추론을 만들어내느라 애쓴 건 충분히 알겠는데 힘들게 얻은 결론이 너무 허술하네요. 아무리 기발한 상상력을 다 동원해도 오리아나의 사망 시각에 내가 요트에 오른다는 건 도저히 불가능한 일이었습니다. 팀장님도 다시 한번 시간별 체크를 해보길 바랍니다."

2

"오후에 주치의가 왕진을 다녀간 후 당신은 침대에 누워 저녁 7시까지 잠을 잤다고 진술했습니다."

"정원사가 내 말을 뒷받침해주는 증언을 했고요."

쥐스틴 팀장은 정원사의 증언이 아드리앙을 강력하게 방어해주는 갑옷이 되어주고 있다는 사실을 잘 알고 있었다. 정원사의 증언 덕분에 아드리앙은 지난 일 년 동안 앵무새처럼 똑같은 진술을 반복해왔고, 자신의 무죄를 증명할 수 있게 되었다. 살인자들에게서 자주 접할 수 있는 일종의 회피 현상이었다. 거짓을 참이라 여기고 빠져들면 심리적 안정감을 찾을 수 있기 때문이다.

"말이 나온 김에 정원사의 증언에 대해 다시 한번 되짚어봅시다." 쥐스틴 팀장이 다시 심문에 착수했다. "정원사로 일하는 앙드레 칼랑드리 씨는 1944년 8월 13일에 태어났으니 현재 나이 일흔아홉 살입니다. 오래전에 그만두었어도 전혀 이상하지 않은데 여전히 일하고 있군요."

"앙드레 칼랑드리 씨는 집을 처음 지은 1980년대에도 그 집에서 정원사로 일하며 장미정원을 만든 분입니다. 그가 계속 장미정원을 돌보고 싶다고 간곡하게 요청하기에 그러라고 했습니다. 고령이라 힘은 달리지만 정원 일에 관한 한 해박한 지식과 풍부한 경험이 있는 분이니까요."

"정원사는 사건 당일 당신이 저녁 7시 10분에 실내복 차림으로 수영장 근처를 오가는 모습을 봤다고 증언했습니다. 정원사의 증언이 지금껏 당신의 알리바이를 확고부동하게 만들어주고 있고요. 당신 부인은 해안에서 6해리 넘게 떨어진 요트에 있었고, 저녁 7시 30분에서 7시 45분 사이에 괴한의 피습을 받았습니다. 혹시 당신이 좀 전에 어떤 진술을 했는지 기억합니까?"

"글쎄요, 잘 기억나지 않는데요."

"당신은 이렇게 말했죠. 앙드레 칼랑드리 씨가 거짓말을 한 게 아니라면 당신이 사건이 벌어지고 있던 시각에 요트에 있었다는 건 도저히 불가능하다고요."

"형사님이 그 말을 자세히 기억하고 있어 정말 다행이네요."

"내가 그 진술을 분석해보니 뭔가 석연치 않은 점이 있던데 혹시 짐작하는 게 있습니까?"

"아니, 전혀 없습니다. 자꾸 찔끔찔끔 묻는데 형사 콜롬보를 따라 하는 겁니까?"

"그럴 리가요? 나는 누굴 따라 하지는 않습니다. 칼랑드리 씨를 다시 한번 만나봤는데 매우 흥미로운 사실을 발견했습니다. 혹시 그가 근시라는 사실을 알고 있습니까?"

"근시라서 늘 안경을 쓰고 다니죠."

"그는 건강보험으로 100퍼센트 환불되는 안경테를 사용하고 있고, 유리병 바닥만큼이나 두꺼운 안경알을 사용하고 있더군요. 그런 안경은 이미 오래전부터 그의 시력에 맞지 않았을 겁니다."

"근시는 시력이 점점 더 나빠지지는 않는다고 알고 있는데요."

"그가 당신을 보았다고 증언한 장미정원의 연장 창고와 수영장 사이의 거리는 40미터가 넘습니다. 근시인 그가 그 정도 거리에서 수영장에 있는 당신을 알아본다는 건 불가능합니다. 내 말이 틀리지 않다는 사실을 증명해줄 안과 전문의 열 명을 당장 구해올 자신이 있습니다."

아드리앙은 어깨를 으쓱하고 나서 말한다. "내 변호사들이 형사님의 터무니없는 주장을 반박해줄 안과 전문의 열 명을 모으는 게 더 빠르겠네요."

쥐스틴 팀장은 또 다른 의문점을 말한다.

"정원사는 당신이 빨간 실내복을 입고 있었다고 증언했습니다. 물론 사소한 부분에 불과하지만 나는 당신이 집에서 빨간 실내복을 입고 지낸다는 걸 상상하기 힘듭니다. 실제로 빨간 실내복이 있긴 합니까?"

"이미 내 드레스 룸을 압수 수색했으니 나에게 빨간 실내복이 없다는 걸 잘 알고 있겠군요. 모르긴 해도 정원사는 내가 빨간 티셔츠를 입고 있는 모습을 보고 그렇게 착각했으리라 생각합니다."

"그날 당신이 빨간 티셔츠를 입고 있었다는 뜻입니까?"

"잘 기억나지는 않지만 아마 그랬던 것 같네요."

"육아 도우미는 그날 당신이 어떤 옷을 입고 있었는지 잘 기억하고 있더군요. 그녀는 당신이 늘 즐겨 입는 옷이 따로 있기 때문에 쉽게 기억할 수 있다고 했어요. 당신은 스티브 잡스, 마크 저커버그, 버락 오바마와 같은 부류인가봐요. 중요하지 않은 문제로 시간을 낭비하기 싫어 거의 매일 유니폼처럼 똑같은 옷을 입는다는 인물들이죠. 당신은 주로 청바지에 청색 폴로셔츠를 입고, 그 위에 밤색 가죽 재킷을 걸쳐 입는다고 하더군요. 스탠스미스 운동화를 즐겨 신고요. 전형적으로 익숙하고 편한 옷차림이죠. 그 덕분에 어떤 옷을 입을지 고민하는 시간과 노력이 불필요하고, 그렇게 해서 남긴 에너지들을 몽땅 음악에 쏟아붓고 있나 봅니다."

아드리앙이 즉각 쥐스틴 팀장의 주장을 반박한다.

"그날 난 독감을 앓고 있어 오한이 났고, 평소와 달리 샌프란시스코 포티나이너스 미식축구 팀의 유니폼인 와인색 맨투맨 티셔츠를 입고 있었던 것으로 기억합니다. 내 옷장에 그 옷이 들어 있을 겁니다. 정원사는 그 옷을 입은 나를 보았을 테고요."

쥐스틴 팀장은 조금도 위축되지 않고 다시 한번 밀어붙인다.

"칼랑드리 씨와 이야기를 나누는 동안 나는 크게 얻어맞은 느낌이 들었습니다. 그는 오래된 카시오 전자시계를 손목에 차고 있었는데, 시간이 맞지 않는 시계였습니다."

아드리앙은 터져 나오는 하품을 가까스로 참는 시늉을 한다.

"그의 시계는 무려 60분이 늦었는데 서머타임이 시작된 3월 26일에 시간을 조절해두지 않았기 때문이죠. 시간을 맞추는 게 복잡하고 힘들어서가 아니라 어차피 시계를 보고 나서 한 시간을 더 하면 된다고 생각해 그냥 내버려두었다고 하더군요. 나도 오븐에 달려 있는 시계가 칼랑드리 씨처럼 한 시간 늦게 되어 있는데 적당히 감안해서 활용하고 있거든요. 시간을 제대로 맞춰두는 게 그리 힘든 일은 아니지만 6개월 후에 다시 고쳐놓아야 하는 만큼 그냥 내버려두고 있죠."

"대단히 흥미진진한 논리를 펴시네요, 콜롬보 반장님."

"칼랑드리 씨의 진술은 일관성이 전혀 확보되어 있지 않기 때문에 법정에서 기각될 가능성이 큽니다. 당신의 알리바이가 완벽하지 않다는 뜻입니다. 칼랑드리 씨는 저녁 7시에 퇴근한 게 아니라 그보다 한 시간 전인 저녁 6시에 집을 떠났습니다. 당신이 부인을 살해하려고 요트에 갈 시간은 충분히 확보되어 있었죠."

3

아드리앙이 미끼를 문다.

"정원사가 시간을 잘못 알았다고 칩시다. 내가 도대체 무슨 방법으로 오리아나가 있는 요트까지 갈 수 있었을까요?"

"당신이 보유하고 있던 고무보트를 이용했겠죠. 검은색 바탕에 빨간색으로 좌석을 단장한 마샬 M2 말입니다. 당신 부인이 타고 있던 요트로 접근하다가 발견된 고무보트와도 일치합니다."

"혹시 팀장님은 고무보트를 운전해본 경험이 있습니까?"

"아니, 없는데요. 그건 왜 묻죠?"

"팀장님이 언급한 고무보트는 소형으로 알려져 있지만 길이가 550센티미터에 넓이가 250센티미터나 됩니다. 무게는 0.5톤이 넘고요. 평소 그 고무보트는 방수 덮개로 덮어 요트 창고 안에 보관해두고 있습니다.

그 고무보트를 요트 창고 밖으로 꺼내려면 전기 권양기가 필요하고, 시간이 정말 많이 걸리죠. 시끄러운 소음도 울려 퍼지고요."

"그래서요?"

"팀장님은 앙티브 곳에 대해 잘 알고 있습니까? 앙티브에 사는 백만장자들은 누군가로부터 방해받는 걸 정말 싫어합니다. 조금이라도 신경에 거슬리는 소리가 들려오면 가차 없이 시청에 민원을 넣는 사람들이죠. 고무보트를 요트 창고에서 꺼내려면 아주 큰 소리가 납니다. 고무보트를 타고 바다로 나갈 때 혹은 고무보트를 타고 집으로 돌아올 때 아주 시끄러운 소리를 내야 하기 때문에 사람들의 눈길을 피할 방법이 없습니다. 고무보트를 다시 요트 창고에 넣는 과정 또한 설명할 필요조차 없이 큰 소음이 나고요. 사건이 벌어진 날 오후에 몰아친 북동풍에 대해서는 어떻게 설명하려고요. 그토록 심한 바람이 몰아치는 날 고무보트를 타고 바다로 나가는 건 자살행위나 다름없습니다."

아드리앙이 다시 입을 연다.

"팀장님이 밝힌 의문점으로는 나를 옭아매기 힘들겠네요. 하나같이 애매한 추측에 불과하니까요. 내가 오리아나를 살해한 동기가 뭔지에 대해서는 아직 전혀 운을 떼지도 못한 상태고요."

아들리앙은 자신이 내뱉은 말들이 허공에서 떠돌도록 가만히 내버려두었다가 정색한 태도로 묻는다.

"팀장님은 내가 오리아나를 살해했다고 주장하시는데 살해 동기가 뭐라고 생각하세요?"

"가장 고전적인 문제 아닐까요?"

"돈 문제?"

쥐스틴 팀장이 그의 질문을 그대로 받아친다.

"이왕 말이 나왔으니 돈 문제를 따져볼까요? 2003년, 당신은 오리아나와 파리 7구에서 결혼했습니다. 파리 7구에는 오리아나의 부친인 카를로 소유의 아파트가 있는 곳이었죠. 카를로는 두 사람의 결혼을 달가워하지 않았습니다. 언론을 통해 세상에 익히 알려진 사실입니다. 그가 떠돌이 예술가이자 마약중독 이력까지 있는 당신을 마음에 들어 하지 않은 건 어쩌면 당연한 일이었죠."

"마약중독 이야기는 빼시죠. 내가 18개월 동안 마약을 복용한 건 사실이지만 20년이 넘도록 단 한 번도 입에 대지 않고 지내왔으니까요."

"한번 약쟁이는 영원한 약쟁이라는 말이 있다는 걸 잘 알고 계시잖아요?"

아드리앙의 얼굴이 분노로 파르르 떨린다.

"마약은 중독성이 강해 한번 빠져들면 헤어나기 힘든 게 사실입니다. 다만 일반적인 잣대를 나에게 똑같이 들이대지 말길 바랍니다."

엘 암라니 형사가 둘 사이에 끼어든다.

"경찰청에 있다보면 마약중독자들이 체포되어 들어오는 걸 자주 봅니다. 그들은 누구나 다시는 마약에 손을 대지 않겠다고 철석같이 약속하죠. 하지만 나는 그 약속을 지킨 사람을 지금껏 단 한 명도 본 적이 없습니다. 그들은 언제 그랬냐는 듯 또다시 마약에 손을 대기 일쑤입니다. 이빨이 다 빠지고, 뼈만 앙상하게 남은 몸으로 좀비들처럼 거리를 방황하는 마약중독자들을 니스 구도심이나 물랭 지역에 가면 수두룩하게 볼 수 있을 겁니다."

아드리앙이 정말 억울하다는 듯이 그 말을 반박한다.

"나는 그런 사람들과 달리 양질의 치료를 받았고, 나를 도우려는 사람들로 둘러싸여 생활하는 행운을 누렸습니다. 다시 한번 말하지만 나는 이미 오래전에 마약중독에서 벗어났고, 지금은 클린 상태로 지내고 있습니다."

아드리앙이 오랫동안 눈두덩을 비빈다. 방금 전 나눈 마약 관련 대화가 그가 금기시하는 영역을 건드린 듯하다. 마약에 대한 암울한 기억은 그가 지나온 삶의 일부이지만 잠시도 떠올리고 싶지 않아 보인다.

쥐스틴 팀장은 용의자가 동요하는 틈을 이용해 새로운 공격을 시작한다.

"서류상으로 보자면 2021년까지 당신 부인의 재산은 대수롭지 않았습니다. 주택 몇 채와 자동차 몇 대, 당신 부인이 운영하는 출판사가 전부였죠. 오리아나의 부친인 카를로 디 피에트로는 당신을 지속적으로 경계했습니다. 그러다가 그가 사망하게 되었고, 유산이 재분배되었죠. 오리아나는 공식적으로 부친이 남긴 재산을 상속받게 되었고요. 이제 오리아나가 사망했으니 당신 부인이 보유했던 어마어마한 재산은 당신 차지가 되었습니다. 당신은 일약 엄청난 자산가가 되었죠."

아드리앙이 고개를 휘휘 젓는다. 그의 입가에 가벼운 미소가 어린다.

"팀장님이 나에 대해 모르는 게 아주 많네요. 나는 가장 비싼 개런티를 받는 재즈 뮤지션입니다. 스무 살이 된 이후로 오로지 내 힘으로 생활비를 벌어서 썼고, 여태껏 돈 문제로 곤란을 겪은 적이 단 한 번도 없습니다. 콘서트에 한 번 나가면 개런티로 8만 유로를 받습니다. 음반 판매와 저작권 수입을 합치면 평생 돈에 구애받지 않고 살아갈 정도의 재산은 되고도 남습니다."

"당신의 콘서트에 나올 때마다 8만 유로나 되는 개런티를 받는다니 정말 대단하네요. 하지만 난 개런티보다는 당신이 앞으로 물려받을 30억 유로에 대해 말하고자 합니다. 당신 부인의 자산을 물려받을 경우 당신은 이 나라에서 열 번째 내지는 열다섯 번째 부자로 등극하게 되니까요."

아드리앙은 돈 문제와 관련해서는 더 이상 끌려다니고 싶어 하지 않는다.

"예나 지금이나 돈은 나를 움직이는 조건이 아니었습니다. 최고의 자산가가 되길 바라는 사람이라면 재즈 피아니스트를 직업으로 선택하지는 않을 겁니다."

"어쨌거나 당신은 어마어마한 재산을 물려받은 상속인을 배우자로 선택했잖습니까?"

"오리아나와 처음 사랑에 빠졌을 당시만 해도 나는 그녀의 부친이 이탈리아에서 손꼽히는 자산가라는 사실을 전혀 몰랐습니다. 지금껏 살아오면서 나는 단 한 번도 재산을 가치 판단의 기준으로 삼은 적이 없거든요."

"당신은 언론과 인터뷰할 때마다 돈에 구애받지 않고 살아왔다는 말을 빼놓지 않고 하더군요. 하지만 당신은 당신의 의사와 무관하게 백만장자 신분이 되었습니다. 당신은 고가의 미술품도 많이 구입하고, 명품 시계도 수집하고, 늘 호사스러운 호텔을 이용하고 있더군요. 당신의 우아한 패션 스타일을 유지하려면 어마어마하게 비싼 명품 옷들을 구입해 입어야 할 테고요."

쥐스틴 팀장이 의자에서 일어나 아드리앙의 뒤쪽에 가서 선다. 그런 다음 아드리앙이 입고 있는 폴로셔츠의 상표를 그 자리에 동석한 엘 암라니 형사에게 보여준다.

"아슈라프, 자네는 이 폴로셔츠 한 장이 우리가 꼬박 한 달 동안 일하고 받는 월급보다 비싸다는 사실을 알고 있나? 야생 라마의 털을 원료로 짠 폴로셔츠거든. 이 세상에서 제일 귀한 털이라고 하더군."

쥐스틴 팀장이 엘 암라니 형사에게 폴로셔츠에 대한 설명을 늘어놓는 동안 아드리앙은 의자를 한 바퀴 돌려 그녀의 손길에서 벗어난다.

"아무리 로로피아나에서 만든 명품이라고는 해도 폴로셔츠 한 장에 3천 9백 유로를 받는다는 걸 자네는 어떻게 생각하나? 사람들은 이런 명품 옷들을 가리켜 티 나지 않게 럭셔리한 제품이라고 떠들어대지. 보통 사람들은 이런 고가의 폴로셔츠가 세상에 존재한다는 사실조차 몰라."

니스 경찰청 수뇌부와 쥐스틴 팀장은 아드리앙의 소비 지출 내역을 언론에 흘리기로 결정했다. 치졸한 방식이긴 해도 매번 큰 효과가 있었다. 프랑스 언론은 과도한 성공을 평등주의에 대한 도전으로 치부하고 집요하게 물고 늘어지는 전통이 있다. 폴로셔츠 건은 거의 모든 신문에서 중요 기사로 다룰 게 뻔했고, 아드리앙은 이미지에 큰 타격을 받을 수밖에 없었다. 하지만 그 정도로 아드리앙을 움츠리게 만들 수 있을지는 미지수였다.

"결국 내가 심각하게 우려했던 일이 벌어지는군요. 당신들은 나 말고 는 변변한 용의자를 찾아내지 못했고, 유력한 단서를 확보하지도 못했 죠. 당신들이 구차한 짓을 해가며 억지스럽게 나를 물고 늘어지고 있는 배경이 언뜻 이해되긴 하네요."

4

"팀장님은 끊임없이 나에 대해 각종 의혹을 제기했지만 전혀 증거를 제시하지 못했습니다. 대부분 엉성한 추론들이라 팀장님도 그 정도로 는 나를 옭아맬 수 없다는 사실을 잘 알고 있을 겁니다. 팀장님은 나를 둘러싸고 있는 의심스러운 정황과 추론들이 산더미처럼 쌓여 있다는 걸 보여주면서 나를 꼼짝달싹 못하게 하고 싶었겠지만 안타깝게도 그럴싸 한 증거를 전혀 제시하지 못하고 있네요. 팀장님은 나를 압박하면서 약 간의 즐거움을 얻었을 수는 있겠으나 수사는 한 발자국도 전진하지 못 했습니다."

쥐스틴 팀장이 그 말을 반박하려고 입을 열려는 순간 아드리앙이 손 을 들어 제지한다.

"오늘 신문의 주요 기사는 뭐가 될까요? 당신들이 요트 창고에서 찾 아낸 쇠꼬챙이에 묻어 있던 나의 지문이 될 수도 있겠네요. 추측건대 당 신들은 그 쇠꼬챙이를 발견하고는 몹시 흥분해 나를 감치시키고 심문 을 한 게 아닌가요?"

쥐스틴 팀장은 그가 내뱉은 말을 물고 늘어진다.

"그 쇠꼬챙이는 당신 건가요?"

"당신도 앙티브의 우리 집 거실에 설치되어있는 벽난로를 보았을 겁니다. 그 쇠꼬챙이는 벽난로에 불을 지필 때 쓰는 부지깽이입니다. 벽난로에 불을 지피려면 부삽, 빗자루, 집게와 부지깽이 같은 도구들이 있어야 하거든요."

"당신의 집 벽난로에 불을 지필 때 쓰는 부지깽이가 왜 요트 창고에서 발견되었을까요?"

"정말 나도 모르는 일입니다. 지금껏 그 벽난로에 불을 지핀 적이 서너 번밖에 안 됩니다. 하지만 벽난로 부지깽이에서 내 지문이 나올 수도 있었을 거라 인정합니다."

"부지깽이에서 당신 지문만 나온 건 아닙니다."

쥐스틴 팀장이 테이블 위에 놓인 파일에서 서류 한 장을 꺼낸다.

"당신 부인의 말라붙은 혈흔과 머리카락도 찾아냈습니다."

잠시 침묵이 이어졌다가 쥐스틴 팀장이 다시 말을 잇는다.

"법의학자의 소견서인데 그는 당신 부인에게 가해진 타격의 흔적과 그 부지깽이의 길이와 형태가 일치한다고 증언했습니다."

아드리앙은 뭔가 골똘히 생각하느라 뜸을 들인다.

"작은 모래알 하나가 팀장님의 주장을 삐걱거리게 만드는군요. 그 모래알이 사실은 거대한 바위만큼이나 커다란 의미가 있고요."

"모래알이라니요?"

"내가 오리아나를 살해했다면 왜 범행에 사용한 도구를 그 자리에 그대로 놔두었겠습니까?"

쥐스틴 팀장은 갑자기 말문이 막혀 잠시 말이 나오지 않는다.

"범행에 사용한 도구를 감쪽같이 처리할 수 있는 시간이 무려 일 년씩이나 주어졌는데 나는 왜 아무런 조치도 취하지 않고 요트 창고에 방치해두었을까요? 일 년이면 적어도 부지깽이에 말라붙은 혈흔이나 머리카락 정도는 닦아낼 시간이 충분했을 텐데요. 내가 유력한 증거물을 창고 구석에 그대로 방치했고, 경찰이 발견해 강력한 단서로 확신하고 나를 체포할 때까지 기다렸다는 뜻입니까?"

"당신은 범행 도구로 사용한 부지깽이를 마치 우승 트로피처럼 요트 창고에 보관해두고 싶었을 수도 있지 않을까요?"

"팀장님은 지금 1990년대 스릴러에나 등장하는 어설픈 추론을 펼치고 있어요."

"부지깽이를 당신이 되찾은 힘을 상징하는 트로피로 여겼다면 그럴 수도 있잖아요."

아드리앙이 노골적으로 눈썹을 찌푸린다.

"내가 언제 힘을 잃었다고 그러시죠?"

쥐스틴 팀장이 고개를 끄덕인다.

"사람들에게 당신 부인이 어떤 인물인지 물어보고 다녔는데 대부분 일치하는 답변을 들었습니다. 다들 당신 부인을 불꽃처럼 빛나는 동시에 상대를 짓누르는 인물로 묘사하더군요. 눈부시게 반짝이는 여성이지만 감정 기복이 심하고, 지배욕이 강해 때로 격렬한 발작 증세를 보인다고요."

그 순간 아드리앙의 시선이 반짝 빛난다. 쥐스틴 팀장은 그 장면을 놓치지 않고 그를 도발한다.

"당신 부인이 당신을 마음대로 쥐락펴락했다고 하더군요. 손가락 하나로 당신을 제어했다고요. 당신 부인이 당신의 외부 일정, 집안일, 연주 활동을 모두 관리했다던데 사실인가요?"

"전혀 사실과 다릅니다."

"당신은 부인과 긴밀하게 의논해가며 무슨 일이든 합리적으로 추진하려고 애썼지만 끝내 부인의 생각에 따라 모든 결정이 내려졌다고 하더군요. 부인이 결정하면 당신은 무조건 따라야 했고요."

"터무니없는 주장일 뿐입니다. 내가 팀장님 주장을 인정할 수밖에 없는 사례 한 가지만 말씀해보세요."

"당신은 밀라노를 좋아하지 않았으나 부인이 원해 그곳에서 살았고, 셋째 아이를 낳길 원했으나 부인이 원하지 않아 포기했다더군요. 당신은 몬태나에서 농장을 운영하고, 태즈메이니아에서 휴가를 보내고, 요트를 타고 세계 일주를 하길 바랐지만 부인은 당신의 로망을 망상으로 치부하면서 일축했다고 하더군요. 그런 일이 계속되다보니 당신은 늘 좌절감을 극복하지 못하고 우울하게 살 수밖에 없었고요."

"해괴망측한 거짓 주장일 뿐입니다. 한 시간 전만 해도 팀장님은 내가 오리아나를 일방적으로 폭행했다고 주장하더니 지금은 나를 오리아나에게 혹독하게 시달린 희생자로 묘사하는군요."

"당신은 거세 콤플렉스에 사로잡힌 여자의 포로가 되어 평생 수모를 겪으며 살아온 겁니다."

"하다 하다 프로이트의 거세 콤플렉스까지 동원하다니 황당할 따름입니다."

쥐스틴 팀장은 두 팔을 벌리며 어깨를 으쓱한다.

'사실이 그런데 난들 어쩌라고?' 하며 따지는 것 같은 동작이다.

"만일 오리아나가 당신이 묘사했듯이 지독하게 끔찍한 여자였다면 내가 왜 진작 떠나지 않고 여태껏 같이 살았을까요? 당신이 중시하는 돈 때문에?"

쥐스틴 팀장은 다시 테이블 위에 놓인 서류 파일을 뒤적인다.

"사람들이 당신 부부에 대해 이구동성으로 하는 말이 있습니다. 다들 당신이 대단히 훌륭한 아빠였다고 추켜세우더군요. 육아에 대한 당신의 깊은 관심과 열정 덕분에 아이들이 아주 반듯하게 잘 자랐다면서요. 당신의 아이들은 예의 바르고, 상냥하고, 당신도 이미 말했듯이 삶의 기쁨을 전파한다더군요. 당신의 아이들은 일부 부잣집 자녀들이 은연중 보이는 이기적인 면모나 타인을 깔보는 태도가 전혀 보이지 않는다고 하더군요. 정말 그렇다면 그런 점들은 전적으로 당신의 가정교육 덕분이라고 생각합니다. 당신이 아이들에게 언제나 많은 시간과 정성을 쏟기 때문이겠죠. 당신은 출장을 떠나더라도 페이스타임을 통해 아이들과 통화하며 숙제도 도와주고, 재미있는 이야기도 들려준다더군요. 아이들이 즐겁고 행복한 하루를 보냈는지 일일이 확인하는 건 두말할 필요도 없고요."

"나의 그런 점들이 이 사건과 무슨 연관이 있는지 모르겠군요."

"여러 해 동안 당신은 부인의 손아귀에서 벗어나려 했으나 적절한 해결책을 찾아내지 못했죠. 그나마 당신 부인은 어마어마한 재산으로 당신을 옭아매려 들지는 않았어요. 그 대신 권력을 잡기 위해 재산을 활용한 측면이 있다고 봐야겠죠. 당신에게서 아이들을 빼앗아갈 수 있는 권력 말입니다."

아드리앙은 한 방 호되게 얻어맞은 표정이다.

쥐스틴 팀장의 컴퓨터에 메시지가 들어왔다. 옆방에 있는 캉디스 라솜이 보낸 메시지다.

'아드리앙 들로네의 아킬레스건은 아이들이었네요. 유념하시길.'

난 진작부터 알고 있었단다.

"당신이 한 말이 떠오르네요. 이 세상은 아이가 있는 사람과 없는 사람으로 분류된다고요. 아이들은 당신이 살아가는 이유죠. 당신은 아이들을 위해서라면 뭐든 할 수 있는 사람이고요. 당신은 오리아나에게 이혼을 요구하면 그녀가 고용한 변호사들이 파올로와 소피아를 빼앗아갈까봐 두려워했어요. 다른 건 다 줄 수 있어도 아이들만큼은 결코 양보할 수 없었으니까요."

"난 오리아나와 이혼할 생각이 아예 없었습니다."

"오리아나가 살해되기 6개월 전에 마리옹 뒤부아 변호사와 만나기로 약속한 이유가 뭐죠? 마리옹 뒤부아는 이혼 전문 변호사로 명성이 자자한 인물이잖습니까?"

아드리앙은 표정이 잔뜩 굳은 상태로 의자에서 꼼짝도 하지 않고 앉아 있다. 속마음을 전혀 읽을 수 없는 얼굴이다.

아드리앙이 이윽고 말한다. "마리옹 뒤부아 변호사는 지나치게 관료적이어서 복잡하게 꼬인 프랑스 관청의 행정 절차를 간소하게 풀어주는 법률서비스를 제공하기도 합니다."

"당신은 수많은 시간 동안 부인에게 굴욕을 당하고, 막강한 힘을 가진 부인의 횡포를 힘겹게 견뎌내고 있었습니다. 당신은 제대로 항변 한 번 해보지 못하고 일방적으로 당하기만 하다보니 참담한 기분을 금할 수가 없었죠. 당신의 몸 안에 마치 펄펄 끓는 압력솥이 들어 있는 듯했고, 폭발하기 일보 직전이었어요. 마치 혁명 전야처럼 당신의 분노는 임계점에 다다라 있었죠. 별들이 일렬로 늘어서는 날이 오면 가차 없이 폭발할 태세였어요. 당신은 결국 참다못해 부인을 살해한 겁니다. 모든 걸 잃을 수도 있는 위험이 있었지만 모든 걸 얻을 수 있는 기회이기도 했어요. 운명을 건 카드놀이였죠. 30억 유로가 걸린 카드놀이."

방 안 가득 내려앉은 무거운 침묵 속에서 아드리앙은 마치 감동적인 연극을 본 관객처럼 박수를 치기 시작한다.

"브라보! 정말이지 훌륭한 공연이었습니다. 그런데 이런 내용의 연극을 무대에 올리면 아무도 공감할 수 없겠는데요."

"이미 내가 쓴 시나리오를 믿는 사람들이 많습니다."

아드리앙이 절레절레 고개를 젓는다.

"팀장님은 지금 내가 낚이기를 기대하면서 아무렇게나 낚싯줄을 던지는 것 같아요."

"당신은 살인 동기도 명확하고, 범행에 사용한 부지깽이도 증거로 확보하고 있으니 그 정도면 증거는 충분합니다."

쥐스틴 팀장의 말은 부분적으로 유효했다. 유력한 증거만 있어도 유죄판결을 내릴 수는 있지만 자백이 더해져야 완벽했다. 용의자의 자백은 케이크를 마지막으로 장식하는 딸기나 체리와 같았다. 범행 동기와 진행 과정, 내밀한 계획을 속 시원히 알려주는 마스터키라고 할 수 있으니까. 가해자의 자백은 피해자 가족의 고통을 조금이나마 덜어주기도 한다.

아드리앙이 말한다. "팀장님은 억지로 꿰어 맞춘 증거로 나를 기소하려고 하고 있습니다."

"부지깽이에 묻어 있던 당신의 지문이 이번에 감치 명령을 내린 결정적인 계기가 된 건 맞습니다. 하지만 부지깽이가 내가 법원에 제출할 결정적인 증거냐고 물으신다면 '아니오'입니다. 당신 부인은 숨을 거두기 전 내가 입회한 상태에서 당신이 저지른 범행과 관련해 결정적인 증언을 했습니다. 당신 부인의 증언을 촬영한 영상은 우리가 잘 보관해두고 있습니다. 그 영상을 법정에서 틀면 오리아나 살해 사건과 관련된 모든 의혹이 눈 녹듯이 사라지게 될 겁니다."

아델 켈레르
11. 우리를 빛나게 해주는 것

분명 다른 세상이 있는데, 그건 이 세상 안에 있다.

_폴 엘뤼아르

2022년 가을
파리

1

나를 몹시 긴장하게 했던 아드리앙과의 만남은 대단히 자연스럽고 매끄럽게 진행된다. 마치 로맨틱 코미디 영화의 한 장면처럼.

우리의 '우연한' 만남은 아드리앙이 수요일마다 아이들과 〈로 젠제로〉 식당에서 점심을 먹고 나서 함께 산책하던 밀라노의 셈피오네 공원에서 성사된다.

"저기 좀 봐, 아델이야."

호수 근처 작은 다리 위에서 백조들과 오리들이 유유히 헤엄치는 모습을 지켜보던 파올로와 소피아는 금세 나를 알아본다. 아이들이 나를 아드리앙에게 소개해주었고, 아이들과 나는 지난날 함께한 시간을 추억하며 이야기꽃을 피운다. 키클라데스 제도에서 유람선을 타고 여행할 때 석양을 바라보며 음료수를 마시고, 해변 모래밭에서 비치 테니스를 즐기고, 스필리아 다이빙대에 올라 몹시 겁이 나는 가운데 바다를 향해 뛰어내렸던 순간의 기억들이 연속으로 떠오른다. 아이들이 나와 함께한 추억을 마음 깊이 간직하고 있었다는 걸 알게 되자 가슴 뭉클한 감동이 밀려든다.

§

밀라노의 날씨는 화창하고 대기는 온화하다. 가을 느낌을 완연하게 풍기는 셈피오네 공원의 분위기는 비현실적으로 느껴질 만큼 매혹적이다. 셈피오네 공원은 다양한 식물과 나무들이 자라는 곳으로 느긋하게 산책하거나 우연히 길을 걷다가 반가운 사람을 만날 수도 있는 동화 속 나라 같은 곳이다.

파올로와 소피아를 나의 열렬한 지지자로 만들었으니 이미 절반의 미션은 성공적으로 마무리한 셈이다. 파올로와 소피아는 나와 아드리앙을 자연스럽게 이어주는 연결고리 역할을 해준다. 두 아이는 신비하거나 흥미로운 장소를 발견할 때마다 우리의 손을 잡아끈다. 우리는 꼬불꼬불한 오솔길에서 길을 잃기도 하고, 다 함께 브랑카 타워의 꼭대기 층까지 올라가는 엘리베이터를 타기도 하고, 특이한 물고기들이 헤엄치는 수족관 구경도 하고, 공원 매점에서 파는 딸기 아이스크림도 사먹으며 더없이 흡족한 시간을 보낸다.

§

나는 아드리앙과 함께하는 동안 내가 좋아하는 취향이 뭔지 은근슬쩍 흘린다. 오리아나가 나에게 제공한 아드리앙 관련 정보 중에서 나도 각별하게 좋아하는 예술 작품이나 음악, 영화 이야기를 꺼내며 대화를 이끌기도 한다.

가령 상송 프랑수아가 연주한 드뷔시의 피아노곡들, 레이먼드 카버의 소설《사랑을 말할 때 우리가 이야기하는 것》, 조지프 L. 맹키위츠의 영화〈발자국〉, 로트레아몽의 시〈말도로르의 노래〉, 엔리코 라바의 트럼펫 곡들은 아드리앙과 내가 공통으로 좋아하는 작품들이어서 이야깃거리가 풍성하다.

나는 '지나치면 모자란 것과 같다'라는 《논어》의 가르침을 실천으로 옮긴다. 아드리앙은 매력적이고, 상대를 배려해주려 애쓰고, 자연스럽게 대화를 나눌 줄 아는 남자다. 그와 대화를 나누는 건 언제나 즐거운 일이다. 그는 나와 아이들을 자주 웃게 해준다. 나에게도 언제나 호의적이고, 대화를 나눌 때마다 유쾌한 기분을 갖게 한다.

§

오후 시간이 한 번의 긴 숨결처럼 순식간에 지나간다. 우리가 키가 큰 소사나무 울타리 안에 마련된 거대한 미로를 산책하고 나서 아쉬운 이별을 할 때 어느새 시레네트 다리 위로 해가 뉘엿뉘엿 지고 있다.

자정이 조금 지났을 때 나는 휴대폰 소리에 잠이 깬다. 아드리앙이 보낸 문자메시지가 들어와 있다.

셈피오네 공원에서 당신과 함께한 오늘 하루가 나에게 새로운 곡을 쓰고 싶다는 창조적 에너지를 불어넣어 주었어요. 정말이지 오랜만에 맛보는 기분입니다. 당신이 나에게 영감을 불어넣어준 곡을 보냅니다. 감사합니다.

아드리앙이 보낸 메시지에 음악파일이 첨부되어 있다. 우아하고 럭셔리한 느낌을 주는 피아노곡이다. 발랄하고 명랑한 분위기의 연주가 이어지다가 애조 어린 멜로디로 변주되는 지점이 짜릿한 느낌으로 다가온다. 지금 이 순간 나는 마법에 빠진 여인이다. 나를 행복하게 만든 그 피아노곡의 제목은 〈미로 속 여인〉이다.

그리고 미로 속 여인은 바로 나다.

2
아델 켈레르의 일기(2022년 11월 - 2023년 5월)에서 발췌

마침내 나는 생기로 가득하다.

죽은 자들 가운데에서 부활한 사람처럼.

아드리앙은 나에게 빠져들고, 나는 그에게 빠져든다.

저녁부터 다음 날 아침까지 뱃속에서 느껴지는 짜릿함이라니.

나는 뉴욕, 바르셀로나, 아테네, 페루자, 더블린, 런던, 서울에서 콘서트를 연 그와 동행한다.

우리는 모든 걸 공유한다. 우리는 똑같은 불길로 타오른다.

§

오리아나는 나에게 압력을 가하면서 보고를 요구한다. 나는 오리아나가 바라는 대로 해주지만 모든 걸 다 말해줄 수는 없다. 나는 한때 오리아나가 만들어놓은 감옥에 갇혀 있었지만 금세 빠져나왔다.

오리아나가 나에게 제공한 소스 덕분에 내 앞에 놓인 방책을 열 수 있었던 건 분명한 사실이다. 그 덕분에 나는 수월하게 미션을 수행할 수 있었다. 하지만 아드리앙이 사랑하는 사람은 나, 아델이다. 오리아나가 그의 마음을 사로잡는 방법이라면서 가르쳐준 스킬들 때문에 그가 나에게 매료된 건 아니다. 그를 움직이는 건 나의 매력이다. 나의 활력은 아드리앙에게 창조적 에너지를 제공하는 원천이다.

우리 두 사람은 이제 공범이다. 그의 부인이 더는 그에게 주지 못하는 걸 나는 줄 수 있다.

§

　처음으로 나는 내 실존의 방관자에 머물지 않고, 내 실존에 온 마음을 다해 참여한다. 내 삶이 비로소 내가 더는 믿지 않게 된 약속들을 지킨다. 나는 너무 오랫동안 내 마음을 벽장 속에 꽁꽁 가둬두었고, 희망과 욕망을 억눌러왔다. 그런데 불과 몇 주일 만에 그토록 암울하던 내 삶의 지평선이 밝은 하늘을 향해 점점 열리고 있다. 다시 새날이 밝아오고 있다. 나는 태양을 누릴 권리가 있다.

§

　아드리앙은 지적이고 배려심 많고 항상 재미있다. 그는 이번에 출시하는 앨범 전체를 우리의 사랑을 찬미하는 곡으로 채웠다. 그의 말에 따르면 내가 그에게 영감을 준 덕분에 태어난 음악들이라고 한다. 그의 팬들과 비평가들은 이번 앨범을 그가 지금껏 선보인 음악 가운데 최고 걸작이라고 평한다.

　우리 앞에는 새로운 세계가 펼쳐진다. 우리는 마음을 설레게 하는 여러 계획을 세운다. 아이를 낳고, 배를 타고 세계 일주에 나서고, 몬태나에 농장을 구입하고, 호세 이그나치오에서는 어부의 집을 한 채 사기로 약속한다.

　행복의 맛이란 위험하기 그지없다. 난 이제 다시는 예전으로 돌아가고 싶지 않다. 난 싸울 준비가 되어 있다. 그의 곁에 있으면 난 아무것도 두렵지 않다.

　그도 그럴 것이 사람들이 서로 사랑하는 곳에는 절대로 어두운 밤이 찾아오지 않기 때문이다.

3

Q 위키피디아[발췌]

접속 차단 중 / 토론 / 기여 / 계정 만들기

미로 속 여인

《미로 속 여인》은 재즈 피아니스트 아드리앙 들로네가 2022년 연말에 녹음해 2023년 1월에 테라 눌리우스 레코드에서 발매한 앨범이다.

앨범에 대하여

이 앨범은 재즈 피아니스트 아드리앙 들로네의 첫 솔로 앨범으로 여기에 수록된 곡들은 모두 그 자신이 직접 작곡했다. 이 앨범으로 아드리앙 들로네는 처음으로 그래미상(기악 재즈 앨범 부문)을 수상하는 영예를 안았다. 그의 집에 마련된 스튜디오에서 녹음된 이 앨범은 그가 아이들과 밀라노의 셈피오네 공원을 산책하면서 얻은 영감을 토대로 만든 곡들을 모아 선보이게 되었다고 한다. 기교적으로도 뛰어나고, 듣는 이에게 정서적 감동을 안겨주는 이 앨범은 동화 속 나라를 연상시키는 셈피오네 공원에서 아드리앙 들로네와 그의 연인, 두 아이가 즐긴 산책을 상기시키는 10개의 테마로 구성되어 있다.

아드리앙 들로네는 《코리에레 델라 세라》와의 인터뷰에서 이 앨범이 그의 음악 인생에서 '가장 애정을 쏟아부은 음반'이라고 고백했다.

"우리가 인생을 살다보면 받게 되는 충격들이 있다. 그 충격들은 누군가와의 결별로 이어지기도 하고, 심각한 변화의 계기가 되어 우리가 새로운 관점으로 삶을 돌아보게 만든다. 이러한 감정들은 닥치는 대로 모든 걸 다 쓸어버려 우리는 결국 방향을 잃고 당황하게 된다. 과거에는 아무것도 아니라고 느껴졌던 일들이 완전히 다른 가치로 탈바꿈하여 전혀 새로운 의미를 갖게 되는 식이다. 별안간 세상이 다시 즐거워진다. 세상이 모든 절망을 떨쳐버리고 새로운 기쁨을 갖게 만들어 우리가 고갈되었다고 믿고 있던 창조적 에너지를 새롭게 충전시켜준다.
이 앨범은 엄청난 성공을 거두는 한편 음원 사이트에서 가장 많은 다운로드 횟수를 기록한 재즈 음반 가운데 하나로 당당히 이름을 올렸고, 그 덕분에 아드리앙 들로네는 여러 개의 상을 휩쓸었다.

평론계의 반응

보석 같은 선율! _《재즈 맥》
마음에 와닿는 진솔하고 내밀한 음반이다. _《더 가디언》
시간을 뛰어넘는 주옥같은 명곡들, 즉석 음악의 고전이다. _《라 레푸블리카》
우아하면서 감각적인 이 앨범은 때로 버트 배커랙이나 조지 거슈윈, 스티븐 손드하임의 음악을 상기시킨다. _《올뮤직》
복잡하지만 누구나 쉽게 접근할 수 있는 음악으로, 연주하는 피아니스트에게나 듣는 관객들에게 모두 진한 정서를 불러일으킨다. _《라 크루아》
아드리앙 들로네의 음악은 흔히 달달한 솜사탕 같은 분위기에 젖어 있는데, 안타깝게도 이 앨범 역시 한 치도 벗어나지 않는다. _《텔레라마》

트랙에 수록된 곡

번호	제목	작곡가	재생시간
1	공원에서	아드리앙 들로네	4:50
2	당신을 만나고	아드리앙 들로네	6:30
3	연못가의 파올라와 소피아	아드리앙 들로네	3:57
4	키르케와 세이렌	아드리앙 들로네	4:25
5	딸기 아이스크림이야 바닐라 아이스크림이야?	아드리앙 들로네	4:51
6	미로 속 여인	아드리앙 들로네	6:49
7	안녕	아드리앙 들로네	3:35
8	오직 당신만 그리워	아드리앙 들로네	4:58
9	오늘 오후는 절대 잊지 못할 서야	아드리앙 들로네	5:02
10	당신을 다시 만나	아드리앙 들로네	2:16

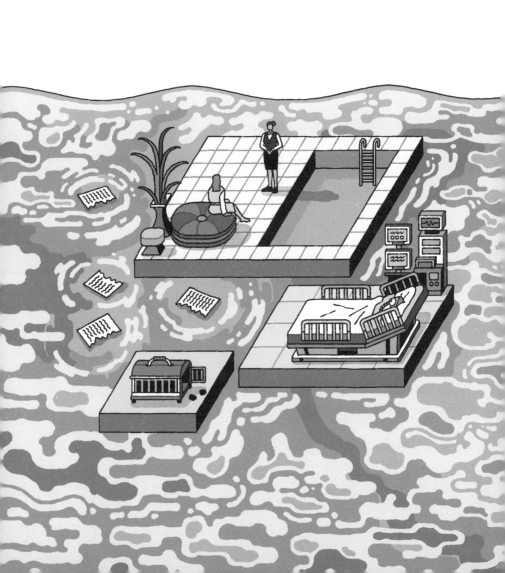

III
사랑에 빠진 여인의 역설

쥐스틴 타이앙디에
12. 카를로 디 피에트로의 상속

벨몽 형사 : 그래서 자네가 보기에 그는 유죄야 아니면 무죄야?
갈리앙 형사 : 서류를 검토하고 나서 그의 앞에 앉게 되니까 모든 게 덜 확실하게 느껴지더란 말이야.
_끌로드 밀러의 영화 〈심문〉에 등장하는 대사

2024년 5월 24일 금요일, 저녁 7시 30분
니스 경찰청

1

계단 꼭대기에 다다른 쥐스틴 팀장은 경찰청 옥상으로 향하는 철문을 민다. 우중충한 회색 콘크리트가 시야에서 사라지면서 갑자기 눈이 부시다. 맑은 햇살을 머금은 파란 하늘이 눈에 들어오는 순간 쥐스틴 팀장은 가슴이 탁 트이는 느낌이 든다. 신선한 공기와 바람 그리고 맑은 햇살이 조금 전까지 팽팽한 긴장감 속에서 서로의 실수를 놓치지 않으려고 눈에 불을 켜던 취조실의 숨 막히는 분위기와 너무나 뚜렷한 대비를 이룬다.

쥐스틴 팀장은 손차양을 만들어 햇살을 가리며 테라스를 향해 발걸음을 옮긴다. 니스의 빨간 지붕들이 마치 용암이 흘러내리면서 굳어진 양탄자처럼 저 멀리 항구와 샤토 언덕까지 폭넓게 이어져 있다. 니스의 빨간 지붕들 너머로 지중해 수면이 햇빛을 받아 아른거리는 물무늬를 만들어낸다.

이 시간에 루프탑을 찾을 사람은 없다. 쥐스틴 팀장은 테라스 의자에 앉아 옥상으로 올라오면서 챙겨온 종이봉투를 연다. 종이봉투 안에는 보드카, 샌드위치, 석류 주스, 얼음, 포테이토 칩 따위가 들어 있다. 쥐스틴 팀장은 보드카와 석류 주스, 얼음을 텀블러에 넣고 흔들어 칵테일을 만든다.

해피한 시간이야.

쥐스틴 팀장은 직접 만든 칵테일을 입 안에 머금고 비타민 한 알을 넣어 함께 삼킨다. 그런 다음 잠시 두 눈을 감고 신선한 공기를 듬뿍 흡입한다. 오후 내내 취조실에서 쌓인 긴장을 풀어줄 필요가 있다. 바다 냄새가 섞인 훈풍도 마음을 차분하게 가라앉히는 데 도움을 준다. 쥐스틴 팀장은 한동안 테라스 의자에 앉아 올망졸망한 주택들이 들어선 언덕을 관찰한다. 그 뒤로 우뚝 솟아 있는 알프스산맥의 자태와는 확연히 구분되는 풍광이다. 이렇게 편안한 마음으로 주변 풍경을 눈에 담았던 게 언제였는지 기억도 나지 않는다.

쥐스틴 팀장은 머릿속으로 오늘 진행된 심문 과정을 복기하면서 샌드위치를 씹어 삼킨다. 장시간 이어진 심문이었지만 그다지 지루하거나 분위기가 나쁘지는 않은 편이다. 캉디스 라슘의 주제넘은 훈수와 푸이 그르니에 반장의 전혀 도움이 안 되는 지시가 신경 쓰였으나 강력반 수사팀원들의 의견을 종합해보자면 대체로 선방했다는 평가가 대세를 이룬다. 팀원들 대부분은 아드리앙 들로네가 내일 심문 때 모든 범행을 자백하게 될 거라 예상하는 분위기다.

쥐스틴 팀장은 다른 팀원들처럼 마냥 낙관적으로 전망하기에는 아직 이르다. 그나마 용의자와의 두뇌 싸움에서 전혀 밀리지 않았고, 딱히 실수를 저지르지 않았다는 점에서 만족할 따름이다. 취조실에 들어가기 전까지만 해도 대체로 컨디션이 좋지 않아 크게 우려했으나 끝까지 집중력을 잃지 않아 다행이다. 심문이 진행되는 동안 전남편 로맹, 그의 새로운 연인인 소아외과 의사, 불어난 체중, 점점 심해지는 우울증이 심리적 동요를 일으킬 수 없도록 단단히 빗장을 지르고 용의자에게 집중했다. 아드리앙이 진실을 말하고 있지 않다는 의심이 들 때조차 끝까지 계속 말하도록 내버려두는 인내심을 발휘했다. 그러다가 용의자가 인정할 수밖에 없는 논리를 전개해 마치 보아뱀처럼 힘껏 조이는 유연하고 노련한 모습을 보인 건 첫날의 심문을 통해 얻은 가장 큰 소득이다. 내일은 용의자를 완전히 질식시킬 수 있도록 더욱 단단한 준비가 필요하다.

쥐스틴 팀장은 용의자의 답변이 궁색해지는 질문을 하고, 의표를 찌르고, 그의 진술이 얼마나 모순적인지 확인시켜주는 방식으로 심문을 진행했다. 그녀는 숨을 고르고, 생각을 정리하고, 심문을 통해 새롭게 알게 된 사실들을 수첩에 메모한다. 용의자는 좀처럼 속내를 드러내지 않는 인물이라 그의 마음을 들여다보기 쉽지 않다. 아드리앙 들로네는 분명 눈앞에 있는데 마치 다른 곳에 있는 것 같은 느낌을 주는 사람이다. 분명 함께 게임을 하고 있었으나 그의 상대가 형사인지 자기 자신인지 도저히 감을 잡을 수 없다.

쥐스틴 팀장은 신호음이 들려 휴대폰 화면으로 시선을 옮긴다. 베르고미 형사가 보낸 문자메시지가 들어와 있다.

내 수사는 실패야.

베르고미 형사는 밑도 끝도 없이 실패를 알리는 문자메시지 하나만 덩그러니 보내온다. 그에게 당장 전화를 걸자 문자를 남기라는 음성메시지가 들려온다.

젠장맞을! 아니 왜 이리 바쁜 척하는 거야?

쥐스틴 팀장은 심문 보고서를 베르고미 형사의 메일로 보내주면서 읽어보고 나서 연락해달라고 덧붙인다. 받은 메일함을 보니 법의학자가 보낸 소견서도 들어와 있다. 법의학자는 조금 전 쥐스틴 팀장이 또박또박 힘주어 말한 내용을 그대로 확인시켜준다. 아드리앙 들로네의 집 요트 창고에서 발견된 부지깽이의 형태와 길이가 오리아나의 몸에 남은 타격 흔적과 완벽하게 일치한다는 소식이다.

쥐스틴 팀장은 노트북을 휴대폰에 연결한 다음 이어폰을 귀에 꽂는다. 그녀는 평소 TV를 즐겨 시청하지 않는 편이지만 여러 방송국의 뉴스와 SNS를 두루 훑어본다. 기대했던 대로 모든 상황이 착착 진행되고 있다. 거의 모든 방송국이 오리아나 살해 사건의 용의자로 지목된 아드리앙 들로네에 대한 기사를 중요하게 다룬다. 방송국 자료실에 보관되어오던 아드리앙과 오리아나의 사진들이 대폭 방출돼 TV 화면을 도배하다시피 한다. 사진들 가운데 드론으로 촬영한 앙티브 저택 사진, 요트에서 벌어진 오리아나 피습사건을 재구성한 3D 컴퓨터 그래픽, 학창 시절에 모델로 활동하며 패션쇼에 등장한 오리아나의 사진도 있다. 채널의 다변화와 더불어 각종 범죄 사건들은 인포테인먼트의 유용한 소재로 적극 활용되고 있다.

프랑스에서는 매년 일천 건 이상의 살인사건이 발생하지만 극소수 사건만이 미디어의 선택을 받고 대중들의 호기심과 관음증을 충족시켜주는 대상이 된다. 각종 범죄 사건들은 오히려 사람들을 안심시키는 역할을 한다.

나보다 더 막다른 길에서 살아가는 사람들이 많아.

나보다 더 큰 고통 속에서 살아가는 사람들이 많아.

나보다 더 심하게 궤도를 이탈하고, 망가지고, 다치고, 목숨을 잃고, 탈선하는 사람들이 많다는 사실을 확인하는 건 늘 위안이 된다. 미디어에 등장하는 모든 범죄 사건들은 눈을 벌겋게 뜨고 지켜보는 시청자들에게 자극을 주어 범행으로 인생을 망치는 비극을 줄여준다. 널리 알려진 유명 인사들이나 저명한 기업가들이 개입된 사건은 시청자들의 흥미를 끌어당긴다.

안하무인인 기업가들의 추락을 지켜보는 건 정말 통쾌하다. 부자들

의 추락은 우리에게 속 시원한 쾌감을 안겨주고, 복수의 짜릿함을 느끼
게 해준다.

약 15분가량 여기저기 기웃거리던 쥐스틴 팀장의 휴대폰에 트윗이
뜬다.

쥐스틴은 문제의 보도자료를 읽고 나서 이 사건에 대해 언급한 기사
들을 훑어본다.

발벡의 재즈 페스티벌 주최 측
현재 감치 상태인 아드리앙 들로네의 콘서트 전격 취소

재즈 피아니스트 아드리앙 들로네는 이번 발벡 재즈 페스티벌에서 피

아노를 연주할 수 없게 되었다. 7월 6일부터 7월 12일까지 열리는 발벡 재즈 페스티벌 주최 측은 보도자료를 통해 부인을 살해한 혐의를 받고 있는 아드리앙 들로네를 '사전 예방 차원에서'에서 페스티벌 프로그램에서 제외시키기로 결정했다는 소식을 전하고 있다. 페스티벌 주최 측은 '우리는 무죄추정의 원칙을 존중한다'는 보도자료를 통해 입장을 밝혔다.

'그럼에도 우리는 아드리앙 들로네가 용의자로 떠오르면서 야기한 충격과 혼란을 모른체할 수 없다. 우리는 우리가 추구하는 가치에 최대한 부합하는 선에서 최선의 선택을 해야 한다.'

쥐스틴 팀장은 취조실에서 아드리앙 들로네와 마주했던 순간들을 돌이켜본다.

나는 아드리앙을 공격하고 나서 잠시 뒤로 물러섰다가 다시 그를 몰아세웠어.

쥐스틴 팀장은 자신을 향해 쏟아지던 아드리앙의 눈빛, 마치 추락 천사 같던 그의 얼굴이 떠오른다. 그녀는 아드리앙을 다시 대면하게 될 내일이 은근히 기다려진다.

내일은 다른 옷을 입어야지.

쥐스틴은 머릿속으로 드레스 룸에 있는 옷들을 하나씩 스캔하다가 양귀비꽃처럼 빨간 꽃무늬 원피스로 낙점한다. 깊고 넓게 파인 목선이 특징인 그 옷을 입을 때마다 늘 반응이 좋았다. 특히 그 옷에 녹색의 이중버클 가죽 벨트를 매면 효과 만점이다.

굽 높은 앵클부츠를 신고, 페르펙토 가죽 재킷을 원피스 위에 걸쳐 입어도 괜찮겠어.

어느새 해가 지면서 몸에 와닿는 바람의 느낌이 선선하다.

휴대폰 소리가 요란하게 울린다.

베르고미 형사인가?

휴대폰 화면을 확인해보니 베르고미 형사는 아니다. 전화번호 저장 목록에 '셀린 퓌졸'이라는 이름으로 입력된 번호다. 셀린 퓌졸이 누군지 기억이 가물가물하다. 끈질기게 기억을 떠올려보니 엄마의 이웃 사람이다.

"쥐스틴 타이앙디에입니다."

셀린 퓌졸은 남자 친구가 사는 아파트에 가는 길이라면서 그녀의 눈에는 분명 이상해 보이기는 했는데 막상 말을 해주자니 괜히 마음을 불안하게 만드는 것 같아 고민이 된다고 한다.

"저는 괜찮으니까 속 시원히 말해주세요."

셀린 퓌졸은 몇 번이나 주저하다가 마침내 전화한 이유를 털어놓는다.

"집을 나서다가 네 엄마의 집을 보았는데 덧문이 굳게 닫혀 있더라. 평소 덧문을 열어놓고 지내는 분이라 이상하게 생각되어 초인종을 눌러볼까 하다가 나도 갈 길이 바빠 그냥 왔어. 네 엄마에게 전화했는데 받지 않아서 더욱 꺼림직했어. 그래서 너에게 전화한 거야."

쥐스틴 팀장은 방금 전 셀린 퓌졸이 뜨거운 감자를 손에 쥐어주었다는 걸 깨닫고 한숨을 푹 내쉰다.

"제가 엄마를 찾아가볼게요."

쥐스틴 팀장은 그렇게 말하고 나서 전화를 끊는다.

엄마에게 무슨 일이 있나?

젠장맞을!

엎친 데 덮친 격이군.

2
앙티브

베르고미 형사는 미니 슈퍼 계산대에서 맥주 한 팩과 《레퀴프》 한 부를 사들고 차에 올라 집을 향해 달린다. 그는 레 브레기에르의 아파트 단지에 살고 있다. 부동산 개발업자들이 장미와 패랭이가 자라던 바닷가 땅에 아파트를 지어 코트다쥐르의 경치를 망쳐버린 바로 그곳이 그가 사는 아파트다.

베르고미 형사는 거실 하나에 침실 두 개짜리 아파트 문을 연다. 집에서 기르던 개가 늙어 죽은 이후로 저녁에 퇴근해 집으로 돌아올 때마다 집 안이 절망적일 만큼 고요해 마음에 들지 않는다. 그럴 때마다 벽에 페인트칠을 새롭게 하고, 새 가구를 들여놓을까 하는 생각이 들다가도 어차피 혼자 살 집인데 새 단장을 해본들 무슨 소용이 있을까 해서 단념해버리기 일쑤다.

베르고미 형사는 재킷을 벗고 블라인드를 걷어 올린 다음 잔디밭과 붉은 타일이 깔린 정원이 내다보이는 통유리 창을 연다. 가을로 접어들면서 잔디는 누렇게 변색이 되었다. 그는 여섯 캔이 든 맥주 팩과 신문을 들고 와 테라스에 놓인 의자에 앉는다. 방금 딴 맥주 캔을 단 두 모금 만에 비워버린 그는 새 맥주 캔을 집어 들면서 가느다란 한숨을 쉰다.

매일 저녁 테라스에 나와 앉아 맥주 여섯 캔을 습관처럼 다 비운다. 잠을 청하려면 알코올의 도움이 필요하다. 하루 일과를 마무리하는 그만의 방법이다. 두 발을 테이블 위에 올려놓은 그는 눈을 감고 의자에 앉아 몸을 천천히 흔든다.

나는 왜 저녁마다 정신이 멍한 상태로 아까운 시간을 허비할까?

고통스러운 기억을 떠올리고 싶지 않기 때문이다. 한때 베르고미 형사는 요즘처럼 술에 찌들어 사는 사람, 동료들이 대놓고 그림자 취급하는 형사가 아니었다. 1990년대 초만 해도 마르세유 경찰청 강력반에서 가장 능력 있는 형사로 명성을 떨쳤다. 그는 그 당시 널리 추앙받던 바타이유 팀 소속이었고, 이리나를 만나 결혼했다. 그들 사이에서 아르튀르가 태어났고, 아들은 열 살이 될 때까지 영롱하게 반짝이는 빛이었는데 청소년기에 잘못된 길로 들어섰다.

베르고미 형사는 휴일만 되면 바위로 이루어진 작은 만이나 프라도 비치에서 아들과 함께 시간을 보냈다. 아르튀르와 함께 자전거를 타거나 보렐리 공원에서 산책을 즐기기도 했다. 아르튀르는 중학교에 입학하면서 이상하게 비비 꼬여 상대하기 힘든 아이가 되어버렸다. 불과 몇 달 사이에 착하고 영리하던 아이가 갑자기 난폭하고 혐오스러운 아이로 돌변했다.

베르고미 형사는 아르튀르가 비행 청소년이 되는 걸 어떡해서든 막아보려고 했으나 끝내 뜻을 이루지 못했다. 학교를 그만둔 아르튀르는 마약 거래, 재물 갈취, 폭력을 동반한 절도 행위를 저지르며 그를 우울하게 만들고 있다.

서른 살이 된 아르튀르는 아버지와 연락을 끊었다. 베르고미 형사는 가끔씩 아르튀르에 대한 소식을 듣는다. 유죄판결을 받고 교도소에서 복역하고 있거나 정신과 병동에 입원해 있는 경우가 대부분이다.

베르고미 형사는 이리나를 잃은 지도 제법 오래되었다. 야심이 많았던 이리나는 번지르르한 말만 앞세우는 놈팡이에게 빠져 간호사 일을 그만두더니 어느 날 말도 없이 슬그머니 집을 떠나버렸다. 최근에 이리나가 불로뉴쉬르메르의 감자튀김 가게에서 판매원으로 일한다는 소식을 들었다. 사기꾼 남자의 감언이설에 속아 넘어가는 바람에 돈을 다 날리고 하루하루 힘겹게 살아가고 있다고 했다.

베르고미 형사는 감았던 눈을 뜨면서 다시 한번 한숨을 내쉰다. 그는 신문을 집어 들고 OM(올랭피크 드 마르세유) 팀의 경기 결과와 프랑스 리그앙 경기와 관련된 기사들을 대충 훑듯이 읽어 내려간다. PSG(파리 생제르맹 축구팀) 팀이 승리한 소식은 그에게 아무런 기쁨이 되어주지 못한다.

베르고미 형사는 주말만 되면 1976년산 포르쉐를 정비하며 시간을 보낸다. 눈앞에 가로놓인 현실을 견디기 힘든 실정이다. 불도그처럼 강력하게 생긴 얼굴과 반대로 마음은 유리처럼 잘 깨져버리는 자신이 정말 싫었고, 언제나 참기 힘든 고뇌만 안겨주는 세상이 꼴 보기 싫었다.

베르고미 형사는 썩은 냄새가 진동하는 이 너절한 시대를 혐오했다. 그는 허구한 날 휴대폰 화면에 코를 박고 살아가는 좀비들이 싫었다. 한때 자부심을 느꼈던 강력반 형사 업무도 썩어빠진 관료들과 수사 판사들의 참견이 극에 달하고, 범죄자에 대한 인권 존중을 외쳐대는 일부 시민 단체들의 목청이 높아지면서 사사건건 검열을 받다보니 수사는 늘 지지부진한 상황을 면하지 못하고 있다.

날이 갈수록 경찰에 대한 비난 여론이 팽배해가고 있고, 베르고미 형사는 허구한 날 좌절의 늪에 빠져 허우적대고 있다. 요컨대 모두들 경찰을 미워하는 느낌이다. 치안이 불안해지면 가난한 사람들이 가장 먼저 큰 피해를 받기 마련이다.

베르고미 형사는 너무 오랜 시간을 창살 없는 감옥에서 죄수처럼 살아왔고, 날이 갈수록 허무감은 점점 커져만 갔다. 그는 이미 어떤 방식으로 삶의 무대에서 내려올 것인지 계획해두고 있다. 마르세유 경찰청 바타이유 팀에서 활약하던 시절의 유물인 MR73 권총으로 자신의 머리를 한 방 쏴버리면 간단하게 해결될 문제였다. 이미 장소도 물색해두었다. 한때 가족들과 버섯을 채취하러 갔던 로지 뒤팽 숲이 그가 봐둔 장소다.

《니스 마탱》에 조그맣게 부고 기사가 실릴 테고, 장례식에 참석할 조문객은 극소수일 테고, 깐족거리기 좋아하는 사법경찰팀 사람들은 사무실에 앉아 시시덕거리며 '그동안 잔뜩 속을 썩이더니 스스로 잘 꺼져주었어'라고 떠들어댈지도 모른다.

그래, 그들이 원하는 대로 잘 꺼져주는 거야. 어차피 가면을 쓰고 살아가는 인생인데 더 이상 버텨봐야 무슨 의미가 있겠어. 어서 인생의 마침표를 찍고 사라지는 거야.

베르고미 형사는 더는 자기 자신에 대해 연민을 갖지 않기로 결심했다. 수사에 집중하기로 마음먹고 물랭 지역의 바를 찾아갔으나 아무런 단서도 찾아내지 못했다. 그는 쥐스틴 팀장이 부지깽이가 요트 창고에 있다고 제보한 사람을 추적하고 싶어 하는 마음은 충분히 이해하지만 전부 부질없는 짓이었다. 아드리앙의 이웃들을 대상으로 탐문 수사를 해봤지만 역시 아무것도 건지지 못했다. 앙티브 곶에 대저택을 보유한 사람들 가운데 일 년 내내 그곳에서 거주하는 사람은 드물다. 그가 직접 만나본 사람들도 수사에 도움이 될 만한 정보를 전혀 갖고 있지 않았다.

그나마 긍정적인 소식이라면 오후 늦게 마테오 보테로라는 사람이 보낸 문자메시지다. 마테오는 디 피에트로 집안사람들이 수사를 진행하기 위해 고용한 사설탐정 회사의 대표다. 마테오는 문자메시지를 보내 '오늘 저녁 9시에 전화 통화가 가능할까요?'라고 물었고, 베르고미 형사는 그의 초대에 응했다. 그 대신 쥐스틴 팀장에게 헛된 희망을 줄 수도 있는 만큼 당분간 그 이야기는 하지 않기로 했다.

이탈리아 수사팀 역시 아직은 사건을 해결할 열쇠를 확보하지 못했으나 부스러기 정보 몇 가지를 찾아냈을 수는 있다. 베르고미 형사는 안경을 착용하고 쥐스틴이 메일로 보내준 감치 심문 보고서를 읽어 내려갔다. 그는 쥐스틴 팀장이 온몸이 상처로 뒤덮인 인생의 조난자가 되었을 때부터 그녀를 좋아했다.

베르고미 형사는 감치 심문 보고서를 주의 깊게 읽고 나서 긴장을 풀었다.

쥐스틴 팀장이 용의자를 심문해 얻어낸 진술이 제법 흥미로웠다. 그는 감치 심문 보고서를 읽어 내려가는 동안 줄곧 놀라움을 감출 수 없었고, 용의자의 태도에서 뭔가 석연치 않은 점을 발견했다. 최악의 경우 교도소에서 30년 이상 썩을 수도 있는 절박한 상황임에도 용의자가 한사코 변호사의 도움을 거부한다는 점은 이해하기 힘들었다.

용의자가 결백하거나 남달리 높은 자의식을 가진 사람이야. 사리 판단 능력이 아예 부재하거나.

3

손목시계를 힐끗 본 베르고미 형사는 뉴스를 보려고 거실로 돌아와 TV를 켠다. 호리호리한 몸집의 앵커가 뉴스를 전하고 있다. 앵커의 인상을 보니 유난히 자기애가 강한 인물로 보인다. 제멋대로 뻗친 머리카락, 강렬한 눈빛, 저음의 목소리가 자기도취에 빠진 나르시시스트의 전형적인 특징을 온몸으로 보여주고 있다. 앵커는 유명한 재즈 피아니스트 아드리앙 들로네의 감치 소식과 오리아나 살해 사건에 대해 간략히 설명하고 나서 디 피에트로 가문에 대해서도 간단히 언급했다.

베르고미 형사는 잔뜩 미간을 찌푸린다. 디 피에트로 가문 사람들이야말로 수사의 사각지대에 있다. 니스 경찰청 강력반 형사들이 몇 번이나 디 피에트로 가문의 내막을 캐내려고 했으나 번번이 실패로 돌아갔다. 니스 경찰청 강력반 형사들은 이탈리아에서는 맘껏 수사를 펼칠 수 없기 때문에 매번 한계에 봉착했다. 그들이 기를 쓰고 알아내고자 했던 디 피에트로 가문의 내력이 공중파 TV 전파를 타고 흘러나오고 있다. 밀라노 경찰청은 니스 경찰청과 공조 수사를 펼쳐야 마땅했으나 그동안 제대론 된 협조가 이루어지지 않았다.

TV를 끈 베르고미 형사는 가방에서 꺼낸 서류 뭉치에서 디 피에트로 가문의 가계도를 찾아낸다. 그는 이탈리아 탐정과 통화하기에 앞서 가계도에 등장하는 인물들의 면면과 이름을 숙지하기 시작한다.

베르고미 형사는 경제학을 공부한 적은 없으나 디 피에트로 가문의 수장인 카를로 디 피에트로의 사망 이후 이 대단한 집안의 토대가 크게 흔들리고 있다는 사실을 알 수 있다. 카를로가 유명을 달리한 이후 그가 일군 사업체와 자산은 정확하게 삼 등분된다. 카를로의 두 번째 부인 로라, 아들인 스테파노, 딸인 오리아나가 재산을 33퍼센트씩 균등하게 상속받는다. 이복 남매 사이인 오리아나와 스테파노는 기질적으로 완전히 다른 스타일이다. 오리아나는 부친이 물려준 자산을 거부하지는 않았으나 독자적으로 설립한 출판사를 성공적으로 이끄는 사업수완을 보여주었다. 그 반면 스테파노는 방탕한 생활을 지속하며 황색언론과 파파라치들의 호기심과 관심을 충족시켜주느라 여념이 없다. 키레이서 출신인 스테파노는 패션 사업, 자동차 경주 사업에 뛰어들었으나 카를로가 물려준 재산을 빛의 속도로 탕진하고 있다. 최근에는 비트코인 플랫폼 사업에 뛰어들어 분주한 날들을 보내고 있지만 그의 사업이 성공할 거라 예상하는 사람은 아무도 없다.

스테파노는 디 피에트로 집안의 문제아로 통한다. 그는 급전을 마련하기 위해 카를로에게 물려받은 주식을 벌처펀드에 팔아넘겨 심각한 문제를 야기하기도 했다. 스테파노의 주식을 매입한 벌처펀드는 디 피에트로 그룹의 지배구조를 위협하고 나섰다. 디 피에트로 그룹은 하루아

침에 경영권을 빼앗길 수도 있는 절체절명의 위기에 내몰리게 되자 카
를로의 오른팔이었던 아젤리오 카페키에게 긴급히 도움을 요청한다.

아젤리오 카페키는 매우 특이한 이력을 가진 인물이다. 카를로 디 피
에트로는 말년에 자식들 가운데 어느 누구도 가업을 물려받을 그릇이
되지 못한다는 결론에 도달한다. 그는 생각다 못해 피렌체 출신 엔지니
어이자 디 피에트로 그룹의 대표이사로 있는 아젤리오 카페키에게 희망
을 건다. 그는 공개석상에서 아젤리오 카페키를 지목하며 '내가 신뢰하
는 양아들, 언젠가 내 뒤를 이을 후계자'로 치켜세운다. 청바지에 흰 셔
츠를 즐겨 입고, 알이 작고 동그란 안경을 즐겨 착용하는 아젤리오 카
페키는 언제나 겸손하고 조심성 있는 행동으로 그룹 안팎에서 신뢰를
쌓아간다. 외부에서도 유능한 인재로 평가받고 있는 그는 주로 돋보이
지 않는 음지에서 그림자처럼 일했고, 카를로의 부인 로라와 딸인 오리
아나와도 줄곧 원만한 관계를 유지한다.

아젤리오 카페키는 단시일 내에 디 피에트로 그룹에서 없어서는 안
될 중추적인 인물로 부상한다. 그는 세월이 흐르는 동안 스톡옵션을 받
아 주식투자도 하고, 기회가 있을 때마다 디 피에트로 그룹 주식을 사
들인 결과 일 퍼센트의 지분을 확보한다.

카를로가 사망한 이후 아젤리오 카페키는 디 피에트로 그룹의 회장
으로 위촉되었고, 가문의 단합을 이끌 수 있는 유일한 인물로 자리매김
한다. 그는 기업사냥꾼들의 적대적 M&A를 막아내야 한다는 논리를
앞세워 로라와 오리아나를 설득한 끝에 전체 지분의 50퍼센트 이상을
보유한 지주회사를 설립하고, 15년 동안 그 누구도 지주회사의 주식을

건드리지 못하도록 조처한다. 상속자들의 입장에서 보면 호화로운 생활을 누리기 위한 자금은 줄어들었으나 디 피에트로 그룹의 경영에 필요한 안정적인 지배구조를 확보할 수 있게 된 셈이다.

오리아나 살해 사건이 벌어지면서 지주회사를 토대로 구축해놓은 안정적인 지배구조가 흔들릴 수도 있는 위기를 맞는다. 오리아나의 재산을 상속받게 된 아드리앙 들로네가 안정적인 지배구조를 유지하는 데 딱히 관심이 없어 단단하게 구축해놓은 그룹 지배구조에 균열의 조짐이 보이기 시작한 것이다.

베르고미 형사가 디 피에트로 가문의 가계도를 보며 주요 인물들의 면면과 이름을 숙지하고 있을 때 그의 휴대폰이 진동한다. 발신자 제한 표시가 되어 있는 전화다.

"네, 주세 베르고미입니다."

"안녕하세요, 밀라노 에이전시의 마테오 보테로입니다."

"무슨 일로 전화하셨습니까?"

"우리 이제부터 빙빙 돌리지 말고 솔직한 대화를 나누어봅시다."

아젤리오 카페키가 고용한 사설탐정 마테오 보테로는 아드리앙 들로네가 감치 첫날 심문 과정에서 어떤 진술을 했는지 알고 싶어 했다.

베르고미 형사는 서로 맞바꿀 정보가 있는지 타진해본다.

"우리에게 당신이 흥미를 느낄 정보가 있긴 한데 혹시 밀라노로 올 수 있습니까?"

"밀라노로 오라고요? 언제?"

"오늘 밤."

이탈리아 탐정의 제안을 들은 말년 형사의 몸에 짜릿한 전기가 흐른다. 이탈리아 탐정 마테오 보테로가 그를 롬바르디아까지 오라고 제안한 걸 보면 아젤리오 카페키가 모종의 지침을 내린 게 분명하다.

베르고미 형사가 제안을 받아들이겠다고 하자 마테오 보테로는 엑셀시오르 호텔의 주소를 알려주고 나서 전화를 끊는다. 모두 합해 3분도 안 걸린 짧은 통화지만 그의 관심을 불러일으키기에 충분하다. 마치 돌풍이 불어와 머릿속을 가득 채우고 있던 고뇌를 한꺼번에 휩쓸어간 기분이다.

베르고미 형사는 보온병 가득 커피를 담고 나서 재킷을 집어 들고 현관문을 나선 다음 쾅 소리가 나도록 문을 닫는다. 911 자동차의 시동을 건 그는 고속도로로 이어지는 도로변의 주유소를 향해 차를 달린다. 차에 기름을 가득 채운 그는 이탈리아로 향하는 A8 고속도로의 톨게이트를 통과한다. 휴대폰에 엑셀시오르 호텔 주소를 입력하자 소요 시간이 나온다. 350킬로미터를 주파하는 데 약 네 시간이 소요될 예정이다.

베르고미 형사는 저녁 공기가 온화해 운전석 창문을 활짝 열어젖히고 운전한다. 그의 얼굴에 희미한 웃음기가 번져가더니 살바토르 쿠티뇨의 노래를 흥얼거리기 시작한다.

"본조르노 이탈리아, 본조르노 마리아(안녕 이탈리아, 안녕 마리아) 콘 리 오키 피에니 디 말린코니아(두 눈 가득 우수를 담아)."

4

해변 도로는 사실 지중해와 철로 사이에 끼어 있는 형태다. 저녁 6시

45분이고, 차들은 범퍼를 촘촘하게 밀착시키며 해변 도로를 부지런히 달린다. 쥐스틴 팀장은 초점 없는 눈으로 하얀 자갈로 뒤덮인 해변을 바라본다. 어부들은 낚싯대를 거두기 시작했고, 사람들은 캠핑 규정 따위는 깡그리 무시하고 바비큐 화덕에 불을 지핀다.

쥐스틴 팀장은 휴대폰을 자동차 거치대에 올려놓고 나서 다시 한번 엄마와 통화를 시도한다. 벨 소리가 다섯 번 울리더니 자동응답기로 연결된다. 이웃 여자와 통화하고 나서 마음이 몹시 심란해진 건 분명했지만 그리 크게 걱정할 정도는 아닐 거라고 자신을 달랜다.

쥐스틴 팀장이 '미모가 전부'라는 별명을 붙여준 그녀의 엄마 이름은 마틸드 타이앙디에다. 마틸드의 인생에서 가장 영예로운 타이틀은 1978년 미스 코트다쥐르 선발 대회에서 우승한 경력이다. 그로부터 몇 달 후 마틸드는 병원에서 일하다가 안과 의사와 눈이 맞아 결혼하게 되었고, 일을 그만둔다. 쥐스틴이 태어나면서 마틸드의 삶은 그저 좋은 시절의 연속이다. 여행을 다니며 남자들과 즐거운 시간을 보내고, 여자 친구들도 많이 사귄다. 마틸드는 매일 스포츠를 즐기고, 정기적으로 보톡스 주사를 맞고, 성형 수술도 여러 차례 받았다. 매달 옷과 장신구를 사들이느라 수천 유로를 쓰기도 한다. 2013년 말에 마틸드의 남편이자 쥐스틴의 아빠는 개를 데리고 집을 떠나며 이제부터 혼자 살겠다고 선언했고, 모를레 만의 카랑텍에 정박해둔 배에 오른다.

쥐스틴 팀장은 딸을 버리고 떠난 아빠를 원망하지 않는다. 엄마와는 단하나의 접점도 찾지 못한다. 그들 모녀 사이는 무관심이 최선이다. 무엇 하나 의견이 일치하지 않았고, 서로를 향해 비극적인 삶을 살고 있다면서 한심해하고, 서로 상대의 성격에 대해서도 최악이라 비난하기 일쑤다.

쥐스틴 팀장은 마린랜드 물놀이 공원의 바닷가를 벗어나 필론 유원지를 끼고 비오를 향해 차를 달린다. 이 지역을 지날 때마다 늘 그랬듯이 솜사탕과 도넛 냄새, 회전목마를 타는 아이들의 즐거운 비명 탓인지 저절로 어린 시절의 추억이 떠오른다. 마들렌 과자의 효과는 전화벨이 울리면서 끝나버린다. 베르고미 형사의 전화다.

"지금 어디죠?"

"밀라노로 가고 있어."

두 형사는 자세한 설명과 일화를 곁들여가며 하루를 어떻게 보냈는지 상대에게 브리핑한다. 일 년 동안 공전을 거듭하던 그들의 수사는 이제 마지막 직선거리 주파만 남겨두고 있다. 몇 달 동안 수사는 지지부진한 답보 상태를 면치 못했고, 니스 경찰청 강력반 형사들은 한동안 잔뜩 풀이 죽어 지내다가 최근에야 해결의 실마리를 찾아가고 있다.

강력반 형사는 매일 개미처럼 부지런히 움직여야 겨우 성과를 거둘 수 있는 직업이다. 그들의 노고가 마침내 결실을 맺기 직전이었지만 아직 마냥 안심할 단계는 아니다. 이토록 목표 지점 가까이 다가선 적은 없다. 앞으로 족히 20년은 사람들의 입에 오르내릴 대형 사건의 해결이 목전에 임박해 있다. 포커 게임으로 치자면 로열 플러시를 받아놓은 상태다. 아직 게임의 향배가 결정된 건 아니지만 승리 가능성은 그 어느 때보다 높다.

쥐스틴 팀장과 주세 베르고미 형사는 모처럼 서로를 격려하며 용기를 북돋우고, 캉디스 라숌, 푸이그르니에 반장, 마르세유재판소의 수사 판사들 그리고 강력반 동료 형사들에 대해 예외 없이 참고 있던 불만을 토해낸다. 두 형사는 수사를 성공적으로 마무리한 다음 그들의 코를 납작하게 만들어주는 한편 입을 단단히 봉해버릴 작정이다.

"그 멍청한 놈들은 죄다 물에 코를 박고 죽어야 해."

비오에 도착한 쥐스틴 팀장은 베르고미 형사와의 대화를 마무리한다. 쥐스틴 팀장의 엄마는 발본 가도에 살고 있다. 그녀는 올리브 나무 아래에 차를 세운 다음 30미터를 걸어 엄마가 사는 집 철책 앞에 다다른다. 이웃집에 사는 여자가 말해준 그대로다. 덧문은 죄다 닫혀 있고, 쥐스틴은 초인종을 누를 겨를도 없이 낮은 철책을 훌쩍 뛰어넘어 현관문을 두드린다.

"엄마?"

아무리 문을 두드려도 인기척이 없어 집을 한 바퀴 둘러본 쥐스틴은 유리창을 통해 집 안을 들여다보았으나 전혀 이상한 점을 발견하지 못한다. 다만 왠지 자꾸 기분 나쁜 예감이 밀려든다. 그녀가 열여덟 살 때까지 살았던 집이어서 구석구석까지 훤히 꿰고 있다. 쥐스틴은 창문들 가운데 제대로 닫히지 않은 문을 찾아보다가 바비큐 도구 근처에서 발견한 브로치의 뾰족한 끄트머리를 틈새로 쑤셔 넣어 창문을 열어젖힌다.

"엄마?"

거실로 뛰어들어간 쥐스틴은 주방과 일 층 침실 그리고 욕실까지 재빨리 살펴본다. 쥐스틴이 의식을 잃고 바닥에 쓰러져 있는 마틸드를 발견한 곳은 바로 욕실이다. 마틸드는 머리를 크게 다친 상태고 주변에 피가 흥건하다.

쥐스틴 타이앙디에

13. 진실에 물린 자국

추억 속에서 사람들을 사랑하기란 쉬운 일이다.
무엇보다 어려운 일은 그 사람들이 바로 당신 앞에 있을 때 사랑하는 것이다.
_존 업다이크

같은 날

앙티브 쥐앙레팽 종합병원

밤 10시

병원 건물의 창백한 불빛 아래로 드문드문 장탄식을 쏟아내는 소리, 잔뜩 억눌린 울음소리가 들려온다. 응급실 복도는 팽팽한 긴장감과 기진맥진한 한숨 소리, 무력감에 찌든 대기로 가득 차 있다.

응급실은 도떼기시장을 방불케 할 만큼 사람들로 붐빈다. 오십 명 내지 육십 명쯤 되는 응급환자들이 대기실의 좁은 공간에서 차례를 기다리며 고통에 신음하고 있다. 의자에 앉아 있거나 서 있는 환자들 모두가 고열에 시달리거나 고통에 짓눌린 모습들이다. 환자들을 선별하는 간호사 앞에도 긴 줄이 늘어서 있다. 프랑스의 대형 병원에서 날이면 날마다 펼쳐지는 혼돈의 일상이다. 그 광경을 보고 있을 때마다 당연히 나오게 되는 질문이 하나 있다.

프랑스가 도대체 어쩌다가 이 지경이 되었을까?

머리의 절반가량을 붕대로 감은 마틸드가 들것에 앉아 있다. 욕실 바닥에 쓰러져 있는 엄마를 발견한 쥐스틴은 즉시 구조대를 파견해달라고 요청했고, 5분 만에 도착했다. 구조대원들은 마틸드에게 가벼운 응급조치를 취한 다음 그녀를 즉시 병원 응급실로 이송했다. 하지만 병원 응급실에서는 마틸드의 상처를 그다지 심각하지 않다고 판단했고, 치료 순서가 한참 뒤로 밀리게 되었다. 마틸드가 앉아 있는 들것이 응급실 한쪽 구석에 덩그러니 놓여 있다. 죽이 되든 밥이 되든 될 대로 되라는 식이다.

잔뜩 신경이 곤두선 쥐스틴은 안내 데스크로 간호사를 만나러 간다. 쥐스틴이 다그치듯 묻는다. "머리가 깨진 환자를 그대로 방치해두면 어쩌자는 거죠?"

"대기 중인 응급환자들이 너무 많아 어쩔 수 없습니다. 이제 곧 차례가 될 테니까 급하더라도 조금만 더 참아주세요."

응급환자들이 많아 대책이 없어 보이긴 한다. 컴퓨터 화면을 쳐다보며 불안해하는 간호사의 모습이 마치 컴퓨터에서 골룸이라도 튀어나올까봐 노심초사하는 사람 같다.

쥐스틴이 버럭 고함을 지른다. "피가 철철 흐르는데 마냥 대기하라고요?"

"일단 지혈을 해둔 상태입니다." 간호사의 목소리도 덩달아 높아진다. "마음은 충분히 이해합니다만 보호자님의 어머니는 시급히 치료해야 할 만큼 긴급한 환자는 아닙니다."

"두피가 20센티미터나 찢어졌어요. 이로쿼이족이 머리 가죽을 벗기기 직전 같다고요."

"대단히 부적절한 비유 아닌가요?"

"나는 당신이 내 비유에 대해 어떻게 생각하든 관심 없어요. 우리 엄마를 당장 병실로 들여 보내주세요. 대기실 구석에 계속 방치하지 말고요."

"현재 비어 있는 침상이 없습니다."

쥐스틴이 삼색 신분증을 꺼내 보이며 말한다. "나는 니스 경찰청 강력반 수사팀장입니다."

"보호자님이 모나코 공주님이라고 해도 달라질 건 없어요."

쥐스틴은 그제야 더는 고집을 부리지 않는다. 잔뜩 풀이 죽은 쥐스틴은 잠자코 마틸드의 옆에 쪼그려 앉는다.

무려 10시간 동안 피가 질펀한 욕실 바닥에 쓰러져 있었던 마틸드는 우여곡절 끝에 가까스로 병원 응급실로 실려왔으나 여전히 구석 자리에서 몸을 벌벌 떨며 차례를 기다려야 하는 신세가 된다. 마틸드는 화장을 전혀 하지 않은 민낯이라 주름살이 그대로 드러나 보였고, 얼굴에 피가 말라붙어 있어 평소의 당당하고 활기찬 모습은 전혀 찾아볼 수 없다. 더구나 머리에 붕대를 감고 있어 마치 거대한 머랭 과자를 머리에 이고 있는 듯하다. 마틸드는 이제 허약하고 기력이 달리는 노인과 별반

다르지 않다.

마틸드가 딸에게 묻는다. "휴대폰 좀 빌려줄래?"

"휴대폰은 뭐 하게?"

"거울 대신으로 얼굴 좀 보게."

"차라리 안 보는 게 좋을 거야."

"겁주는 거니?"

"심란한 엄마 얼굴이 나를 겁주고 있거든. 욕실 바닥이 미끄러운 줄 알았으면 조심했어야지."

마틸드는 어깨를 한 번 으쓱한다.

"바닥이 젖어 미끄러운 줄 몰랐어. 넘어지면서 하필 수납함 모서리에 머리를 부딪치는 바람에 조금 찢어진 거니까 괜찮아. 단지 운이 조금 나빴을 뿐이야."

쥐스틴은 가느다란 한숨을 내쉰다. 로맹이 젊은 소아외과 의사와 눈이 맞아 떠났을 때 어찌나 우울하고 참담한지 좌절해 쓰러지지 않으려고 이를 악물어야 했다. 몇 번이고 지하실로 내려가 목을 매달고 싶은 충동을 느꼈으나 겨우 떨쳐냈다. 그때의 기억이 지금도 또렷이 남아 있다. 그때 처음 죽음이 아주 쉽게 현실이 될 수 있다는 걸 알게 되었다. 그 당시 가까이 지내는 친구도 없었다. 진정제 렉소밀과 우울증 치료제 그리고 유일한 가족인 엄마가 전부였다. 절망감이 엄습해올 때마다 쥐스틴은 차를 몰고 비오로 달려가 엄마와 티격태격 싸우고, 사소한 문제로 언쟁을 벌이며 삶을 마감하고 싶은 충동을 가까스로 억눌렀다. 그렇게 엄마와 다투다가 서로 머쓱해져 깔깔거리며 웃고 나면 어느 정도 상처받은 마음을 추스를 수 있었다. 그런 날에는 집으로 돌아오는 대신 그녀가 결혼하기 전 사용했던 작은 방에서 자고 왔다. 엄마와 자주 싸웠으나 그 덕분에 머릿속을 가득 채우고 있던 암울한 생각들을 멀리 떨쳐버릴 수 있었다. 프랑스 남부지방 사람들에게는 커다랗게 고함을 지르며 싸우는 것도 중요한 소통 방식의 일종이다.

밤11시

마틸드가 인상을 찌푸리며 말한다. "엉덩이뼈가 부러졌나봐."

"의사가 봐줄 때까지 섣불리 판단하지 마."

"엉덩이뼈가 몹시 아프니까 하는 소리지."

쥐스틴은 두통약 애드빌을 삼킨다. 그녀가 제일 두려워하는 두통이 시작되고 있다는 걸 느꼈기 때문이다. 지금은 그저 잔물결 정도지만 폭풍이 몰아치기 시작하면 견디기 쉽지 않다.

마틸드가 묻는다. "넌 어디 아픈 데 없니?"

"난 아프지 않으니까 걱정 마." 쥐스틴은 잠시 망설이다가 한마디 덧붙인다. "나, 오늘 어떤 남자를 만나기로 했어."

갑자기 마틸드의 눈에 호기심이 어린다. "괜찮은 남자야?"

쥐스틴은 휴대폰 갤러리에 들어 있는 아드리앙 들로네의 사진을 보여준다.

"괜찮아 보여. 정말 나쁘지 않아." 마틸드가 신이 난 듯 휘파람을 분다. "어디에서 만난 남자야?"

"그냥 일하다가 만났어."

"무슨 일을 하는 남자야?"

"재즈 피아니스트."

"또 만나기로 약속했어?"

"내일은 하루 종일 같이 있기로 했어."

"미혼이야?"

"부인이 죽었어."

"부인에게는 정말 안된 일이지만 너에게는 아주 잘된 일이네."

"꼭 그렇지도 않아."

"아니, 왜?"

"그 남자가 부인을 살해한 용의자라서."

"혐의를 다 벗을 때까지 그런 남자는 절대로 가까이해서는 안 돼."

자정

쥐스틴은 팔다리가 근질거려 벅벅 긁어댄다. 몇 주 전부터 시작된 증상이다. 마치 벌레들이 맨살 위를 기어다니는 느낌이다. 머릿속이 복잡해진 쥐스틴은 자리에서 벌떡 일어선다. 신선한 공기를 마시고 싶어 대기실을 가로질러 건물 밖으로 나온 그녀는 크게 실망한다. 습하고 후텁지근한 날씨라 숨이 턱 막힌다.

쥐스틴은 병원 앞 광장을 에워싸고 있는 나지막한 담장에 팔꿈치를 기댄다. 남자들 몇몇이 나무에다 오줌발을 갈겨대며 낄낄대고 있다. 전에도 이 병원에 와본 적이 있어 그들이 누군지 대충 알고 있다. 오줌발을 함부로 갈겨대는 남자들 가운데 절반은 퐁톤 지역 노숙자들이고, 나머지는 감시가 소홀한 틈을 타 밖으로 빠져나온 정신병동 환자들이다.

그들이 하는 짓을 보니 술이나 약에 취한 게 틀림없다. 말하자면 21세기 버전 '기적의 정원*'이라고 해야 하나?

쥐스틴은 충동을 억제하지 못하고 인스타그램을 연다. 로맹은 매일 저녁 자신이 행복하게 살아가는 모습을 과시하며 얼마 되지 않는 팔로워들이 감탄사를 연발하게 만든다. 쥐스틴은 배알이 꼴리면서 달콤한 하루를 보내고 있는 로맹의 사진들을 둘러본다. 둘이서 뱃놀이하는 사진, 해변 레스토랑에서 식사하는 사진, 백사장에서 모래찜질하는 사진이 있다. 코르시카 해변의 다채롭고 화사한 빛깔은 쥐스틴의 영혼을 물들이고 있는 우중충하고 단조로운 청색과 선명한 대비를 이룬다.

전 남편 로맹이 행복하게 살아가는 모습을 볼 때마다 날마다 무미건조하게 살아가는 자신의 우중충한 모습과 대비되어 견디기 힘들다. 로맹은 예전보다 훨씬 젊어 보인다. 체중을 10킬로그램 감량한 그의 몸은 단단하고 날렵해 보인다. 오렌지색 수영복과 흰색 리넨 셔츠를 입은 그의 모습은 주변을 환하게 만들 정도로 빛이 난다. 그는 삶의 무거운 짐을 쥐스틴에게 모두 떠넘기고 떠난 이후 홀가분하게 인생을 즐기고 있다.

머저리, 개자식, 똥구멍, 똥 덩어리, 얼간이, 사기꾼, 망할 놈, 똥통이나 닦을 놈, 후레자식, 똥자루, 썩을 놈, 물러터진 좆, 딸쟁이.

부글부글 끓어오르는 피와 욕지거리가 심장을 뜨겁게 적신다. 로맹의 일상을 담은 사진들을 볼 때마다 분노를 뛰어넘어 증오의 감정이 솟

---

*La cour des Miracles, 구체제 당시 프랑스에서 걸인이나 장애인들이 한 장소에 모여 구걸하다가 밤이 되면 '기적처럼' 자취를 감춘다고 해서 생긴 표현

는다. 증오심이 깊어지면 감정을 조절하기 힘들다.

로맹이 떠나고 나서 한동안 걸핏하면 저절로 눈물이 나와 저녁 내내 훌쩍거리며 울었다. 분노와 증오심이 지나치면 잠도 오지 않는다. 날이 갈수록 증오가 쌓이고 있었지만 쥐스틴은 제어할 수 있는 방법을 알지 못한다. 언제까지나 이 우울한 상태를 방치해서는 안 된다는 걸 잘 알고 있다. 요즘 그녀의 생활 방식, 생각하는 방식, 문제 해결 방식 가운데 어느 한 가지도 합리적이지 않다.

구급차 한 대가 요란하게 사이렌을 울리며 병원 주차장으로 들어선다. 쥐스틴은 에어팟을 귀에 꽂고 음악을 튼다. 시끄럽고 복잡한 세상과 단절되어 혼자 비밀스러운 음악의 세계 속으로 도피하고 싶다.

쥐스틴은 두 눈을 감고 깊이 숨을 들이마신다. 아드리앙 들로네가 연주하는 〈미로 속 여인〉을 들을 때마다 머리부터 발끝까지 온몸에 소름이 돋는다. 쥐스틴은 우수에 찬 첫 부분부터 신비스러운 분위기에 빠져든다. 매혹적인 음악을 들으면 그나마 우울한 감정이 걷히면서 마음이 서서히 안정되어간다. 뒤이어 향수에 젖은 듯이 애잔한 선율이 그녀의 가슴에 살포시 내려앉는다. 가슴을 격동시키는 멜로디가 흘러나오더니 마치 망설이지 말고 앞으로 나아가라고 독려하듯이 빠른 템포의 멜로디가 뒤를 잇는다.

아드리앙 들로네는 일단 발라드를 마무리 지은 다음 그 주제를 나중에 또다시 등장시킨다. 물론 앞부분과 달리 장식이나 자수, 불협화음이 섞인 변주가 더해진 형태다. 그런 방식은 아드리앙이 연주하는 피아노곡의 시그니처라고 할 수 있다.

마지막 부분은 대체로 평온하고 환하게 빛나는 느낌을 준다. 쥐스틴이 무척이나 좋아하는 곡인데 마치 아드리앙이 말을 걸어오는 느낌이 들어서다. 인생의 미로에서 길을 잃은 여자, 기쁨과 고통이 교차하는 가운데 힘겹게 살아가는 여자, 인생에 깃든 좌절과 슬픔을 떨쳐버리기 위해 악마들과 한판 싸움을 벌이는 여자.

쥐스틴이 생각하기에 아드리앙의 리듬에 맞춰 아리안의 실을 따라 거슬러 올라가면서 끝내 긍정적인 희망을 발견하게 되는 여자 주인공은 바로 자기 자신이다.

쥐스틴의 자유로운 상상은 잠수복 차림으로 요트의 갑판에 나타난 위험한 실루엣을 발견하는 순간 중단된다. 복면을 쓴 남자를 자세히 보니 아드리앙 들로네다. 부지깽이를 손에 든 그는 위협적인 태도로 쥐스틴을 향해 다가온다.

"네가 어떤 꼴을 당하게 될지 곧 알게 될 거야." 아드리앙이 부지깽이로 그녀를 사정없이 내리친다.

쥐스틴은 소스라치게 놀라 심장이 멎어버리는 느낌이 든다. 고함을 지르려고 했지만 목소리가 나오지 않는다. 공포에 질린 쥐스틴은 귀에 꽂은 에어팟을 빼들고 서둘러 엄마가 있는 병원 안으로 뛰어 들어간다.

새벽1시

해일은 여전히 계속된다.

피로에 지친 하얀 가운들의 불규칙적인 발레,

고무바닥 위를 질질 끄는 슬리퍼 소리,

기진맥진한 환자들의 밀물,

언제까지고 이륙하지 않을 항공기를 기다리는 승객들.

새벽2시

"엄마?"

"말해봐."

"엄마 인생의 화양연화는 언제였어?"

"무슨 뜻이야?"

"엄마의 인생에서 가장 아름다웠던 순간이 언제였냐고?"

"뜬금없이 그건 왜 물어?"

"그냥 궁금해서."

마틸드는 그리 오래 생각하지 않는다.

"1978년 여름."

"미인 대회에 나가 우승했을 때?"

"미인 대회 우승 말고도 기쁜 일이 많았어. 그 당시 난 쥐앙레팽에 살았는데, 일 년 내내 여름인 곳이야. 스무 살이었던 나는 젊고 생기발랄하고 자유분방했어. 사람들은 내가 브리지트 바르도를 닮았다고 했지. 그때 나는 지지 탑, 로드 스튜어트, 아바의 노래에 푹 빠져 있었어." 마틸드는 추억을 상기하는 듯 잠시 말을 멈추었다가 다시 잇는다.

"상상하면 뭐든 이루어지던 시절이었지. 그때로 돌아갈 수만 있다면 지금 내가 가진 모든 걸 줄 수도 있어. 그 당시 나는 내가 가장 아름다운 시절을 보내고 있다는 사실을 전혀 몰랐는데 나중에야 깨닫게 되었지 뭐야."

"'젊은이는 앎이 부족하고, 늙은이는 힘이 부족하다.' 뭐 그런 건가?"

"그래, 바로 그거야."

쥐스틴은 참을지 말지 머뭇거리다가 끝내 언성을 높인다. 늘 마음에 꾹꾹 눌러놓았던 불만이다.

"엄마는 언제나 본인 생각만 하네. 정말 이기적이야."

"그렇게 말하는 근거는?"

"아빠와 내가 등장하는 시절을 인생에서 가장 아름다운 순간으로 선택하면 어디가 덧나? 내 앞이니까 그런 척이라도 해주면 좋잖아."

"얘 좀 봐? 정말 별꼴 다 보겠네. 그러게 애초에 그런 질문을 하지 말았어야지."

"아무리 생각해도 아빠는 현명한 사람이야. 정말 잘 도망친 거야. 아빠는 엄마 때문에 인생을 망쳤어."

"로맹도 도망치길 정말 잘했지. 아마 나라면 진작 도망쳤을 거야. 너 같은 애랑 그 오랜 시간을 함께한 게 놀라울 지경이야."

"엄마는 늘 나를 열받게 해."

"너는 늘 진실을 받아들이지 못해. 진실을 밝히는 직업을 택했으면서 진실이 뭔지 몰라."

새벽3시

쥐스틴은 노트북을 연다. 베르고미 형사가 보낸 메일이 들어와 있다. 디 피에트로 가문의 가계도에 그가 주석을 붙인 메일이다.

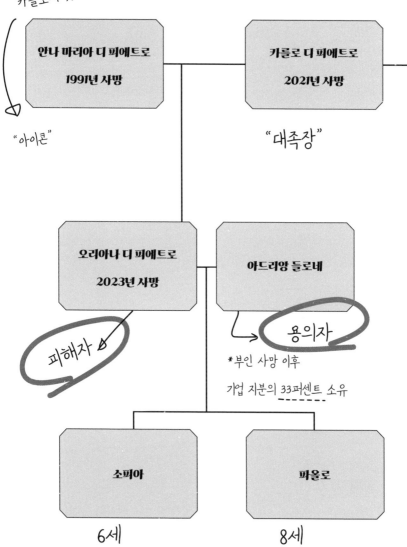

오리아나의 어머니

카를로의 첫 번째 부인

안나 마리아 디 피에트로
1991년 사망

카를로 디 피에트로
2021년 사망

"아이콘"

"대족장"

오리아나 디 피에트로
2023년 사망

아드리앙 들로네

피해자

용의자

*부인 사망 이후

기업 지분의 33퍼센트 소유

소피아

파올로

6세

8세

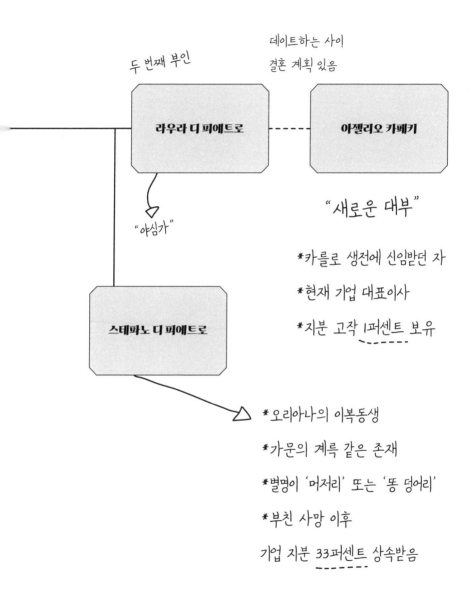

두 번째 부인

데이트하는 사이
결혼 계획 있음

라우라 디 피에트로

아젤리오 카페키

"새로운 대부"

*카를로 생전에 신임받던 자

*현재 기업 대표이사

*지분 고작 1퍼센트 보유

"야심가"

스테파노 디 피에트로

*오리아나의 이복동생

*가문의 계륵 같은 존재

*별명이 '머저리' 또는 '똥 덩어리'

*부친 사망 이후

기업 지분 33퍼센트 상속받음

베르고미 형사는 카를로의 오른팔 아젤리오 카페키를 주시하고 있다. 카를로가 유명을 달리 한 이후 아젤리오 카페키는 디 피에트로 그룹의 회장이 된다. 베르고미 형사는 그가 오리아나 살해 사건과 깊은 연관이 있을 거라 확신하고 있다. 피렌체 출신 엔지니어인 그가 짧은 시간에 고속 승진을 거듭한 끝에 디 피에트로 그룹을 이끄는 총수가 되었다. 쥐스틴은 구글 검색을 통해 아젤리오 카페키의 경영 전략을 상세하게 분석해놓은 경제 전문지 기사들을 찾아내 읽어보았다. 그는 고작 일 퍼센트의 지분으로 디 피에트로 그룹의 경영권을 확보하는 데 성공했다. 그는 디 피에트로 그룹의 재산을 지키기 위해 매우 교묘한 구조를 설계했다. 경제 전문지들은 프랑스 기업 에르메스와 디 피에트로 그룹의 유사성을 언급했다. 에르메스의 상속자들이 2010년 LVMH 측의 기업 합병 시도를 좌절시키는 데 성공한 사례를 따르고 있기 때문이다. 아드리앙 들로네가 가족들의 협약을 거부하면서 아젤리오 카페키의 계획은 차질이 빚어지고 있고, 그 여파로 주가가 하향곡선을 그리고 있다.

쥐스틴은 경제지들에 이어 유명 인사들의 동정을 다루는 《피플》 기사들을 훑어본 결과 아젤리오 카페키는 몇 달 동안 여러 번 언론에 등장한다. 지난 12월에는 《키》라는 잡지에 아젤리오 카페키와 카를로의 미망인인 라우라 디 피에트로가 바르텔레미 호텔에서 손을 맞잡은 사진이 실려 있다. 타블로이드 신문들은 일제히 두 사람의 결혼설을 중요 기사로 다루고 있다.

쥐스틴은 손바닥으로 눈두덩을 세게 비빈다. 눈이 불에 덴 듯이 뜨겁고, 이제 곧 두통이 시작될 조짐이 느껴진다. 뒤를 돌아보니 마틸드도

지쳤는지 들것에 누워 잠든 모습이다.

쥐스틴은 자판기 두 대가 나란히 놓인 곳으로 걸어간다. 머리가 어지러울 정도로 빙빙 돈다. 자판기 앞에 선 쥐스틴은 이탈리아식 샌드위치와 리모나타를 구입한다.

쥐스틴은 잠시 그 자리에 서서 생각에 잠긴다.

만일 아드리앙 들로네가 오리아나 살해범으로 유죄판결을 받고 교도소에 들어가게 되면 오리아나의 재산은 누가 물려받게 될까?

이 문제를 대하는 법의 입장은 명확하다. 아드리앙이 유죄 선고를 받으면 상속에서 배제되고, 오리아나의 재산은 아이들 몫이 된다. 다만 파올로와 소피아는 아직 성년이 되려면 까마득한 아이들이다. 아드리앙이 교도소에서 대략 20년 정도 복역하게 된다면 아이들의 친권은 가족들의 논의를 통해 결정된 후견인이 행사하게 된다.

그렇다면 아이들의 후견인이 누가 될까?

쥐스틴은 노트북이 놓인 자리로 돌아와 몇 가지 정보를 확인해본다. 아이들의 외조부모는 모두 사망했다. 친가 쪽 조부모도 유명을 달리했다. 아드리앙의 모친은 1999년 남편과 부부 싸움을 하다가 남편이 쏜 총에 맞아 사망했다. 아드리앙의 부친 프랑수아는 2018년 보스턴 교도소에서 복역하다가 목숨을 잃었다. 아드리앙 들로네는 형제자매가 전혀 없다. 오리아나에게는 이복동생이 하나 있다. 아이들의 후견인이 될 가능성이 있는 범위는 계속 줄어들었다.

그렇다면 아이들을 보호해줄 사람은 누구인가?

오리아나의 새엄마 라우라 디 피에트로? 그녀의 동반자로 디 피에트

로 그룹의 총수인 *아젤리오 카페키?*

쥐스틴은 온몸에 소름이 돋는다. 아드리앙 들로네가 유죄판결을 받고 교도소에 가게 되면 아젤리오 카페키는 가만히 앉아 큰 이득을 챙기게 된다. 그가 아이들의 후견인을 맡게 되어 오리아나에게 물려받은 재산을 관리하게 되면 디 피에트로 그룹의 이인자 자리를 공고하게 다질 수 있게 된다.

어둠에 잠겨 있던 동굴에 별안간 빛이 쏟아져 들어온 셈이다.

아젤리오 카페키가 사설탐정들을 고용한 건 그런 이유 때문이었어.

아젤리오 카페키는 디 피에트로 집안의 실추된 명예를 되살리고자 한 게 아니라 아드리앙 들로네를 범인으로 몰아가는 데 필요한 증거 수집을 하려는 거야. 그렇다면 요트 창고에 부지깽이가 있다고 제보한 사람은 바로 아젤리오 카페키였을까?

충분히 가능한 시나리오야.

쥐스틴은 수면이 부족해 자꾸만 눈이 감긴다. 잠을 청하려고 눈을 감자 등이며 목, 어깨 등 온몸이 아프다. 끈질긴 두통이 머릿속으로 파고든다. 쥐스틴은 샤워하고 나서 손톱 손질을 받고, 세잔 사이트에 들어가 2천 유로 정도 쇼핑을 하고, 레뱅에서 일주일쯤 머물면서 온천 세러피를 즐기고 싶다.

새벽 4시

쥐스틴은 꿈꾸었다.

이 종이를 빛에 비추면 우리아이가
간직온 비밀이 드러납니다.

새벽 5시

쥐스틴은 꿈꾸었다.

새벽 6시

쥐스틴은 꿈꾸었다.

쥐스틴 타이앙디에
14. 미로 속 두 여인

자신이 가진 것과 자신의 존재에 대해 만족해하는 사람이라면 아무도 사랑에 빠지지 않는다.
사랑이란 일상적인 삶에서 가치 있는 뭔가를 발견할 수 없다는 불가능성으로 특징지어지는
우울감의 과부하에서 비롯된다.

_프란체스코 알베로니

1

2024년 5월 25일 토요일

앙티브 쥐앙레팽 종합병원

오전 7시

쥐스틴은 심한 통증을 느끼며 눈을 뜬다. 뒷머리에서 느껴지는 통증 탓에 목에서 어깨까지 욱신거린다. 심한 통증의 여파로 호흡까지 가빠지면서 목둘레와 겨드랑이에 땀이 흥건하게 배어난다.

고개를 돌려보니 엄마가 사라지고 없다.

빌어먹을!

쥐스틴은 부리나케 일어나 앉아 두 눈을 가느다랗게 뜨고 주위를 살펴본다. 지난밤과 달리 대기실은 텅 비어 있고, 엄마는 그 어디에도 없다. 잰걸음으로 안내 데스크로 달려간 그녀는 야간 근무 중인 간호사 앞에 선다. 빨갛게 충혈되고 퉁퉁 부어오른 눈, 얼룩진 화장 자국, 비스듬히 흘러내린 머리카락을 보니 간호사는 어서 근무를 마치고 쉬어야 할 듯하다.

"혹시 우리 엄마 보셨어요?"

"아뇨."

쥐스틴의 입에서 한숨이 새어 나온다.

"의사 선생님이 진료실로 어머님을 모셔가 치료하고 있지 않을까요?"

"난 당신의 예상을 물은 게 아니라 우리 엄마가 현재 어디 있는지 물었어요."

간호사도 전혀 아는 게 없어 보여 쥐스틴은 진료실 출입문을 열었다. 고개를 들이밀고 안을 들여다보니 젊은 인턴이 엄마의 머리 상처를 꿰매고 있다.

휴우!

쥐스틴은 환자의 보호자라 알리고 진료실로 들어간다. 그녀는 인턴의 치료가 끝날 때까지 그 자리에 잠자코 앉아 기다린다. 그녀가 앉아 있는 자리에서도 엄마의 머리가 또렷이 보인다. 인턴이 엄마의 머리 상처를 봉합하려고 2센티미터가량 머리카락을 밀어버린 건 정말이지 이해할 수 없다.

이로쿼이 인디언의 머리도 모자라 이제는 수도승처럼 머리를 삭발해야 하다니?

"스물여덟 바늘이나 꿰맸습니다." 인턴이 엄마에게 치료 결과를 알려준다. "저녁마다 붕대를 갈아주어야 합니다. 그나마 운이 굉장히 좋은 편이네요. 두피에만 손상을 입었을 뿐 나머지는 멀쩡해요."

마틸드가 화난 얼굴로 일갈한다. "얼굴이 프랑켄슈타인처럼 변했는데 운이 좋다고요?"

인턴이 머리를 긁적이다가 쥐스틴을 보고 말한다. "대퇴부는 골절이나 탈구가 전혀 없습니다. 장시간 의식을 잃고 쓰러져 있었기에 MRI 촬영 후 결과가 나오길 기다리고 있습니다."

"네, 정말 수고 많았네요."

"MRI 촬영 결과가 나오는 대로 다시 찾아뵙겠습니다."

쥐스틴은 엄마와 단둘이 남게 되자 잠을 깨우지 않고 진료실에 혼자 간 걸 나무랐다. "진료실에 가려면 나를 깨웠어야지 혼자 가면 어떡해?"

마틸드가 어깨를 으쓱하며 말한다. "난 더는 이기주의자 소리를 듣기 싫었을 뿐이야."

"나에게 죄책감을 잔뜩 안겨주고 싶어서 그랬지?"

쥐스틴은 문자메시지가 들어와 휴대폰 화면으로 시선을 옮긴다. 베르고미 형사가 보낸 문자메시지다.

8시쯤 자네 집으로 갈게. 밀라노에서 새롭게 알아낸 사실이 있어.

"엄마 머리에 붕대를 갈아줄 간병인을 하나 구해야겠어. 엄마가 퇴원하는 시간에 맞춰 택시도 예약해야 하고."

"몹시 피곤할 텐데 출근해야 하니?"

"중요한 일이 있어."

"출근 시간이 겨우 한 시간 남았네."

"대단히 중요한 감치 심문이 있어."

"오전 7시 반인데 벌써 출근한다고? 게다가 토요일인데?"

"이미 많이 늦었어. 지금쯤 사무실에 나가 있었어야 해."

"동료에게 대신 부탁하면 되잖아."

"대단히 중요한 사건이라서 곤란해."

"엄마보다 더 중요하단 말이지?"

쥐스틴이 소리를 빽 지른다. "또 그런다. 엄마는 아마 세상을 떠나는 순간까지 이기적인 태도를 버리지 못할 거야."

쥐스틴은 애꿎은 문을 쾅 소리 나게 닫고 밖으로 나간다.

마틸드는 혼자가 남게 되자 나지막하게 중얼거린다.

"너도 나랑 똑같으면서 왜 나만 이기적인 사람 취급하니?"

2

오전 7시 45분

쥐스틴 팀장은 차를 몰고 올리브 나무들과 돌담길 사이로 난 좁은 경사로로 접어든다. 비오 근처에서 비냐스 가도는 여러 고원지대로 이어진다. 지난 수십 년 동안 그 일대에 다양한 형태의 주택단지가 들어섰다. 남프랑스식 농가 주택, 주변 환경을 최우선적으로 고려한 친환경 주택, 유명한 건축가들이 설계한 대저택에 이르기까지 각양각색의 집들이 있다.

쥐스틴 팀장은 프로방스식 농가 앞에 차를 세운다. 여러 마을들과 구릉지대를 내려다보는 전망이 빼어난 집으로 쥐스틴이 좋아해 구입했다. 로맹은 20년 동안 갚아온 대출금이 마무리되는 시점에 그녀를 버리고 떠났다.

쥐스틴 팀장은 이 집만큼은 절대로 포기할 수 없다고 버틴 결과 계속 눌러앉게 되었는데 요즘은 차라리 양보할 걸 그랬다고 후회한다. 로맹과의 추억이 구석구석 깃들어 있는 집이라 자주 쓴웃음이 나게 한다.

계단을 단숨에 뛰어오른 쥐스틴은 현관문을 열고 곧장 2층 욕실로 직행한다. 옷을 벗은 쥐스틴은 거울을 보지 않으려고 애쓰며 샤워 부스로 들어가 온수를 튼다. 그녀는 한동안 가만히 서서 뜨거운 물줄기를 맞는다. 사실은 다른 뭔가를 할 기력이 없다. 여전히 두통 때문에 머리가 묵직하고, 몸이 어찌나 노곤한지 꼼지락거리기 힘들다.

한동안 따뜻한 물 아래 있다보니 머리를 짓누르던 두통이 어느 정도 가신다. 쥐스틴은 바닥에 털썩 주저앉아 타일 벽에 몸을 기대고 쏟아지는 잠 속으로 속절없이 빠져든다.

시간이 얼마나 흘렀을까?

쥐스틴 팀장은 자꾸만 쏟아지는 잠을 떨쳐버리기 위해 극단적인 방법을 쓸 수밖에 없다. 다시 샤워 부스로 들어가 얼음처럼 차가운 냉수를 틀고 온몸을 적시자 비로소 잠이 달아난다.

쥐스틴 팀장은 거울 앞에 서서 가위로 긴 머리카락 끝을 잘라낸다. 욕실을 나와 드레스 룸으로 간 그녀는 빨간 원피스를 꺼내 입고, 벨트를 맨 다음 앵클부츠를 신는다. 페르펙토 재킷도 잊지 않는다.

몸에 꽉 끼는 원피스라 입기에 불편하다. 쥐스틴 팀장은 인터넷으로 원피스의 품을 늘리는 방법을 검색해보려다가 단념한다. 변변한 도구도 없고, 시간도 없고, 재주도 없다. 쥐스틴은 공연히 심술이 나서 원피스를 벗은 다음 화풀이 삼아 마구 짓밟는다.

겨우 마음을 다잡은 쥐스틴 팀장은 드레스 룸에서 다른 원피스를 꺼내 입는다. 방금 입었던 빨간 원피스가 더 근사하나 몸에 잘 맞지 않는다. 쥐스틴은 옷을 다 입고 나서 가볍게 얼굴 화장을 한 다음 주방으로 간다.

주전자에 물을 끓이면서 벽시계를 힐끗 쳐다보니 어느새 오전 8시 20분이다. 엄마 붕대를 풀어줄 간병인을 구하려고 세 군데나 전화를 걸어보고 나서 애드빌 한 알, 레몬즙, 현미녹차를 준비했다.

차의 엔진 소리와 경적을 울리는 소리가 들려온다.

베르고미 형사!

테라스로 나가보니 역시 베르고미 형사다. 역시나 한 번도 다린 적이 없어 보이는 재킷 차림이다. 피로감이 역력한 얼굴이지만 두 눈만큼은 젊은 청년처럼 반짝반짝 빛난다.

베르고미 형사가 허둥지둥 계단을 뛰어 올라오면서 문턱에 서 있는 쥐스틴 팀장을 향해 말한다. "이제 그는 옴짝달싹 못 해!"

"모닝커피나 한 잔 끓여줄 테니까 잠시 기다려요."

"이번에는 정말이지 묵직한 단서야."

베르고미 형사는 한 손에는 서류철, 다른 손에는 파네토네를 들고 있다.

쥐스틴 팀장이 커피를 준비하는 동안 베르고미 형사는 주방 테이블에 걸터앉아 파네토네를 얇게 썰며 말문을 연다. "새벽 1시쯤 밀라노에 도착했는데 호텔에서 나를 기다리고 있던 사람이 누군지 알아?"

베르고미 형사는 원래부터 퀴즈를 내고 답이 나올 때까지 느긋하게 기다려주는 스타일이 아니다.

"아젤리오 카페키가 내 눈앞에 있는 거야."

쥐스틴 팀장은 목덜미를 스쳐가는 전율을 느낀다.

아젤리오 카페키가 직접 나섰다면 대단히 중요한 일이라고 판단한 거야.

"자네가 우려한 대로 아드리앙 들로네를 감치시킨 건 이탈리아 사람들에게 큰 충격을 주었나봐. 이탈리아 사람들은 아드리앙이 심문을 받으면서 무슨 말을 했는지 알고 싶어 했어. 아니, 그런데 자네 헤어스타일이 왜 그 모양이야? 도대체 머리카락에다가 무슨 짓을 한 거야?"

"내 머리는 신경 쓰지 말고 하던 말이나 계속해봐요."

"그들에게 심문 보고서를 보여주겠다고 했어. 그러자 그들이 교환품으로 이걸 주더군."

베르고미 형사가 엑셀시오르 호텔 문장이 찍힌 서류 봉투에서 종이 몇 장을 꺼낸다. 분명 일기장이나 수첩에서 찢어낸 종이다.

쥐스틴 팀장이 그의 앞에 에스프레소 잔을 내려놓으면서 묻는다. "이 종이들은 뭔데요?"

베르고미 형사는 오리아나 살해 사건에 대해 이야기하기 시작한다.

"오리아나 디 피에트로가 살해당했을 당시 탑승하고 있던 요트가 지금 어디에 있는지 알아?"

"디 피에트로 그룹에서 〈루나 블루호〉를 제노아로 가져갔잖아요."

"정확하게 말하자면 라팔로 항으로 옮겨놓았어. 밀라노 경찰은 자체적으로 과학수사대를 요트로 불러 단서를 채취했는데, 결과적으로 더 찾아낸 게 없었어. 반대로……."

베르고미 형사는 잠시 말을 멈춘 다음 커피를 한 모금 마신다.

"반대로 뭐죠?"

"반대로 이걸 입수한 거야." 베르고미 형사가 넉 장의 종이를 흔들어 보인다. "이 종이들이 요트의 선실 환풍 장치 속에 들어 있었다고 하더군. 잘은 몰라도 요트의 환풍 장치와 진공청소기는 작동 원리가 같나봐."

쥐스틴 팀장이 그 말을 듣고 인상을 찌푸리며 손바닥으로 테이블을 내리친다.

"우린 어쩌다가 그 중요한 단서를 놓쳤을까요? 이제 또 기자들에게서 머저리 취급을 당할 일만 남았네요."

베르고미 형사는 시무룩한 표정으로 앉아 파네토네를 뜯어먹는다.

"이 종이들이 대체 뭔데요?"

"일기장에서 뜯어낸 종이야."

"오리아나의 일기장에서요?"

"그게 아니라 아델이라는 여자가 쓴 일기야. 알고 봤더니 아델은 아드리앙 들로네의 숨겨둔 연인이었어."

"뭐라고요?" 쥐스틴 팀장이 깜짝 놀라 소리친다. "이리 좀 줘봐요. 읽어보게."

쥐스틴 팀장이 베르고미 형사의 손에 들려있던 종이들을 **빼앗다시피** 낚아챈다. 파스텔톤 분홍 종이는 정성 들여 쓴 소녀의 글씨로 채워져 있다. 엄밀한 의미에서 일기라기보다는 일종의 단상을 적은 글이다. 뉴욕에 간 아드리앙 들로네의 사진, 콘서트 티켓, 투명 비닐 커버로 코팅한 에델바이스 등이 종이에 붙어 있다.

쥐스틴 팀장은 쿵쾅거리는 가슴을 애써 진정시키면서 파란색 잉크로 공들여 쓴 글씨를 읽어 내려간다.

3

파리, 11월

처음으로 나는 내 실존의 방관자에 머물지 않고, 내 실존에 온 마음을 다해 참여한다. 내 삶이 비로소 내가 더는 믿지 않게 된 약속들을 지킨다. 나는 너무 오랫동안 내 마음을 벽장 속에 꽁꽁 가둬두었고, 희망과 욕망을 억눌러왔다. 그런데 불과 몇 주일 만에 그토록 암울하던 내 삶의 지평선이 밝은 하늘을 향해 점점 열리고 있다. 다시 새날이 밝아오고 있다. 나는 태양을 누릴 권리가 있다.

밀라노, 12월

아드리앙은 지적이고 배려심 많고 항상 재미있다. 그는 이번에 출시하는 앨범 전체를 우리의 사랑을 찬미하는 곡으로 채웠다. 그의 말에 따르면 내가 그에게 영감을 준 덕분에 태어난 음악들이라고 한다. 그의 팬들과 비평가들은 이번 앨범을 그가 지금껏 선보인 음악 가운데 최고

걸작이라고 평한다.

우리 앞에는 새로운 세계가 펼쳐진다. 우리는 마음을 설레게 하는 여러 계획을 세운다. 아이를 낳고, 배를 타고 세계 일주에 나서고, 몬태나에 농장을 구입하고, 호세 이그나치오에서는 어부의 집을 한 채 사기로 약속한다.

행복의 맛이란 위험하기 그지없다. 난 이제 다시는 예전으로 돌아가고 싶지 않다. 난 싸울 준비가 되어 있다. 그의 곁에 있으면 난 아무것도 두렵지 않다.

그도 그럴 것이 사람들이 서로 사랑하는 곳에는 절대로 어두운 밤이 찾아오지 않기 때문이다.

뉴욕, 크리스마스 일주일 전

나는 24층 호텔 객실의 욕조 안에 혼자 누워 우리의 첫 만남 이후 함께 해온 일들을 되돌아본다. 백 번씩이나 나는 우리가 함께한 마법의 순간, 우리의 여행, 우리의 애무, 우리의 사랑 행위를 머릿속으로 그려본다.

그가 나에게 '너는 나의 여왕', '나의 뮤즈', '나의 매춘부', '나의 보석', '나의 경이로움'이라고 속삭이는 소리를 다시 듣는다. 나는 그가 '평생 너만 사랑할 거야'라고 말하는 소리를 다시 듣는다. 그는 나에게 내가 받아야 마땅할 것, 그러니까 궁전 같은 집, 황금, 꽃, 에메랄드빛 바다, 진주가 솟아나는 샘물, 우리 두 사람의 하늘에서만 반짝이는 별들을 주겠다고 말한다. 나의 핏줄을 타고 내 몸 안으로 스며든 우리들의 사랑은 마치 전류처럼 나를 뜨겁게 태우고, 나에게 물을 주고, 나를 새롭게 태어나게 한다. 나는 더 이상 그의 사랑 없이는 살 수 없다.

서울, 1월

극지방 같은 혹한이 도시 전체를 마법과 신비 속에 꽁꽁 묶어버린다.

우리가 외투를 입고도 바들바들 떨 때 마침 하늘에서 내려오는 눈 꽃 송이들이 우리 얼굴 주변에서 빙글빙글 맴돈다. 손에 손을 잡고 가벼운 마음으로 우리는 왕들이 살던 궁궐과 사찰, 북촌의 전통 마을 사이를 누비고 다닌다.

우리의 몸은 사실 하나이며, 우리의 입술은 뜨겁고 달콤한 욕망으로 달아오른다.

우리는 시간 밖에 산다.

안타깝게도 아드리앙은 가끔 혼자만의 방에 틀어박히는가 하면 자리를 비우기도 하고 침묵의 벽 속에 스스로를 가두기도 한다. 그는 내일 저녁 3천 명이나 되는 청중 앞에서 피아노를 연주해야 한다. 하지만 그를 괴롭히는 건 그게 아니다. 나는 그를 심란하게 만드는 원인이 무엇인지 잘 알고 있다. 그는 부인이 그의 외도를 알아차리고 이혼을 요구할까봐 두려워하고 있다. 그는 오리아나가 두 아이를 빼앗아갈까봐 공포에 떨고 있다. 나는 그런 일은 절대로 일어나지 않을 거라고 그에게 말해주고 싶다.

오, 내 사랑, 당신은 조금도 걱정할 필요가 없어요. 우리 둘에서 파올로와 소피아를 양육하게 될 것이고, 당신이 아이들과 헤어지는 일은 결코 일어나지 않을 거예요.

바르셀로나, 4월

아드리앙은 라우디토리 무대에서 박수갈채를 받는다. 그의 뛰어난 연주는 관중을 매혹시키고 황홀하게 만든다. 콘서트 시작 전에 그는 나에게 나를 위해 연주할 거라고 말했다. 수백 명의 여인들이 그를 향해 열렬하게 박수를 친다. 하지만 그가 사랑하는 사람은 나다.

나, 아델.

미로 속 여인.

4

입술이 바짝 타들어가고 두 손이 덜덜 떨릴 지경이지만 쥐스틴 팀장은 종이에서 발견한 이름을 눈이 빠지도록 바라본다.

아델.

아드리앙 들로네에게는 숨겨둔 연인이 있다. 우리가 그를 수사하는 동안 그는 줄곧 이 비밀스러운 관계를 숨겨왔다.

아델.

"이제 우리는 오리아나 살해 사건의 실타래를 풀기 위해 수사 초기부터 애타게 찾아 헤맨 결정적인 단서를 비로소 손에 넣은 거야. 살해 동기와 잠재적 공범의 존재 여부도 한방에 밝혀낼 수 있는 결정적인 단서가 분명해."

수사 담당자라면 더없이 반가워할 소식인데 쥐스틴 팀장은 마치 상대에게 실망한 연인처럼 마음이 씁쓸하다.

아드리앙 들로네도 결국 다른 남자들과 크게 다르지 않았어.

쥐스틴은 그를 은근히 옹호해주고 싶은 쪽으로 마음이 움직이고 있었기에 더욱 실망감이 크다.

"그런데 왜 일기가 네 장밖에 없죠?" 쥐스틴 팀장은 혼자만의 생각에서 빠져나와 베르고미 형사에게 묻는다. "나머지는 어디에 있어요?"

"그야 나로서도 알 수 없어. 그들이 건네준 건 이 종이 네 장이 전부였으니까."

"오리아나의 필체가 아닌 건 확실하답니까?"

"아젤리오 카페키가 필적 감정사를 만나 물어봤는데 둘 다 오리아나의 필체와 전혀 일치하지 않는다고 했나봐."

아델.

쥐스틴은 두 눈을 감는다. 머릿속에서 하나의 이미지가 떠오른다. 금발에 창백한 낯빛을 한 여인, 입술은 핑크 로즈이고, 수정처럼 맑고 큰 눈을 가진 여인, 대단히 예쁘지는 않아도 독특한 매력을 가진 여인, 어두운 그림자처럼 살다가 비로소 환한 세상으로 나온 여인, 비밀이 많아 위험한 여인.

"선배가 마음속으로 그리고 있는 시나리오는 뭐죠?"

베르고미 형사는 에스프레소를 한 잔 더 마시려고 자리에서 일어선다.

"오리아나는 남편의 외도를 의심했어. 가령 남편이 다른 여자와 잠자리를 갖는다거나 몰래 숨겨두고 만나고 있다고 의심한 거야. 상황이 심상치 않다고 판단한 오리아나는 사설탐정을 고용해 남편을 은밀히 미행했겠지. 사설탐정은 아델이라는 여자의 존재를 확인하게 되었고, 오리아나의 의심이 매우 합리적이라는 사실을 알려주었을 거야. 아델이 쓴 일기도 오리아나에게 가져다주었을 테고."

"그런데 왜 네 장만 남아 있을까요?"

"그거야 나는 모르지. 오리아나가 일기장 전체를 가지고 있는데 일단 남편이 어떻게 나오는지 태도를 떠보려고 네 장만 찢어내 남편의 눈앞에 들이밀었을 수도 있지. 어쩌면 사설탐정이 오리아나에게 네 장만 넘겨주고 나서, 나머지를 다 받으려면 돈을 더 내놓으라고 흥정을 벌였을 수도 있고."

"아니면 아젤리오 카페키가 선배에게 일기장 전부를 다 주지 않았을 수도 있겠네요."

"물론 가능한 추론인데 아젤리오 카페키가 굳이 그럴 필요성이 있었을 것 같지는 않아."

"그다음 시나리오는 뭐죠?"

베르고미 형사는 눈살을 찌푸리며 뜸을 들이다가 말한다.

"아드리앙은 부인의 의심을 받고 있다는 사실을 알고 있었어. 오리아나가 빼도 박도 못하는 증거를 들이대면서 이혼을 요구했을 수도 있겠지. 오리아나에게 이혼할 의사가 있다는 걸 알게 된 아드리앙이 선수를 친 거야. 최대한 빨리 오리아나를 없애버리기로. 아드리앙의 입장에서 보자면 매우 큰 위험이 따르는 결정이었지만 만약 성공하면 엄청난 보상을 받을 수도 있다는 계산이 섰을 수도 있겠지."

"아델과 공모했을까요?"

"그거야 아직 모르지. 아델의 관련 여부는 추후 수사를 통해 밝혀지겠지. 대단히 중대한 문제 가운데 하나야."

베르고미 형사는 입술을 질끈 깨물고 나서 또 다른 가설을 꺼낸다.

"가령 이렇게도 생각해볼 수 있어. 만일 범죄에 사용된 부지깽이가 아드리앙의 집에 있다는 사실을 우리에게 제보한 장본인이 아델이라고 상상해보자고. 오리아나를 살해한 이후 아드리앙과 아델이 다툼을 벌였고, 그 결과 두 사람이 헤어지게 되었다고 가정해보는 거야. 그런 경우라면 아델이 복수를 노리고 그를 경찰에 밀고할 수도 있다고 봐."

쥐스틴 팀장은 고개를 끄덕인다. 베르고미 형사가 말한 대로 여태껏 모든 상황이 정확하게 전개되지는 않았다고 하더라도 어느 정도 개연성 있는 얼개가 만들어진 건 분명하다. 지금껏 수사를 통해 확보해둔 크고 작은 단서들과도 무리 없이 설명이 가능한 시나리오다.

"이탈리아 사람들은 아델이라는 여자에 대해 뭔가 알아낸 게 있답니까?"

베르고미는 형사는 또다시 얼굴을 찌푸린다.

"아델이라는 이름 말고는 아직 아무것도 알아낸 게 없어 보였어."

"사설탐정까지 고용해 수사했는데 아무런 실적도 없다는 건 말이 안 되잖아요."

베르고미 형사도 미심쩍어하는 표정을 짓는다.

"이탈리아 사람들은 자기들이 확보한 정보를 우리와 공유하기 싫은 거예요."

"아드리앙 들로네가 얼마나 신중한 작자인지 우리도 충분히 경험했잖아. 우리도 일 년 동안 아드리앙을 수사했으나 변변히 얻어낸 게 없긴 마찬가지니까."

"그들이 우리와 정보를 공유하지 않겠다고 하면 달리 좋은 방법이 없잖아요. 우리가 스스로 찾아내면 되니까 크게 실망할 필요도 없고요. 선배가 가져온 이 네 장의 일기만 해도 중요한 단서들이 수두룩하게 들어 있으니까. 아델이라는 여자는 아드리앙이 순회공연을 할 때마다 같은 호텔에 묵은 것으로 되어 있어요. 그들 두 사람이 함께 묵었던 호텔들을 찾아내 접촉해볼 필요가 있겠어요. 선배가 그들이 묵었던 호텔이 어딘지 조사해봐요. 난 오늘 심문을 통해 아드리앙을 요리해볼 테니까. 아드리앙이 꼼짝없이 범행 사실을 인정하고 모든 사실을 있는 그대로 털어놓게 하려면 그를 요리할 재료가 더 필요하긴 해요."

베르고미 형사가 말한다. "좋아, 내가 좋은 재료를 구해볼게."

쥐스틴은 휴대폰으로 아델이 쓴 일기 네 장을 촬영한다. 휴대폰 화면은 메시지 도착 알림들과 푸이그르니에 반장, 엘 암라니, 심지어 마르세유재판소 수사 판사의 부재중 전화 알림 등으로 빽빽하게 도배된 상태다.

교통 상황이 어찌나 혼잡한지 쥐스틴의 지각은 기정사실이 되어가고 있다. 쥐스틴이 의자 등받이에 걸쳐둔 재킷을 집어 들며 말한다.

"우리가 최대한 빨리 아델이라는 여자를 만나보는 게 중요해요. 서둘러야 해요."

두 형사는 각자 차를 세워둔 곳으로 걸어갔다. 운전석에 앉은 쥐스틴은 차를 운전해 오솔길을 빠져나오며 생각한다. 모처럼 주세 베르고미 선배가 크게 한 건 한 거야. 아델의 일기가 결정적인 단서가 되어줄 거야.

쥐스틴은 이제 곧 아델이라는 여자의 모든 비밀을 파악하게 되리라고 믿었다.

아드리앙 들로네는 이제 끝났어.

오리아나 디 피에트로
15. 중력의 법칙

나는 절벽에서 뛰어내렸다. 그런데 마지막 순간에 뭔가가 중간에 끼어들더니 공중에 떠 있는 나를 붙잡았다.

_폴 오스터

1년 전, 2023년 5월
스위스, 루가노

1

프랑수아 샤푸이는 몹시 당황한 태도를 보인다.

오리아나가 묻는다. "무슨 일인데 그래요?"

오리아나는 10월부터 2개월마다 한 번씩 루가노의 병원에서 건강 검진을 받고 종양의 변화 추이를 살폈다. 이번에는 정기 검진이라 시간이 좀 더 오래 걸렸을 뿐만 아니라 샤푸이 원장으로부터 루가노에서 가장 큰 병원인 '오스페달 이탈리아노'에도 들러보라는 권고를 받았다. 그 병원에서 따로 보완적인 검사를 받아보는 게 좋겠다는 의견이었다.

"종양이 예상보다 빠르게 전이되었나요?"

오리아나는 그동안 충격적인 소식을 너무나 많이 들어왔기 때문에 요즘은 웬만한 말로는 그리 놀라지도 않는다. 지난 3주 동안은 정말이지 힘든 시간을 보냈다. 잠이 깨기 무섭게 피곤했고, 끊임없이 이어지는 두통에 시달렸고, 코피가 반복적으로 쏟아졌고, 소량의 음식물을 먹어도 소화하기 힘들었다.

툭하면 눈앞에서 노란 광선들이 춤을 추듯이 움직이면서 시야가 흐릿해지는 바람에 눈이 멀어버리는 듯했다.

오리아나가 다시 말한다. "그냥 솔직하게 말씀해주세요. 웬만해서는 그리 놀라지도 않으니까."

의사 가운으로 몸을 감싼 샤푸이 원장은 벼락 맞은 거인처럼 꼼짝도 하지 않고 서 있다. 그의 머리카락은 사방으로 비죽비죽 솟아 있고, 테라코타로 빚은 것 같은 얼굴은 금방이라도 가루가 되어 바스러질 듯이 푸석푸석한데 두 눈만큼은 형형한 빛을 뿜어내고 있다. 자세히 보니 불안감을 담고 있기보다는 큰 충격을 받아 말문이 막혀버린 표정이다.

마침내 샤푸이 원장이 입을 연다. "여기 앉아봐." 그는 그렇게 말하고 나서 자기 자신도 의자에 풀썩 주저앉는다. 그냥 의자에 앉았다기보다는 몸을 던졌다고 하는 편이 더 정확할 듯하다.

샤푸이 원장이 자꾸만 뜸을 들이는 바람에 오리아나는 짜증스러운 말투로 다시 묻는다. "무슨 일인데 그래요?"

"완전히 반대야."

"반대라니요?"

"뇌종양이 사라졌어."

"도대체 무슨 말씀을 하시는 거예요?"

샤푸이 원장은 오리아나의 눈앞에 놓인 차트를 가리킨다.

"처음에는 오류이겠거니 생각했는데 CT, MRI, 조직검사를 동시에 두 개의 병원에서 진행했잖아. 이 병원과 오스페달 이탈리아노 병원에서. 두 병원의 조사 결과가 일치해. 종양이 사라졌어."

"종양의 크기가 다소 줄어들었다는 뜻이에요?"

"아예 보이지 않을 정도로 줄어들었으니 사라졌다고 봐야지."

"설마 지금 농담하시는 건 아니죠?"

"당연히 농담이 아니지. 종양이 사라졌다니까." 샤푸이 원장이 같은 말을 반복한다.

"정말이에요?"

의사가 고개를 끄덕인다. "그렇다니까. 이번 검사 결과 넌 종양을 이겨냈어. CT 촬영 결과로는 종양이 전혀 보이지 않을 정도야."

오리아나는 도저히 믿을 수 없는 말이라서 잔뜩 굳은 얼굴에 긴장된 눈빛을 한다.

"어떻게 그런 일이 일어날 수 있죠? 원장님은 아무런 조치도 취하지 않았잖아요. 수술도 하지 않았고, 항암 치료도 포기하라고 했잖아요."

샤푸이 원장은 어깨를 들썩하더니 양팔을 벌린다. 그의 양 손바닥이 마치 기도하는 사람처럼 하늘로 향해 있다.

"자연적으로 종양이 치료된 경우는 매우 드물긴 했어도 아예 없진 않았어."

"통계적으로는 이런 경우가 몇 퍼센트나 될까요?"

"환자 십만 명당 두세 명에게서 나타나는 현상이야."

"이런 기현상에 대한 의학적인 설명이 가능할까요?"

"환자들의 면역 체계, 유전자와 호르몬 형질이 제각기 다르고, 경우에 따라 다른 급성 염증이 발생해 림프구의 증가를 불러오기도 하지. 그 밖에도 여러 가지 기현상이 있지만 아주 희귀할 만큼 드문 일이야."

"그런데 내 몸은 왜 이리 피곤할까요?" 오리아나가 여전히 석연치 않다는 듯이 말한다. "살아오는 동안 요즘처럼 기력이 달리는 경우는 처음이에요."

"어쩌면 당연한 현상이야. 네 몸은 지금 종양을 무찌르기 위해 안간힘을 다하는 중일 테니까."

"종양이 다시 자라날 수도 있나요?"

"그건 아무도 장담하지 못해. 나도 제법 오래도록 의사 노릇을 해왔지만 뇌종양 4기 환자에게 이런 일이 일어난 경우는 처음 봤으니까. 하지만 지금은 재발을 걱정할 때가 아니야. 그저 미치도록 기뻐 날뛰어야 할 때라고 봐."

오리아나는 기뻐하기는커녕 오히려 언성을 높인다. "원장님은 얼마 전 나에게 사형선고를 내린 장본인입니다. 이제 와서 뇌종양이 다 나았으니 기뻐하라니 말이 안 되잖아요."

"오리아나, 과정이 어찌 되었든 결과적으로 매우 기쁜 소식이잖아."

"기쁜 소식이라고요?" 오리아나는 이제 거의 절규하다시피 한다. "원장님은 얼마 전 저에게 근육 마비니 2개월 시한부니 하는 무시무시한 말로 잔뜩 겁을 주면서 저를 까마득한 절망에 빠뜨렸어요. 죽기 전에 서둘러 주변 정리를 하라는 조언도 잊지 않았죠."

"그 당시 검사 결과를 보았다면 그렇게 말할 수밖에 없는 상황이었으니까. 상식적인 의사라면 누구나 그런 말을 해주었을 거야."

오리아나는 의자에서 벌떡 일어나 트렌치코트를 집어 든다. 오리아나가 밖으로 뛰쳐나가려고 하자 샤푸이 원장이 출입문을 막아선다.

"잠깐 기다려봐. 너에게 해줄 말이 남았으니까."

"그게 뭔데요?"

"그게 뭔지 네가 더 잘 알 텐데?"

오리아나는 그를 밀치고 진료실 문을 나가면서 소리친다. "이제 더는 내 인생에 끼어들지 말고 멀리 떨어져 있어 주세요."

2

새들이 보리수나무와 마로니에 사이를 날아다니며 재잘거리는 소리가 공원 가득 울려 퍼진다. 인간의 삶에는 무심한 자연의 흐름이다.

오리아나는 뇌종양 4기라는 걸 알게 된 6개월 전과 똑같은 장면을 재현하고 있는 것 같은 느낌이 든다. 그녀는 호수가 바라다보이는 자리에 마련해놓은 벤치에 털썩 주저앉는다. 샤푸이 원장으로부터 종양이 모두 사라졌다는 검사 결과를 전해들었으나 아직 안도감을 느끼기에는 왠지 이른 것 같다. 지난 몇 달 동안 패닉 상태에 빠져 살아왔다. 목전에 임박한 죽음이 그녀를 공포 속으로 밀어 넣었다. 일찍이 요즘처럼 자신이 너무나 나약한 존재라고 느껴본 적은 없었다. 시리아에서 종군 기자로 활동하던 시절 이슬람 원리주의자들에게 동료 기자 세 명과 함께 납치당했을 당시에도 이 정도로 공포감이 느껴지지는 않았다. 6개월 전부터 오리아나는 어디를 가든 죽음의 그림자와 함께했다. 몸에서 부패한 냄새가 나고, 땀이 심한 악취를 풍기고, 숨결에서 썩은 냄새가 풍기고, 치아에서 견디기 힘든 통증이 일었다. 하루하루 점점 부풀어 오르며 뇌를 짓누르는 종양이 혐오스럽기 그지없었다. 차라리 머리를 열어젖히고 두 손으로 종양을 몽땅 들어내고 싶었다.

심장이 요란하게 뛴다. 오리아나는 뇌종양이 사라졌다는 사실, 더는 죽음의 공포에 시달리지 않아도 된다는 사실이 아직 믿어지지 않는다. 오리아나는 몇 번씩이나 이 고통스러운 현실에 종지부를 찍고 싶었다. 지난 몇 달 동안 자살해야겠다는 생각에서 한시도 자유로울 수 없었다. 몇 번이나 자살 근처까지 가봤지만 아이들이 떠올라 도저히 실행으로 옮길 수 없었다.

파올로와 소피아에게 평생 엄마의 자살이라는 무거운 짐을 지고 살아가게 할 수는 없었다. 자살은 가족들에게 도저히 극복할 수 없는 상처를 남긴다. 오리아나는 지상에서의 고통에서 벗어나고 싶었으나 아이들의 삶에 불타버린 황무지를 물려주는 대가를 치르고 싶지는 않았다. 그래서 생각해낸 게 사고로 위장한 죽음이다. 가령 자동차를 타고 한적한 길을 달리다가 벼랑으로 떨어진다거나 암벽을 들이받는다거나 등산을 갔다가 발을 헛디며 절벽에서 떨어진다거나 비눗물로 미끄러운 욕실에서 뒤로 넘어져 뇌진탕으로 죽는 방법 따위를 하루에도 몇 번씩 고려해보았다. 하지만 의지와 행위 사이에는 엄청난 거리가 있었다. 이러지도 저러지도 못하고 속으로 끙끙 앓기만 하다가 궁여지책으로 베른트 슐츠에게 연락을 취하기 직전까지 가기도 했다. 베른트 슐츠는 이탈리아 출신 어머니와 독일인 아버지 사이에서 태어난 독일인으로 RAF에서 활동한 적이 있는 인물이다. 오리아나는 신종 테러리즘 관련 책을 집필하기 위해 자료를 모으는 과정에서 그를 알게 되었다. 베른트 슐츠는 RAF를 나와 '민간 계약'만 이행하는 킬러로 살아가고 있다. 이 세상에서 스스로 사라질 배짱이 없다면 킬러의 손을 빌리는 방법도 그리 나쁘지 않을 듯하다. 하지만 오리아나는 끝내 마지막 선을 넘지 못하고 망설이다가 자살을 포기한다.

용기 부족 탓일까, 아니면 극심한 공포감 때문이었을까?

어찌 되었든지 지난 6개월은 죽음과 가까이해온 시간이다. 단 하루도 죽음의 그림자에서 벗어날 수 없었다. 그러다가 놀라운 소식을 듣게 되었다. 이번에는 비극적인 소식이 아니라 희망을 되살리는 소식이었다.

오리아나는 아델과의 만남에서 너무나 나약했던 자신의 태도를 돌이켜보았다.

그 깜찍한 아이는 내가 비탄에 잠겨 괴로워하는 모습을 몇 주 동안이나 지켜보았어. 입가에 미소를 머금고, 눈에 반짝이는 섀도까지 칠하고, 아드리앙과 함께한 애정 행각이 어땠는지 이야기하면서.

왜 나는 아델을 집 안으로 불러들였을까? 왜 꼭두각시 인형극을 해보겠다는 말도 안 되는 생각을 하게 되었을까?

지난 며칠 동안 아델과 연락이 닿지 않았다. 아델이 그녀를 피했고, 꼭두각시 노릇을 하기보다는 자율적으로 행동하고 싶어 했다. 그녀에 대한 존중이라고는 조금도 없었다.

오리아나는 두 눈을 감는다. 지금은 가족의 협조와 지원이 절실히 필요하다. 그녀는 한동안 코르티나담페초 샬레에서 보낸 행복했던 날들을 머릿속으로 떠올려보았다. 아드리앙은 자신이 가다듬은 요리법대로 파르메산 치즈를 듬뿍 뿌린 채소 라자냐를 준비하는 동안 파올로와 소피아는 벽난로 주변에서 춤을 추었다.

내가 스스로 모든 걸 망쳐버렸어. 거의 모든 걸 파괴했어. 내가 스스로 품위 없이 행동했어. 가족의 미래가 달린 중요한 열쇠를 악마의 손에 쥐어준 건 바로 나야.

빌어먹을!

오리아나는 담배 한 대를 피워물고 나서 샤푸이 원장과의 대화를 차분하게 되새겨보았다.

종양이 사라졌다니까!

담배 연기의 소용돌이가 만들어내는 시학과 니코틴의 기만적인 효과 덕분에 마음의 동요가 조금이나마 진정되는 느낌이 든다.

종양이 사라졌다니까!

오리아나는 자리에서 일어나 저녁 공기를 듬뿍 들이마시고 나서 주변의 아름다운 풍경을 둘러본다.

종양이 사라졌다니까!

오리아나는 조금씩 새로운 상황에 적응이 되어간다.

종양이 사라졌어. 이제부터 반격에 나설 차례야.

오리아나는 공원을 나와 운전기사가 차를 세워두고 대기하고 있는 곳으로 걸어간다. 그녀가 차를 향해 다가가자 에두아르도가 자동차 뒷문을 열어주었고, 오리아나는 말없이 메르세데스의 뒷좌석에 앉는다.

"밀라노로 돌아갈까요?"

오리아나는 잠시 망설인다. 결코 실수해서는 안 되는 일이다.

"몽트뢰로 가주세요."

오리아나는 또다시 망설인다. 머릿속에서는 하나의 계획이 세워져 가고 있다. 이제 곧 자신의 피조물에 대한 통제권을 회수하고, 아델을 잘라버린 다음 남편을 되찾을 작정이다.

오리아나가 단호하게 말한다. "몽트뢰르의 장클로드 지글러에게 데려다주세요."

모처럼 오리아나의 얼굴에서 미소와 카리스마가 되살아난다.

양들이 사는 우리에서 늑대를 몰아내고 말겠어.

아델 켈레르
16.양들이 사는 우리에 침입한 늑대

항상 너의 마음을 따르되 네 머리도 언제나 같이 데리고 다녀야 한다.
_알프레드 아들러

다음 날, 파리
포부르 생제르맹

1

유니베르시테 가와 프레오클레르크 가가 만나는 길모퉁이 카페는 생제르맹데프레의 아지트다운 특징을 두루 갖추고 있다. 오리아나는 긴밀하게 상의할 문제가 있다면서 전화 통화보다는 직접 만나서 이야기하는 편이 좋겠다며 이 카페를 약속 장소로 잡았다. 약속 시간보다 조금 일찍 도착한 나는 카페 내부를 둘러보다가 금세 멋스러운 분위기에 매료된다. 어느 한 군데 부족하지 않은 완벽한 카페. 모자이크 타일 바닥과 조화를 이루는 회청색 청석돌 지붕, 오스만식 파사드의 크림색과 너무나 잘 어울리는 모래색 벨벳 소파만 보더라도 탁월한 안목에 압도될 지경이다.

연철로 테를 두른 창문으로 밖이 내다보이는 테이블에 자리 잡은 나는 종업원이 차를 놓아두고 갔지만 거리를 오가는 행인들과 회반죽 몰딩을 두른 대형 거울 속에 보이는 카페의 손님들을 번갈아 구경하느라 차가 식는 줄도 모르고 열중한다.

가방에서 일기장을 꺼낸 나는 배에 냉기가 들어찬 듯 자꾸만 불편해지는 느낌을 글로 적는다. 오리아나에게서 연락받은 순간부터 지속된 느낌이다. 나의 행복을 위협하는 어두운 그림자, 자정을 일 초 앞두고 가까스로 마차 앞에 도착한 신데렐라의 이미지가 머릿속에서 교차한다.

멀리서 오리아나가 걸어오는 모습이 보인다. 버버리 트렌치코트 차림에 실크 스카프를 목에 두르고, 선글라스를 착용하고, 가죽 여행 가방을 든 모습이다. 나는 오리아나의 차림새만 보고도 즉시 뭔가 변한 걸 알아차린다. 꼿꼿하게 치켜든 고개, 대형 광고탑의 명품 광고에 등장하는 톱 모델을 연상케 할 만큼 우아한 차림새를 보자니 자신만만한 태도가 엿보인다. 범접할 수 없을 만큼 도도한 느낌이다. 마치 자기 집에 들어오듯 당당하고 자연스럽게 카페 안으로 들어온 오리아나는 호두나무 가구들 사이를 미끄러지듯 걸어와 내가 앉아 있는 테이블을 향해 다가온다. 그녀가 맞은편 의자에 앉으며 인사를 건넨다.

"안녕, 아델."

오리아나는 가죽 가방을 옆에 내려놓고 나서 보이차를 주문한 다음 트렌치코트를 벗어 의자에 걸쳐둔다. 여전히 야윈 모습이지만 안색은 이전보다 훨씬 좋아 보인다.

"여전히 아름답긴 한데 왠지 피곤해 보이네?" 오리아나의 말투에서 나에 대한 약간의 경멸감이 묻어난다. "내가 좋은 소식을 가져왔으니까 기분 풀어, 아델."

"안색이 좋아 보여요."

"그 이상이야. 나 이제 완벽하게 나았어."

"정말이에요?"

"하긴 나도 처음에는 믿을 수 없었어."

나는 오리아나가 뇌종양 교모세포종 4기를 극복할 수 있으리라 전혀 예상할 수 없었으나 그녀가 진실을 말하고 있다는 건 눈빛만 봐도 알 수 있다. 나는 그녀가 바닥에 엎드린 자세로 화장실 변기에 얼굴을 들이밀고 토하던 모습을 지켜본 적이 있다. 나는 그녀가 자살로 생을 마감할 수 있는 방법을 찾아내려고 신경이 곤두서 있던 모습도 자세히 기억한다. 오늘 아침, 오리아나는 지난 기억이 도저히 믿어지지 않을 만큼 활기차고 자신감 넘친다.

"이제 곧 죽을 거라고 하시더니 전보다 더 *쌩쌩*해지셨어요."

"내가 건강을 되찾은 게 기쁘지 않지?"

오리아나가 고통에 몸부림치던 몇 달 동안은 내 삶을 통틀어 가장 활기차고, 아름답고, 영롱한 빛으로 가득한 나날들이었다. 마치 우리 두 사람에게 U자 관의 원리가 작동하는 느낌이 든다. 오리아나가 비탄에 휩싸여 있는 동안 나는 그녀의 활력을 펌프질해 쓰기라도 하듯이 내 생애에서 가장 활기차고, 에너지로 넘치는 날들을 보냈다.

나는 잠시 퀴리누스 퀴럴 교수, 그러니까 두 얼굴을 가진 야누스로 볼드모트 경과 몸을 공유해야만 하는 인물*에 대해 생각했다.

"내가 다시 건강을 회복하게 된 걸 자축하는 의미에서 너에게 줄 선물을 하나 가져왔어." 오리아나가 테이블 위에 놓인 베네치아 가죽 가방을 내가 있는 쪽으로 밀면서 말한다. 광택이 어른거리는 가죽이 마치 옻칠을 한 가구를 연상시킨다.

"자, 열어봐."

가죽 가방의 지퍼를 열자 족히 수십 개는 되어 보이는 50유로짜리 지폐 묶음이 눈에 들어온다.

"이 돈을 왜 나에게 보여주죠?"

"이 돈은 너에게 줄 일종의 손해 보상금이야." 오리아나가 아주 우아한 동작으로 차를 한 모금 마시며 말을 잇는다. "30만 유로, 세금을 제대로 냈으니 문제 될 게 전혀 없는 돈이지."

"정확히 무엇에 대한 손해 보상금이죠?"

"너를 이 일에 끌어들였으니 내가 이 정도 손해배상은 해야지."

오리아나는 찻잔을 테이블 위에 내려놓으며 나에게 공감해주길 바라는 표정을 지으려 애쓴다.

"너를 우리 가족사에 끌어들인 건 좋은 생각이 아니었어. 이제라도 사과할게."

*《해리포터》 시리즈에 나오는 등장인물

나는 무표정으로 일관하면서 오리아나의 말을 묵묵히 듣고 있다. 마음이 계속 불안했지만 스스로 잘하고 있다고 격려하기 위해 거울 속에 비친 내 얼굴을 본다. 나의 금발, 나의 격정, 나의 광채.

"내가 이 돈으로 무얼 하길 바라는데요?"

"너도 이제 새 출발을 해야지. 넌 그럴 자격이 있어."

정말 친절하시네.

"보아하니 이 돈은 부인이 나랑 상의도 하지 않고 매긴 내 몸값이네요."

"네가 15년 동안 일해야 벌 수 있는 돈이야. 이 정도면 헐값은 아니지 않나?"

"이 돈을 받고 사라져달라는 뜻인가요?"

오리아나의 입에서 한숨이 흘러나온다.

"이제 내 몸이 다 나았으니 내 남편과 아이들을 내가 직접 보살필 수 있게 되었어. 내가 부당하다고 생각해?"

"내가 만일 거부하면 어떻게 할 건데요?"

"네가 동의하든지 말든지 나는 이미 결정했어. 우리 얘긴 여기서 끝이야."

"부인이 건강을 되찾아서 나도 기뻐요. 하지만 난 부인에게 자리를 내줄 생각이 없어요."

오리아나는 초조한 기색을 감추지 못한다.

"네가 내 인생을 통째로 탈취하는 걸 내가 마냥 지켜보고 있을 거라 생각해?"

"난 부인의 인생을 탈취할 생각을 한 적이 없어요. 부인이 나를 찾아와 간절히 부탁하기에 들어주었을 뿐이죠. 내가 뺏은 게 아니라 부인이 스스로 내준 거예요."

오리아나는 신경질적으로 웃고 나서 새로운 공격을 시도한다.

"그때 넌 분명 네 입으로 그건 무의미한 일이라고 말했어."

"과거는 과거일 뿐이죠. 이미 되돌리기에는 너무 늦었어요. 이미 돌아 갈 수 없을 만큼 멀리 떠나왔으니까요."

오리아나가 더는 참지 못하겠다는 듯이 언성을 높인다.

"넌 내가 무슨 말을 하는지 정말 모르겠니?"

"부인도 내 말을 전혀 이해하지 못하시니까 서로 마찬가지 아닌가요?"

"이성적으로 생각해. 넌 어서 이 돈을 챙겨 꺼져버리는 게 좋아."

"내가 싫다면요?"

잠시 침묵이 이어졌고, 우리는 차를 한 모금씩 마신다. 나는 더 이상 피하지 않고 정면 대결을 펼치기로 작정한다.

"이 세상의 남편들 대부분이 자신이 청소년이었을 당시 엄마의 나이 보다 부인 나이가 많아지게 되면 부인을 늙은이 취급하게 된다는 연구 결과가 있는데 혹시 알고 계시나요?"

오리아나가 고개를 젓는다.

"언뜻 듣기에도 억지스럽기 그지없는 주장인데 그 말을 나에게 해주 는 의도가 뭐야? 너 자신을 안심시키기 위해 생각해낸 논거가 겨우 그 정도밖에 안 돼?"

"억지스러울지는 몰라도 현실이 그런 걸 어쩌겠어요. 아드리앙은 이제 부인에게 특별한 감정을 느끼지 못한다고 했어요. 나를 사랑하니까요."

오리아나가 어깨를 으쓱한다.

"너는 내가 열쇠를 주었기 때문에 아드리앙의 삶 속으로 들어갈 수 있었어. 이제부터 그런 일은 없을 거야."

이번에는 내가 고개를 저으며 오리아나의 말을 반박한다.

"부인은 이해하기 힘들겠지만 아드리앙은 있는 그대로의 나를 좋아하고 존중해요. 부인이 생각하는 것보다 그가 나를 훨씬 더 높이 평가하고 있다는 걸 알아야 해요."

"뭔가 크게 착각하나본데 있는 그대로의 넌 아무것도 아니야. 아드리앙이 정작 너에게 있지도 않은 자질들에 끌려 너를 좋아했다는 사실을 깨닫는 순간 넌 쫓겨나게 되어 있어."

"이제보니 부인이야말로 자기 자신을 안심시키는 논리를 열심히 만들어내고 있네요."

"지금 아드리앙과 너 사이에 형성되어있는 관계는 모두 가짜야. 그가 너의 모습에서 사랑한 건 바로 나야."

"그가 부인에게 속았다는 사실을 알고도 너그럽게 용서해줄 수 있을 거라 믿어요?"

오리아나는 내 질문에 대한 대답을 회피하지 않는다.

"한동안 나를 원망하겠지. 하지만 나에게는 네가 절대로 가질 수 없는 게 있어. 나는 아드리앙이 끔찍이 사랑하는 아이들의 엄마니까. 아드리앙과 나 사이는 무슨 일이 있어도 끊어지지 않는 질긴 끈으로 연결되어 있어."

"섣부른 결론은 재앙이 될 수도 있어요. 아드리앙이 어떤 입장을 취할지 두고 보면 알게 되겠죠."

"두고 볼 것도 없이 이미 결정된 거나 다름없어. 넌 내가 좋은 조건을 제시할 때 군말 없이 받아들이고 발을 빼는 게 최선이라는 걸 명심해."

오리아나는 자리에서 벌떡 일어나더니 트렌치코트를 입으며 나를 위협한다.

"이틀간의 말미를 줄 테니까 그사이에 모든 걸 정리하고 꺼져. 아드리앙에게는 내가 진실을 고백하고 용서를 구할 테니까. 찻값은 네가 계산해. 이제 넌 돈이 많잖아."

말을 마친 오리아나는 카페 밖으로 휭하니 자취를 감춘다.

2

나는 돈이 든 가방을 들고 화장실로 간다. 이제 이전 같은 삶으로 돌아가야 한다. 오리아나 앞에서는 당당하게 맞서려고 애썼지만 나는 지금 궁지에 몰린 상태고, 내 운명을 타인에게 맡겨야 하는 처지다. 불안감이 엄습해와 내 가슴을 짓누른다. 나는 화장실 변기에 쪼그리고 앉아 두 손으로 머리를 감싼다.

이제 어떻게 해야 하지?

지난 몇 주 동안 아드리앙과 함께한 추억이 아른거려 눈두덩이 뜨거워진다. 나는 내 생애에서 가장 행복한 순간들을 아드리앙과 함께했다. 나를 설레고 기쁘게 하는 행복이 언제까지나 지속될 거라 믿었다. 오리아나를 만나 이야기를 나누기 시작한 지 10분 만에 내 행복은 모래로 쌓은 성처럼 와르르 무너져 내린다. 내 안에서 오리아나에 대한 분노와 두려움이 교차한다. 오리아나에게 나의 행복을 부숴버릴 권리가 있는지 모르겠지만 그녀는 내가 이전의 모습으로 돌아가야 한다고 주장한다.

나는 오한이 나는 동시에 열이 나고, 금세 질식할 듯이 숨이 가쁘고, 세제 냄새가 끈질기게 코로 밀려들어 머리가 아프다. 심장이 쿵쾅쿵쾅 소리를 내며 빠르게 뛴다. 분노와 체념이 설왕설래를 거듭하는 가운데 다양한 감정이 차례로 나를 덮친다.

이제부터 뭘 어떻게 해야 하지?

나는 앞으로 전개될 모든 시나리오를 점검해본다.

오리아나가 나서기 전에 내가 먼저 아드리앙을 만나 모든 사실을 털어놓을까? 아니면 오리아나가 어떻게 나오는지 일단 지켜볼까? 오리아나는 나를 위협하기 위해 쏟아낸 말을 곧바로 실행에 옮길 수 있을까?

나의 머리는 공회전을 거듭할 뿐 확실한 믿음을 주는 생각이 전혀 떠오르지 않는다. 다만 가만히 앉아 기다리기보다는 적극적으로 행동에 나서야 한다는 건 확실하다. 문제가 저절로 해결되길 기대하며 시간을 질질 끄는 건 금물이다. 넘기 힘든 장애물이 눈앞에 있더라도 과감하게 정면 대결을 펼쳐야 한다. 도전해보지도 않고 결과를 부정적으로 봐서는 안 된다. 장애물에 두려움 없이 맞서야 한다.

도대체 나는 어떤 성취욕이나 사고력을 가지고 있을까? 내가 최선을 다한다면 이 세상에서 어떤 자리를 차지할 수 있을까? 나에게 주어진 권리는 어디까지일까? 도대체 그런 건 누가 결정하는 걸까?

오랫동안 나는 어둠 속에서 그림자처럼 조용히 움직이는 걸 좋아하는 사람이라고 나 자신을 규정지어왔는데 엄연히 잘못된 생각이다. 그런 생각은 나의 소극적인 습관을 감추기 위해 선택한 방편이었을 뿐이다. 어둠은 나의 신경을 둔화시키고, 기력을 잃게 만든다.

나는 빛을 갈망한다. 컴퓨터 화면이나 조명, 영사기 따위가 발산하는 인위적인 빛이 아니라 가을날의 자연스럽고 부드러운 빛, 나를 사랑하는 남자의 눈에서 쏟아져 나오는 영롱한 빛, 늦은 오후에 바다를 붉게 물들이며 떨어지는 석양빛을 갈망한다.

머릿속에서 여태껏 한 번도 해보지 않은 생각이 꾸물대기 시작한다.

처음에 나는 그 생각들을 떨쳐내려 한다.

내가 완전히 이성을 잃은 건가?

나는 그러고 싶지 않아.

나는 그런 걸 할 수 없어.

그러다가 차츰 불안감이 가시기 시작한다. 위험을 감수하더라도 뭔가 해야 한다. 어둠의 세계로 되돌아가거나 위험을 감수하면서라도 그곳에서 영원히 탈출하거나. 빛의 세계로 나가려면 대가를 치러야 하니까. 빛의 세계로 나가려면 앞을 가로막는 모든 제약을 이겨내고, 그동안의 관성을 뒤집어엎고, 미지의 영역을 향해 새롭게 발걸음을 내디뎌야 한다. 주어진 조건에 순응하지 말고 일탈을 감행해야만 한다. 무엇보다 단단한 용기와 강력한 배포, 불굴의 도전 정신이 필요한 때다. 나의 운명을 내 의지대로 개척하려면 주어진 조건에 순응하며 살아온 과거와 작별해야 한다.

나는 오리아나가 니체의 말을 인용해 했던 이야기를 떠올려본다.

'니체가 말하길 도덕성이란 개개인에게서 엿보이는 떼거리 본능이라

고 했지. 그런데 너에게는 떼거리 본능이 없어.'

나는 '너는 약자들의 도덕과 변변치 않은 가치관에 굳이 동조할 필요가 없어. 너는 변변찮은 무리들로부터 해방되기 위해 태어난 존재니까. 너는 나와 같은 삶을 살기 위해 태어났고, 이제부터 내 삶을 이어받아야 해'라고 내게 말하는 오리아나의 모습을 떠올려본다.

그 기억은 마치 비밀번호를 입력하면 열리는 잠금장치처럼 찰카닥하고 돌아가면서 내 질문에 대한 답을 제공한다.

'넌 오리아나 디 피에트로를 죽여야만 살 수 있어.'

그제야 나는 변기에서 일어나 닫혀 있던 화장실 문을 연다.

화장실의 거울 앞에서 나는 큰 소리로 또박또박 말한다.

"나는 오리아나 디 피에트로를 죽일 거야."

내 안에 잠재되어 있던 무언가의 고삐가 풀린다. 나는 한결 가벼워진 마음으로 행동을 시작한다. 나는 나의 야심에 걸맞은 수단을 갖추고, 나의 빛나는 미래를 향해 뚜벅뚜벅 걸어가야겠다고 결심한다.

3

나는 계단을 올라와 카페의 메인 홀로 돌아온다. 찻값을 계산하고 외투를 걸친 다음 스카프를 고쳐 매고 테이블에 내려놓았던 일기장과 소지품들을 챙긴다. 나는 그 순간 내 일기장에서 몇 페이지가 뜯겨나간 걸 알아차린다.

쥐스틴 타이앙디에
17. 오리아나 디 피에트로의 마지막 말

이 말은 꼭 해야겠는데, 진실이란 늘 받아들이기 불편하다.
인간은 본래 진실을 받아들이도록 생겨 먹지 않은 탓이다. 그러하기에 인간은 진실을 전염병처럼 피해 다닌다.
_에밀 시오랑

2024년 5월 25일 토요일
니스 경찰청
정오 무렵

1

이틀째 이어진 심문이 팽팽한 긴장감 속에서 시작된다. 북풍이 세차게 부는 날이다. 빌뇌브 루베와 카뉴쉬르메르에서는 화재가 발생해 오십여 명의 소방관과 다수의 소방차가 초기에 불길을 잡으려고 현장으로 급파된다. 다행히 인명 피해는 없었으나 수백 헥타르에 달하는 숲이

241

불타버렸고, A8 고속도로는 두 시간 넘게 통행이 금지된다. 가뜩이나 늦은 시간에 집에서 출발한 쥐스틴은 어마어마한 교통 체증에 갇혀 오도 가도 못하는 신세가 된다.

차 안에 꼼짝없이 갇힌 쥐스틴 팀장은 니스 경찰청 강력반 푸이그르니에 반장에게 자초지종을 보고하려고 전화한다. 푸이그르니에 반장은 전화를 받자마자 어서 출근하지 않고 무얼 하냐며 대뜸 언성을 높인다. 쥐스틴은 이탈리아로 출장을 다녀온 베르고미 형사와 이른 새벽까지 수사와 관련해 긴밀한 대화를 나누느라 잠을 설쳤고, 그 바람에 집에서 늦게 출발하게 되었다고 둘러댄다. 아울러 아드리앙이 비밀리에 만나 온 연인 아델이 쓴 일기를 확보했다는 이야기도 전한다.

푸이그르니에 반장은 마르세유재판소 수사 판사들 가운데 한 명에게 오리아나 살해 사건과 관련해 유력한 단서를 확보했다고 알리고 2차 심문에 필요한 가이드라인을 정하기 위한 회의를 시작한다.

쥐스틴 팀장은 오전 11시경 니스 경찰청 회의실로 들어서자 푸이그르니에 반장이 왜 이리 늦냐며 외부 인사들이 보는 앞에서 다시 한번 호통을 친다. 쥐스틴 역시 부아가 치밀었으나 꾹꾹 눌러 참으며 왜 이런 쓸데없는 훈시가 필요한지 도무지 이해할 수 없다.

쥐스틴 팀장은 아델에 대한 조사를 계속하기 위해 베르고미 형사와 문자메시지를 주고받느라 회의 시간을 거의 다 흘려보낸다. 정오가 되어서야 푸이그르니에 반장은 쥐스틴 팀장에게 취조실로 가도 좋다고 허락한다.

취조실로 들어서는 아드리앙을 보니 초췌해진 얼굴에 다크서클이 선명한 눈 주변, 아직 잠이 온전히 깨지 않아 반쯤 감긴 눈, 사방으로 뻗친 머리카락이 눈에 들어온다. 아드리앙은 의자에 앉자마자 손으로 아래쪽 등을 계속 눌러대느라 여념이 없다. 3천 유로쯤 하는 명품 폴로 셔츠에는 땀자국이 후줄근하게 배어 있다. 재즈계의 전설로 불리는 피아니스트 아드리앙 들로네가 니스역 인근에서 우글거리는 노숙자 같은 분위기를 풍긴다. 하긴 감치 명령을 받고 경찰청 유치장에 이틀만 갇혀 있어도 대부분 그런 몰골이 된다. 감치 이틀째가 되면 노골적으로 반감을 드러내는 피의자들이 더러 있다. 매일 아침 몸을 씻고, 하루에 세 번씩 꼬박꼬박 양치질하는 습관이 되어 있는 피의자일 경우 특히 불만이 많기 마련이다.

쥐스틴은 테이블 앞에 앉아 노트북 화면을 열며 묻는다. "오늘 아침에는 기분이 좀 어때요?"

아드리앙은 묵묵부답이었고, 눈을 마주치려고 하지 않는다.

"아이들이 많이 보고 싶겠네요."

아드리앙은 여전히 반응이 없고, 화조차 내지 않는다.

쥐스틴 팀장은 그의 시니컬한 태도가 자꾸만 신경이 쓰여 슬쩍 그를 도발한다.

"아이들이 TV 화면에 나오는 아빠 사진을 보게 되면 정말이지 충격이 크겠네요."

아드리앙이 가운뎃손가락을 펼치더니 쥐스틴 팀장 쪽을 향해 내민다. 쥐스틴 팀장이 아무렇지도 않다는 듯이 빙긋 웃는다. 두 사람 사이에 다시 작은 교감이 이루어진 셈이다.

노트북 화면에 벌써 옆방의 캉디스 라쏨이 보낸 메시지가 여러 개 떠 있다. 쥐스틴 팀장이 용의자를 도발한 걸 비난하는 내용 일색이다.

쥐스틴 팀장은 답신을 보낼까 하다가 그만둔다. 피의자 심문은 일종의 게임이나 다름없다. 가령 피의자가 냉정을 잃고 경계심을 늦춰 감정에 의존하는 순간을 집중적으로 공략해야 한다.

쥐스틴 팀장은 적절한 단어를 찾기 위해 정신을 집중한다. 이제 시작하려는 심문은 수사의 성패를 좌우할 만큼 중요하다. 언론은 수사 판사, 변호사, 형사들을 취재해 그러모은 정보를 바탕으로 기사를 쓰다 보니 수사상 대단히 중요한 비밀을 노출하게 되는 경우가 종종 발생한다. 언론의 관심이 집중된 사건일 시 외부로 유출되면 안 되는 수사 내용이 실시간으로 언론에 보도되기도 한다.

쥐스틴 팀장은 마르세유재판소의 수사 판사와 니스 경찰청 강력반 형사들을 대상으로 중요한 수사 정보들이 외부로 유출되지 않도록 만전을 기해 달라고 설득했다. 그 결과 오리아나 디 피에트로가 사망하기 직전 털어놓은 증언은 언론에 유출되지 않고 보안을 유지해왔다. 오리아나의 사망 직전 증언은 쥐스틴의 요청에 따라 수사 기록 서류에서 빠졌다. 쥐스틴이 사전에 그런 조치를 취한 이유 가운데 하나는 유력한 용의자인 아드리앙의 귀에 오리아나의 증언 내용이 들어가게 해서는 안 된다는 필요성 때문이다.

오리아나의 증언 내용은 수사팀이 손에 쥔 히든카드 정도가 아니라 메가톤급 폭발물이나 다름없다. 다만 이 대형 폭발물이 그들의 손에서 터질 수도 있는 위험성을 내포하고 있다는 게 문제다.

아드리앙이 갑자기 전투력을 회복한 사람처럼 먼저 말을 건다. "어제는 밤늦게까지 파티라도 열었습니까? 형사님 얼굴을 보니 몹시 피곤해 보이네요."

"당신도 만만찮아요. 우리 서로 피장파장이니 비긴 거로 칩시다."

"나야 유치장에서 쪽잠을 잤으니 그렇지만 형사님은 떡이 되도록 술을 마셨나봐요?"

"술이라면 단 한 잔도 안 했으니까 함부로 넘겨짚지 마세요. 엄마가 욕실에서 넘어져 머리가 깨지는 바람에 응급실 대기실에서 뜬눈으로 밤을 지새웠어요. 머리를 스물여덟 바늘이나 꿰맸거든요."

쥐스틴 팀장은 숨을 크게 들이마신 다음 침착한 어조로 말을 잇는다. "자, 그럼 이제부터 본론으로 들어가 볼까요?"

"그러시든지."

맥북에 하드디스크를 장착한 쥐스틴 팀장이 파일 하나를 열고 말한다. "2023년 5월 14일은 오리아나 피습사건이 발생한 지 9일이 지난 때였습니다. 그날 오전 오리아나는 잠깐 의식이 돌아왔고, 시몬 베일 병원의 외과 과장인 바르톨레티 박사가 우리에게 급히 연락해 그 사실을 알려주었습니다. 그날은 하필 일요일이었지만 난 당직이어서 경찰청에 나와 있었습니다. 내가 바르톨레티 박사의 전화를 직접 받았고, 피해자의 증언을 청취하려면 당장 병원으로 달려오라는 말을 들었습니다."

처음 듣는 이야기라서인지 아드리앙도 몹시 긴장한 표정이다.

쥐스틴이 옆에서 심문 내용을 노트북에 입력하고 있는 엘 암라니 형사를 가리키며 말한다. "나는 지금 옆자리에 동석해 있는 엘 암라니 형사와 함께 병원으로 달려가 당신 부인의 증언을 들었습니다."

엘 암라니 형사가 잠시 화면에서 눈을 떼더니 쥐스틴의 말이 틀림없다는 뜻으로 고개를 끄덕인다.

"나는 부인이 증언한 내용을 당신을 포함한 어느 누구에게도 알리지 말라고 바르톨레티 박사에게 요청했습니다."

쥐스틴 팀장의 말에 긴장감이 한층 더 고조된다.

"그 당시 내가 당신 부인에 대해 아는 게 있다면 언론을 통해 전해 들은 게 전부였습니다. 잡지에서 부인의 사진을 본 적이 있는데 눈에서 광채가 나고, 어느 한 군데 모자람 없이 우아하고 아름답더군요. 그 어떤 장소에서나 매력이 돋보이는 분, 그 어떤 상황에서도 기품을 잃지 않을 분으로 보이기도 하더군요. 부인의 뛰어난 사회 경력이야 두말하면 잔소리겠죠."

쥐스틴 팀장은 잠시 말을 멈추고 아드리앙을 바라본다.

"그런 분의 배우자로 사는 건 어떤 기분일지 궁금하네요. 매일 아침 그런 부인 옆에서 잠이 깰 때마다 어떤 생각이 들던가요? 결혼한 지 15년, 아니 20년이 지나도 여전히 가슴 설레던가요? 아니면 부인이 아무리 매력적이더라도 함께한 시간이 길어지면 설렘이 사라지던가요? 혹시 부인이 너무 매력적이라 주눅 들지는 않았나요? 아니면 부인의 품격에 맞는 남편이 되어야겠다고 굳게 결심하게 되던가요?"

쥐스틴 팀장의 질문이 허공에서 맴돈다. 쥐스틴 팀장은 그러거나 말거나 말을 계속한다. "20년 동안 강력반 형사로 일하다보니 살해당한 사람의 시신이나 심하게 다친 사람들을 자주 봐왔습니다. 그렇다고 사람의 시신을 대하는 게 익숙해지지는 않더군요. 다만 처음보다는 훨씬 충격이 덜하긴 하죠. 그날 나는 당신 부인이 있는 병실로 들어서면서 손이 부들부들 떨릴 만큼 크게 긴장했어요. 내가 평소 당신 부인에 대해 갖고 있던 이미지와 당장 마주해야 하는 현실 사이의 틈이 너무나 클 테니까요."

2

쥐스틴 팀장은 의자를 테이블 앞으로 바짝 당겨 앉는다.

"당신 부인의 얼굴은 보기에도 흉측하게 일그러져 있었습니다." 쥐스틴 팀장이 용의자의 두 눈을 똑바로 응시하며 말을 이어간다. "당신 부인의 얼굴과 목에 남은 상처만 보더라도 얼마나 무자비한 폭력이 가해졌는지 금세 알 수 있었습니다. 코와 턱은 형체를 알아볼 수 없을 만큼 뭉개졌고, 눈이 보이지 않을 만큼 눈두덩과 볼이 잔뜩 부어올라 있더군요. 치아는 전부 깨지거나 달아났고요."

쥐스틴 팀장의 말을 듣고 있던 아드리앙의 표정이 돌처럼 굳어버린다.

"그런 상황에서 당신 부인의 증언을 청취하자니 무척이나 힘들더군요. 부인의 증언을 영상으로 촬영해두었으니 당장 보여주겠습니다."

쥐스틴 팀장이 노트북 화면을 아드리앙이 있는 쪽으로 돌린다.

시몬 베일 병원, 5월 14일 일요일, 오후 1시 49분

이른 오후, 병실에 금빛 햇살이 넘실댄다. 오후의 햇살은 4분의 3쯤 내려진 블라인드에 가려 걸러진다. 화면은 심각하게 부상당한 한 여인의 얼굴을 비춘다. 여인의 뒤로 환자 모니터링 기기의 화면 일부가 배경처럼 보인다. 도저히 알아볼 수 없을 만큼 얼굴이 일그러진 여인은 기관 절개술을 받은 탓에 목소리가 뚝뚝 분절되어 흘러나온다.

쥐스틴 팀장 : 디 피에트로 부인, 이제 카메라를 다시 켰습니다. 증언을 시작해도 될까요?

오리아나가 고개를 가볍게 끄덕여 동의를 표시한다.

쥐스틴 팀장 : 담당 의사인 바르톨레티 박사가 말하기를 부인이 저와 잠시 면담을 해도 괜찮은 상태라고 하더군요. 하지만 부인이 힘들 경우 언제라도 면담을 중지해도 괜찮다는 걸 미리 밝혀두겠습니다.

오리아나 : (아주 작은 목소리로) 괜찮을 겁니다.

쥐스틴 팀장 : 요트에서 무슨 일이 있었던 건가요?

오리아나 : 내가 플라이 브릿지에 누워 있을 때였어요.

쥐스틴 팀장 : 그때가 몇 시쯤이었는지 기억하십니까?

오리아나 : (잠시 생각에 잠기더니) 아마 저녁 7시 45분쯤이었을 거예요.

쥐스틴 팀장 : 계속 말씀해보세요.

오리아나 : 어디선가 무슨 소리가 들려왔고, 문득 요트에 나 혼자 있는 게 아니라는 느낌이 들었습니다. 난 몹시 무서웠으나 가까스로 용기를 내 아래층 갑판으로 내려갔어요. 눈에는 아무것도 보이지 않았지만

왠지 강력한 위험이 목전에 임박해온 느낌이 들었습니다.

오리아나는 숨을 한 번 크게 쉰다. 문장 하나, 단어 하나를 말할 때마다 힘들어하는 기색이 역력하다.

오리아나 : 요트 안을 한 바퀴 둘러보다가 고무보트 한 척이 요트 승강구에 묶여 있는 걸 발견했습니다. 그제야 겁이 덜컥 나더군요. 위험을 느낀 나는 서둘러 플라이 브릿지로 올라가려고 했지만 이미 때는 늦었다는 걸 깨달았습니다. 실루엣 하나가 눈앞에 불쑥 나타났거든요. 괴한은 쇠꼬챙이를 손에 들고 있었어요.

오리아나의 증언은 중간중간의 긴 침묵과 흐느낌 때문에 뚝뚝 끊어진다.

쥐스틴 팀장 : 혹시 누군지 아는 사람이었습니까?

환자 옆에 서 있던 바르톨레티 박사가 오리아나에게 에어로졸 치료를 한다. 오리아나는 막힌 호흡기를 뚫고자 에어로졸을 들이마신 후 다시 증언을 이어간다.

오리아나 : 괴한은 검은색 잠수복 차림이었어요. 그가 나를 똑바로 쳐다보며 말했죠. "너는 곧 내 손에 죽게 될 거야. 안타깝지만 넌 영영

보복의 기회를 잡을 수 없을 거라는 뜻이야'라고 말한 다음 쇠꼬챙이를 무자비하게 휘두르기 시작했어요.

그 당시 상황을 묘사하는 오리아나의 얼굴이 다시 공포에 질려있다.

쥐스틴 팀장 : 괴한에 대해 다시 한번 묻겠습니다. 부인이 아는 사람이었습니까?

오리아나 : (비명을 지르며) 내 남편이었어요.

쥐스틴 팀장 : 확실합니까?

오리아나 : 틀림없이 내 남편 아드리앙이었어요.

쥐스틴 팀장 : 혹시 남편의 범행 동기가 뭔지 짐작되십니까? 남편이 왜 부인을 무자비하게 공격했을까요?

오리아나 : 왜냐하면… 왜냐하면…….

오리아나의 눈빛에서 공황 상태가 느껴졌고, 숨이 제대로 쉬어지지 않는 듯했다.

바르톨레티 박사가 간호사에게 손짓을 보냈고, 영상은 거기서 멈춘다.

3

쥐스틴 팀장은 감정과 거리를 유지하려고 애써보지만 쉽지 않다. 어떻게 사람이 냉정한 심리 상태를 유지하면서도 짐승이나 다름없는 폭력을 행사할 수 있는지 이해가 안 간다.

쥐스틴 팀장은 운이 조금만 따랐어도 오리아나 살해 사건을 훨씬 빨리 마무리 지을 수 있었으리라는 생각이 들었다. 오리아나는 그날 진술을 재개하지 못했다. 다음 날, 쥐스틴 팀장이 병원을 방문했을 때 오리아나는 안타깝게도 다시 의식불명 상태에 빠져들었고, 영영 깨어나지 못했다. 그녀는 알고 있는 진실을 모두 털어놓지도 못하고 몇 시간 후 사망했다.

주먹으로 턱을 괸 아드리앙은 완전히 녹아웃 상태다. 그는 할 말을 잃은 듯 망연자실한 얼굴로 멍하니 앉아 있다. 두 눈에서 총기가 사라져버린 그는 얼굴을 컴퓨터 화면 가까이 가져가더니 쥐스틴 팀장의 허락도 받지 않고 오리아나의 마지막 진술을 담은 영상을 재생했다.

"그가 나를 똑바로 쳐다보더니 이렇게 말했죠. '너는 곧 내 손에 죽게 될 거야. 안타깝지만 넌 영원히 보복의 기회를 잡을 수 없을 거라는 뜻이야'라고 말한 다음 쇠꼬챙이를 무자비하게 휘두르기 시작했어요."

"내 남편이었어요. 틀림없이 내 남편 아드리앙이었어요."

화면 속의 이미지 때문에 아드리앙은 온몸의 피가 얼어붙는 듯했다. 마치 아주 가까이에서 쏜 총알이 몸에 박히듯이 그는 소스라치게 놀라며 몸을 움찔한다.

아드리앙은 두 눈을 감은 상태로 몸을 잔뜩 웅크린 채 미동도 하지 않고 앉아 있다가 어린아이처럼 흑흑 흐느껴 울기 시작한다. 숨조차 쉴 수 없을 만큼 답답한 공기 속에서 쥐스틴 팀장은 한동안 침묵을 지키며 앉아 있다.

자, 이제 마무리할 시간이야. 심문을 처음 시작했을 때부터 기다렸던 순간이 왔어. 수사를 종결할 수 있는 결정적인 순간이야. 이제 아드리앙은 더 이상 숨을 곳이 없으니 모든 사실을 인정하고 무너져 내릴 거야.

쥐스틴 팀장은 조금 전 캉디스 라솜으로부터 '용의자에게 아이들 사진을 보여주십시오'라는 조언을 전달받았다. 쥐스틴이 보기에는 그다지 효과적인 방법 같아 보이지 않았지만 행동 과학 전문가로 알려진 캉디스 라솜이 집요하게 고집을 부리고 있어 반대하기 힘든 상황이다.

"당장 그에게 사진을 보여주라니까요. 한 방에 항복을 받아낼 수 있는 절호의 기회입니다."

쥐스틴 팀장이 여전히 훌쩍거리고 있는 아드리앙에게 말한다. "자, 이제 모든 진실을 털어놓을 시간이 되었습니다."

쥐스틴 팀장은 서류철에 들어 있는 파일에서 파올로와 소피아가 스키장에서 활짝 웃고 있는 사진 한 장을 꺼내 든다.

"그날, 무슨 일이 있었죠? 당신의 양심을 짓누르는 중압감도 덜고, 당신 부인에게 잘못을 사과하기 위해서라도 그래야 마땅하나 그 무엇보다도 당신의 아이들을 위해 그렇게 해주길 바랍니다."

쥐스틴이 사진을 내밀자 아드리앙이 거칠게 밀친다.

제기랄!

아무리 생각해도 선을 넘는 미끼다. 쥐스킨 팀장도 무리라고 생각했으나 캉디스 라솜이 강력하게 원해 어쩔 수 없이 밀어붙였을 뿐이다.

아드리앙은 코를 훌쩍이다가 폴로셔츠 소매로 눈물을 닦는다. 그가 쥐스틴 팀장을 처다보며 말한다. "담배를 한 대만 피우게 해주세요."

"나중에 휴식 시간을 줄 테니까 그때 피우세요."

아드리앙은 포기하지 않고 계속 담배를 요구한다. 엘 암라니 형사가 화재탐지기를 가리키며 말한다. "여긴 취조실이고, 담배를 피울 수 없는 장소입니다."

만약 담배를 피우게 되면 요란한 경보 장치가 울리게 되어 있다. 지금은 그런 야단법석을 떨 계제가 아니다.

"잠시 밖으로 나가게 해주면 되잖아요."

쥐스틴이 의자 위로 올라가 천장에 부착된 화재탐지기의 배터리를 꺼내고 나서 아드리앙에게 담배를 한 개비 건넨다. "그럼 한 대 피우세요."

아드리앙은 감사를 표하며 담배를 피워 문다. 그가 마침내 이성이 감정을 제어하는 것 같은 표정을 짓는다. 번쩍이는 광채가 느껴지는 그의 눈빛은 아무리 보아도 이제 곧 모든 범죄 사실을 자백할 사람이 아니다.

쥐스틴 팀장은 그가 지금 무슨 생각을 하고 있는지 잘 알 것 같다. 그녀는 그에게 더는 생각할 시간을 주지 않기로 작정하고 즉시 심문을 재개한다.

"이 영상은 의혹이 끼어들 여지가 없습니다. 우리에게는 당신에게 매우 불리한 수사 보고서가 있습니다. 범행에 사용된 쇠꼬챙이에는 당신 지문이 수없이 묻어 있었고, 당신 부인의 확실한 증언까지 법정에 제시할 수 있게 된 상태입니다. 당신은 알리바이를 입증하지도 못했고요. 이제 깔끔하게 모든 사실을 털어놓는 편이 당신에게 도움이 될 겁니다."

"형사님은 수사나 열심히 하세요. 아무런 설득력도 없는 소설이나 쓰고 있지 말고요."

아드리앙이 내뱉은 말이 즉시 취조실 온도를 극지방 수준으로 뚝 떨어뜨린다. 쥐스틴 팀장은 인내심의 한계를 느끼며 가느다랗게 실눈을 뜬다. 아드리앙의 얼굴이 뿌연 담배 연기에 가려 희미하게 보인다.

"형사님은 이 영상을 일 년 전부터 갖고 있었습니다." 아드리앙이 자신감 넘치는 목소리로 반박하기 시작한다. "만일 이 영상이 진실을 담고 있다고 자신했다면 진작 나를 체포했겠죠. 만약 이 영상을 확실한 증거물이라고 생각했다면 그리 긴 시간을 허비할 이유가 없었을 테니까요."

"이 영상은 분명 날조된 게 아닙니다. 괜히 이 영상이 조작되었다는 주장을 펴다가는 된통 역풍을 맞을 수도 있습니다."

"아니, 내 말은 조작되었다는 뜻이 아닙니다."

"그럼 뭐죠?"

"그 당시 오리아나의 몸 상태로는 요트에서 벌어진 일을 또렷이 떠올려가며 진술하는 게 불가능했을 겁니다. 병원에서 모르핀을 비롯해 온갖 종류의 약을 주사한 상태였으니까요. 형사님은 그렇게 많은 약을 체내에 축적한 환자가 정상적인 진술을 할 수 있으리라 생각하십니까? 내가 보기에는 오리아나가 얼토당토않은 헛소리를 하고 있던데요."

"너무 억지스러운 논리 아닌가요? 부인이 어려운 환경에 처해 있었던 건 분명하지만 증언이 불가할 정도는 아니었습니다."

"형사님과 내가 이 자리에서 영상을 다시 한번 돌려보는 게 어떨까요?" 아드리앙이 제안한다. "내가 보기에는 도입부가 아주 흥미롭더군요. 형사님이 '디 피에트로 부인, 이제 카메라를 다시 켰습니다. 증언을 시작해도 될까요?'라고 말한 그 대목 말입니다."

"그 대목이 어쨌다는 거죠?"

"형사님은 분명 카메라를 다시 켰다고 말했습니다. 그렇다면 그 이전에도 이미 카메라를 켠 적이 있었다는 뜻이겠죠."

"도대체 무슨 뜻으로 그런 말을 하는지 모르겠군요."

"아니, 형사님은 잘 알고 있을 겁니다. 형사님은 나에게 두 번째 영상을 보여주었습니다. 나는 오리아나가 그 이전 영상에서 무슨 말을 했는지 알고 싶습니다."

엘 암라니 형사가 불안한 눈빛으로 쥐스틴 팀장을 힐끗 쳐다본다. 쥐스틴 팀장은 급기야 올 게 왔다는 심정이었지만 마음의 동요를 감추려고 애써 미소를 짓는다. 가능하다면 이런 상황은 피하고 싶었는데 이미 엎질러진 물이다. 쥐스틴은 '그 이전' 영상이 존재한다는 사실을 인정할 수밖에 없다.

아드리앙이 말한다. "난 그 이전 영상을 볼 수 있길 바랍니다."

"우리는 용의자에게 그 영상을 보여줄 의무가 없습니다. 당신은 지금 스타벅스에서 커피 주문을 하는 게 아니라 유력한 용의자로 지목돼 이 자리에서 심문받고 있다는 걸 명심하길 바랍니다."

"그렇다면 앞으로 형사님이 어떤 질문을 하든지 답변하지 않겠습니다. 이제 심문은 끝입니다."

쥐스틴은 썩 마음이 내키지 않았지만 어쩔 수 없이 아드리앙에게 그 이전 영상을 보여주기로 했다.

시몬 베일 병원, 5월 14일 일요일, 오후 1시 24분

쥐스틴 팀장 : 내 소개부터 하죠. 난 니스 경찰청 강력반 팀장인 쥐스틴 타이앙디에입니다. 이 사람은 나와 함께 일하는 엘 암라니 형사고요. 우리는 당신 사건 수사를 맡게 되었습니다. 먼저 당신의 몸 상태를 알고 싶습니다. 당신은 내 질문에 대답할 수 있는 상태입니까?

오리아나 : (아주 힘없는 목소리로) 힘들긴 하지만 노력해볼게요.

쥐스틴 팀장 : 그날 요트에서 당신이 공격당했을 당시의 상황을 모두 기억합니까?

오리아나 : 내가 공격당했던 상황이라고요?

쥐스틴 팀장 : 당신의 요트 위에서 벌어진 피습사건 말입니다.

오리아나가 방금 단거리 경주를 마친 사람처럼 가쁜 숨을 몰아쉰다.

오리아나 : 나 말고 다른 누군가가 요트에 올라 있었어요. 그 작자가 요트 어딘가에 몰래 숨어 있다가 나타나 나를 공격했죠. 그다음은 블랙아웃 상태라 기억이 안 나요.

쥐스틴 팀장 : 당신을 공격한 사람의 얼굴을 보았습니까?

오리아나 : 잘 모르겠어요. 모든 상황이 너무 빨리 진행되는 바람에 나는 숨을 쉴 수 없을 정도였어요.

(바르톨레티 박사의 목소리) 에어로졸 치료를 진행하는 동안 심문을 중단해야 합니다.

4

아드리앙은 표정 변화 없이 종이컵에 담배를 짓눌러 끈다. 진실은 저만치 멀어져가고 있었고, 쥐스틴 팀장은 자신이 방금 일생일대의 기회를 놓쳐버렸다는 사실을 깨닫는다.

아델 켈레르
18. 긴급사태

살인자는 상인과 마찬가지로 긴급사태가 나면 큰 재산을 모은다.

_피에르 르메트르

콩브리 생트마린느, 2023년 5월 4일

피니스테르 남부

1

나는 새벽 1시에 몽파르나스역에 있는 식스트 렌터카에서 차를 한 대 빌려 파리를 떠날 생각이다. 지리에 어두운 나는 GPS에 전적으로 의존해 가면서 밤새도록 서쪽을 향해 달린다. 샤르트르 인근에서 고속도로에 진입해 르망까지 달리다가 브르타뉴 지방 쪽으로 방향을 튼다. 렌에서 차에 연료를 가득 채우고 나서 켐페르를 지나고 코르누아이 다리를 건넌다.

오전 7시 무렵 나는 드디어 콩브리 생트마린느에 도착해 예배당 앞에 차를 세워두고는 항구 쪽으로 걸어 내려간다. 아침 해가 솟아오르면서 그림엽서에서나 볼 수 있을 것 같은 멋진 장관이 펼쳐진다. 작지만 분위기 있는 해변, 말발굽 형태 항구, 들라칼 카페, 크레프리 라미젠, 비스트로 뒤박 등 이름만으로도 상상력을 자극하는 명소들이 즐비하다. 나는 부두를 따라 걷는다. 여섯 시간 동안 내리 운전했으나 전혀 피곤하지 않다. 모처럼 머리가 맑고, 내 결심은 한 치도 흔들리지 않는다.

　나는 일기장을 쓰레기통에 던져버린다. 그림자 여인은 과거로 돌아갈 생각이 없다. 아델 켈레르는 죽었다. 이제부터 나는 아델 들로네가 되려고 한다.

　카페들이 아직 문을 열기 전이라 나는 강과 바다가 만나는 지점에 있는 야외 벤치에 앉아 만조 무렵 바다에 떠 있는 배들을 감상한다. 이른 아침 햇살이 해수면을 반짝이는 윤슬로 장식한다. 바닷바람이 머금은 바다 냄새를 맡으며 나는 머릿속으로 반격 계획을 점검한다. 전투를 앞두고 벌이는 마지막 모의 연습이다.

2

　30분 후, 나는 고딕 양식 건물 안에 자리 잡은 〈라브리 뒤 마랭〉 카페로 들어간다. 점판암 지붕에 쇄석을 붙이고 분홍색으로 칠한 브르타뉴식 파사드가 방금 피에르 로티*의 소설에서 튀어나온 것 같은 분위기를 자아낸다.

*프랑스의 해군 장교이자 소설가

베른트 슐츠는 매일 아침 카페가 문을 열자마자 개를 데리고 이곳에 와서 모닝커피를 마신다. 나는 첫눈에 그를 알아본다. 그는 창가에 앉아 《웨스트 프랑스》를 보고 있다. 짧게 잘라 뻣뻣이 세운 반백의 머리, 검은색 뿔테 안경, 역삼각형 모양의 다부진 상체를 보아하니 하루에 팔굽혀펴기를 백 개씩 해치우는 전형적인 베이비붐 세대 스타일이다.

나는 베른트 슐츠를 보면서 데이팅 앱에서 본 몇몇 멋진 늙은이들을 떠올려본다. 물론 베른트 슐츠는 그 늙은이들보다 훨씬 말수가 적다. 초콜릿색 복근, 임플란트 시술의 수혜로 가지런한 치아, 고비용을 들여 심은 머리카락으로 젊음을 사 여자들을 낚아보려고 데이팅 앱을 뻔질나게 드나드는 늙은이들.

오리아나가 브리스틀 호텔 스위트룸 테라스에서 나랑 자주 대화를 나누었을 당시 이 극좌파 활동가가 걸어온 인생 역정을 장시간에 걸쳐 이야기해준 적이 있다. 그 당시 오리아나는 그에게 도움을 받아볼까 생각 중인 일이 있었다. 베른트 슐츠는 독일식 이름을 가졌으나 이탈리아에서 어린 시절을 보냈다. 그의 인생을 이해하려면 1990년대 말로 거슬러 올라가야 한다. 이탈리아 정치 무대에서 사라진 지 오래된 RAF가 1990년대에 잠시나마 부활해 활동을 재개했다. 전 유럽을 공포의 도가니로 몰아넣으며 기승을 부린 이슬람 테러 조직의 영향을 받은 RAF 테러 분자들이 이탈리아 고위 공직자들과 경찰을 살해하는 테러를 자행한다. 테러리즘을 경계하는 시대적 분위기 속에서 RAF는 경찰의 대대적인 소탕 작전이 벌어지면서 와해되었고, 핵심 조직원들은 전격 체포돼 중형을 선고받았다.

베른트 슐츠는 빨간 뱀장어라는 별명답게 경찰이 대대적인 소탕 작전을 펼칠 때마다 용케 수사망을 빠져나갔다. 2005년 이후 아무도 그에 대한 소식을 듣지 못했는데 종군기자로 활약하던 오리아나가 테러 조직과 범죄 조직 사이의 은밀한 연결고리가 있는지 파헤치는 취재를 하다가 RAF 잔당들의 흔적을 찾아내게 되었고, 베른트 슐츠는 다시 관심의 대상으로 부상했다. 그 당시 베른트 슐츠는 신분을 세탁하고 프랑스에서 새로운 삶을 살고 있었다. 오리아나는 RAF로 활동한 베른트 슐츠의 이력에 관심이 많았고, 그의 증언을 청취해 자신이 집필하고 있던 테러리즘 관련 서적에 수록할 생각이었으나 그가 협조하지 않아 일이 성사되지 않았다. 오리아나는 애초 계획이 실현되지 않았으나 베른트 슐츠의 인생 역정에 관심이 많았다. 세월이 흐르는 동안 그는 젊은 시절의 이상을 폐기 처분하고 돈이 되는 킬러 사업을 시작했다. 주로 마피아 조직이나 부유층을 고객으로 끌어들여 시끄럽지 않게 제거해야 할 골칫거리들을 대신 맡아 처리해주는 사업이었다.

나는 차를 한 잔 주문하고 나서 베른트 슐츠가 앉아 있는 테이블로 걸어간다. 중대 결심을 한 탓인지 나는 전날과 사뭇 다른 사람이 된 기분이다.

베른트 슐츠는 보고 있던 신문에서 눈을 떼더니 발치에서 코를 킁킁거리고 있는 바셋하운드종 강아지의 머리를 쓰다듬으며 안경 너머로 나를 바라본다. 나는 테이블 위에 베를루티 가방을 내려놓고 그의 앞자리에 앉아 가방의 지퍼를 열어 안에 든 돈다발을 보여준다.

"20만 유로입니다." 내가 말을 이었다. "이력 추적이 불가하도록 조치를 끝낸 현찰입니다."

"혹시 내 4L짜리 랜드로버를 사고 싶습니까? 그렇다면 양해 바랍니다. 내가 정말 좋아하는 차라서 팔 수 없거든요. 아무리 거금을 준다고 해도요."

"당신 차가 아니라 사업에 대해 논의하려고 찾아왔습니다."

베른트 슐츠가 입고 있던 스웨이드 점퍼 단추를 몇 개 더 풀어헤친다.

"나에게 정원 일을 맡기시게요? 이 무렵에는 수국이나 동백, 영산홍으로 정원을 멋들어지게 꾸며줄 수 있습니다."

"꽃을 심기보다는 전지가 필요합니다."

베른트 슐츠는 주변을 두리번거린다. 에스프레소 커피 머신이 윙윙거리는 소리와 함께 수증기를 뿜어내고 있다. 이른 시간인데도 부어라 마셔라 술을 마셔대는 주정뱅이들도 눈에 들어온다.

베른트 슐츠가 마침내 말한다. "누굴 처리해줄까요?"

나는 그에게 봉투 하나를 내밀며 말한다. "이 여자입니다."

봉투 안에는 오리아나의 사진이 여러 장 들어 있다.

"언제?"

"내일."

그가 고개를 가로젓는다.

"내일은 너무 촉박합니다."

"내일이 아니면 안 됩니다."

베른트 슐츠가 귓불을 긁어가며 가만히 앉아 있다가 마침내 봉투를 열어본다. 그는 내가 건넨 사진들을 들여다본다. 사진 속 인물이 오리아나라는 사실을 알게 된 그가 깜짝 놀란다.

"이 여자를 제거해달란 말이죠?"

"당신이 내일 제거해주길 원해요."

베른트 슐츠가 지폐가 들어 있는 가방을 가리킨다.

"내일로 특정하면 가격이 달라집니다."

내가 예상한 반응이다. 나는 테이블 위에 준비해온 가방 하나를 더 올려놓는다.

"10만 유로를 더 낼게요."

베른트 슐츠는 여전히 망설였지만 나는 그가 결국 수락할 거라 확신한다. 30만 유로는 거절하기 쉽지 않은 액수다.

단숨에 커피잔을 비운 베른트 슐츠는 생각에 잠긴 얼굴로 강아지에게 설탕 한 조각을 던져준다.

"내가 계약을 수용하면 번복은 불가합니다."

"당연하죠. 걱정하지 마세요. 그럴 일은 없을 테니까."

"이 카페를 나가는 순간 당신은 마음을 바꿀 기회가 주어지지 않습니다. 난 계약 내용을 철저하게 이행할 테니까요."

"전혀 걱정하지 않아도 된다니까요."

베른트 슐츠는 그제야 고개를 끄덕인다.

"그럼 이제 이야기가 끝난 것으로 보면 되겠습니까?"

"잠깐만요. 난 그 여자가 괴로워하며 죽어가길 바랍니다. 가능하면 즉시 숨이 멎기보다는 죽음이 시시각각 다가오는 과정을 공포에 질려 지켜볼 시간을 갖길 원합니다."

쥐스틴 타이앙디에
19. 자신이 품고 있는 진실의 먹잇감

인간은 항상 자신이 품고 있는 진실의 먹잇감이다.

_알베르 카뮈

2024년 5월 25일 토요일

니스 경찰청

오후 1시 조금 전

1

쥐스틴 팀장은 열에 들뜬다. 아드리앙은 심문이 다시 시작되길 기다린다. 컴퓨터 앞에 앉은 엘 암라니 형사는 손가락을 키보드에 올려놓은 상태로 심문이 다시 시작되길 기다리고 있다. 취조실 옆방에서는 푸이그르니에 반장, 캉디스 라숍 그리고 가르시아 중사가 왜 심문을 즉시 재개하지 않는지 궁금해한다.

쥐스틴 팀장은 눈이 따끔거려 눈꺼풀을 내리깐다. 잠을 제대로 자지 못한 날이면 자주 그랬기에 평소 안약을 가지고 다니는데, 오늘은 재킷을 바꿔 입는 바람에 집에 두고 왔다.

빌어먹을!

게다가 목 뒷덜미까지 근질근질하다. 원피스의 라벨을 잘라버렸어야 하는데 깜박 잊고 그냥 두었다. 체질적으로 가려움증이 많은 몸이라 어떤 옷에나 붙어둔 그 작은 라벨들이 신경 쓰인다.

병원에서 샌드위치 한 조각을 먹은 이후 아무것도 먹은 게 없다. 배도 고프고, 피로가 겹쳐 머리가 멍하다. 설상가상으로 깜박 잊고 약도 챙겨오지 않았다.

빌어먹을!

갑자기 덥고 열이 나면서 피부가 근질거리다가 땀이 쏟아진다. 쥐스틴 팀장은 걸치고 있던 점퍼를 벗고 자리에서 일어나 에어컨을 튼다. 잠시 허기를 채울 휴식 시간을 갖자고 제안할까 하다가 고개를 젓는다.

모두가 유리한 국면으로 전개되는 심문의 흐름을 끊어놓는다고 비난할 게 뻔하다. 배가 고파서인지 쥐스틴의 머릿속에서 먹을거리가 계속 떠오른다. 빅 테이스티의 훈제 맛, 로열 디럭스의 겨자소스 맛, 뜨끈뜨끈하고 부드러운 로열 치즈버거가 머릿속에서 꼬리를 물고 떠오른다.

"괜찮으세요, 팀장님?" 엘 암라니 형사가 의아한 눈빛으로 묻는다.

아니, 전혀 괜찮지 않다. 쥐스틴 팀장은 머릿속이 혼란스러워 현실로부터 너덜너덜 떨어져 나간 상태가 된다. 세상이 온통 흐물거리는 느껌이다. 쥐스틴 팀장은 이마에 송골송골 맺힌 땀을 닦고 나서 물을 한 모금 마신다. 당장 약이 필요한 상태다. 쥐스틴 팀장은 휴대폰을 들고 베르고미 형사에게 도움을 청한다.

아델 소식 있어요?

아니, 없어.

내가 호텔들을 뒤져보라고 했잖아요.

호텔들에 연락해서 알아봤는데 투숙객 명단에 아델은 없었어. 그러니까 아델은 자기 이름으로 호텔을 이용하지 않았다는 뜻이야.

아드리앙 들로네와의 통화 내역은 확인해봤어요?

당연히 확인해봤는데 아드리앙과 아델의 통화 기록이 전혀 없어. 두 사람이 대포폰을 사용했나봐.

휴대폰을 손에 든 김에 인스타그램을 열고 곧장 소아외과 의사의 계정에 연결했다. 피의자 심문을 하다가 한눈을 파는 건 스스로 철저히 금지했던 행위인데 왠지 습관적으로 그런 행동이 튀어나왔다.

의사는 안 본 사이에 또 사진을 올렸다. 의사와 로맹이 아기와 더불어 아침 식사를 하는 모습이다. 바람에 날리는 의사의 머리카락, 세상 부러울 게 없는 듯이 미소 짓는 얼굴, 가지런하고 새하얀 치아, 깨끗한 얼굴 피부에 잘 어울리는 선글라스까지, 그야말로 흠잡을 데 없이 우아한 자태다. 배경을 이루는 소나무 숲, 짙푸른 바다, 파란 물이 금방이라도 뚝뚝 묻어날 것 같은 코발트빛 하늘을 보자니 '파라다이스에서의 하루'라는 사진 설명이 전혀 과장되어 보이지 않는다.

사진 설명 뒤에 해시태그도 잊지 않는다.

#가족끼리 #축복받은기분 #가족과보내는시간 #스프링바이브 #휴식시간 #나자신을사랑하기 #코르시카 #그는아름답다 #칼라로사 #포르토베키오 #베스트플레이스

프루스트의 글이 떠오른다.

'다른 사람들이 행복을 대하는 관점에서 감탄스러운 점이 있다면 그들이 행복을 믿는다는 것이다.'

쥐스틴 팀장은 자신의 실존과 잘 어울리는 해시태그를 떠올려본다.

#염병할인생 #운수나쁜날 #외통수 #빵 #죽기딱좋은날 #의기소침

쥐스틴 팀장은 잠시 인스타로의 방황을 마치고 돌아와 다시 피의자 심문에 들어가기 위해 정신을 집중한다.

2

쥐스틴이 피의자를 똑바로 쳐다보며 말한다. "지금부터 당신에게 매우 소중한 인물에 대해 질문을 해볼까 합니다."

엘 암라니 형사가 불안한 눈길로 쥐스틴 팀장에게 일기장 네 페이지를 복사한 서류철을 건넨다.

"지금부터 아델에 관해 이야기를 나누어보려고 합니다."

"아델이라뇨?"

아드리앙이 미간을 찌푸리며 황당해하는 표정을 짓는다.

"아델이라면 혹시 미국의 유명 가수 아델을 말하는 겁니까?"

"이거 왜 이러세요? 그 아델이 아니라 당신의 숨겨둔 연인 말입니다."

아드리앙이 하늘을 향해 두 눈을 치켜뜨면서 고개를 절레절레 흔든다.

"정말 잘도 지어내시네요. 소설을 쓰면 참 잘 쓰시겠어요."

쥐스틴 팀장이 아델의 일기장에서 한 부분을 읽기 시작한다.

"*아드리앙은 지적이고 배려심 많고 항상 재미있다. 그는 새롭게 만든 앨범 전체를 우리의 사랑을 찬미하는 곡들로 채웠다. 우리 앞에는 새로운 세계가 펼쳐진다.*"

쥐스틴 팀장은 자리에서 일어나 테이블 주위를 빙빙 돌면서 일기를 읽는다. 투우사가 소에게 창을 꽂듯이 단어 하나하나를 또박또박 신중하게 읽는다.

"*우리는 마음을 설레게 하는 여러 계획을 세운다. 아이를 낳고, 배를 타고 세계 일주에 나서고, 몬태나에서 농장을 구입하고, 호세 이그나치오에서는 어부의 집 한 채를 사들이기로 약속한다. 행복의 맛은 위험하기 그지없다.*"

아드리앙은 도무지 무슨 일인지 모르겠다는 듯이 양팔을 넓게 벌리고 엘 암라니 형사 쪽을 바라본다. 쥐스틴은 다시 일기를 읽어나간다.

 "난 이제 다시는 예전으로 돌아가고 싶지 않다. 난 싸울 준비가 되어 있다. 그의 곁에 있으면 난 아무것도 두렵지 않다. 그도 그럴 것이 사람들이 서로 사랑하는 곳에는 절대로 어두운 밤이 찾아오지 않기 때문이다."

"지금 무슨 짓입니까?"

나는 이 대목이 가장 마음에 들더군요.

 "그가 나에게 '너는 나의 여왕', '나의 뮤즈', '나의 매춘부', '나의 보석', '나의 경이로움'이라고 속삭이는 소리를 다시 듣는다."

"그만해요!" 아드리앙이 버럭 소리를 지른다. "도대체 지금 무슨 꿍꿍이속으로 그러는 겁니까?"

"공작이 아니라 당신 연인이 쓴 일기를 읽고 있습니다. 당신 부인이 피살된 요트에서 찾아낸 일기장에서 일부 뜯어낸 부분입니다. 오리아나가 우리에게 당신의 민낯을 볼 수 있게 해준 겁니다."

어안이 벙벙해진 피아니스트는 할 말을 잊은 듯이 계속 고개를 가로 젓는다.

쥐스틴 팀장은 여기서 멈출 생각이 없다.

 "나는 그가 '평생 너만 사랑할 거야'라고 말하는 소리를 다시 듣는다. 그는 나에게 내가 받아야 마땅할 것, 그러니까 궁전 같은 집, 황금, 꽃, 에메랄드빛 바다, 진주가 솟아나는 샘물, 우리 두 사람의 하늘에서만 반짝이는 별들을 주겠다고 말한다. 나의 핏줄을 타고 내 몸 안으로 스며든 우리들의 사랑은 마치 전류처럼 나를 뜨겁게 태우고, 나에게 물을 주고, 나를 새롭게 태어나게 한다. 나는 더 이상 그의 사랑 없이는 살

수 없다."

"그만두라니까!"

"나는 그를 심란하게 만드는 원인이 어디서부터 비롯되었는지 잘 알고 있다. 그는 부인이 외도를 알아차리고 이혼을 요구할까봐 두려워하고 있다. 그는 오리아나에게 두 아이를 빼앗기게 될까봐 공포에 떨고 있다. 나는 그런 일은 절대로 일어나지 않을 거라고 그에게 말해주고 싶다."

"분명 그만두라고 했을 텐데요."

"오, 내 사랑, 당신은 조금도 걱정할 필요가 없어요. 우리 둘이서 파올로와 소피아를 양육하게 될 테고, 당신이 아이들과 헤어지는 일은 결코 일어나지 않을 거예요."

"아무리 그래봐야 나는 그 여자가 누군지 모릅니다."

"하지만 그 여자는 당신에 대해 너무 잘 아는 것 같던데요."

"그 여자와 나를 삼자대면할 수 있게 해줘요. 그러면 당신도 내가 지금 하는 말이 진실이란 걸 잘 알게 될 테니까."

쥐스틴 팀장은 잠시도 아드리앙에게서 시선을 떼지 않으며 단호하게 말한다.

"이제 우리는 당신의 살인 동기가 무엇인지 잘 알게 되었습니다. 뭐 그다지 특별할 게 없는 동기라고 할 수 있겠네요. 지난 수 세기 동안 많이 접해온 시나리오이니까요. 새로운 연인과 달콤한 인생을 살아보려고 부인을 살해하는 일은 익히 보아온 레퍼토리라고 할 수 있죠."

"말도 안 되는 소리."

"오리아나가 당신을 무시하자 당신은 모든 걸 잃을 형편에 처하게 됩니다. 부인을 살해한다는 건 당신에게도 쉬운 결정이 아니었겠죠. 하지만 오리아나만 사라지면 당신은 모든 문제를 일거에 해결할 수 있게 되는 셈이었어요. 중대한 결정의 기로에서 당신은 부인보다는 젊은 연인을 택했습니다. 그 결과 부인의 전 재산을 상속받게 되었죠. 당신에게 가장 좋은 일은 두 아이를 잃지 않게 되었다는 겁니다. 눈에 넣어도 아프지 않을 아이들이었으니까."

쥐스틴 팀장이 잠시 이야기를 멈추었다가 다시 이었다.

"당신은 새로운 연인과 셋째 아이도 낳고 싶었겠죠. 연인에게 아기를 키우는 행복을 맛보게 해주고 싶었을 테니까요. 당신이 연인과 함께 그려보는 미래에 어부의 집, 몬태나의 농장, 세계 일주와 더불어 아기는 꼭 필요한 존재였겠죠."

아드리앙이 할 말을 잃고 고개를 떨구자 쥐스틴 팀장이 때를 놓치지 않고 대못을 박았다.

"당신은 끝났습니다. 수사 판사가 이제 곧 당신을 구속할 겁니다. 당신은 법정에 서게 될 테고, 중형을 면치 못하게 되겠죠. 아무리 뛰어난 변호인단이 당신을 변호한다고 해도 당신을 구제해주지 못할 겁니다. 당신의 계획은 대범했고, 당신이 얼마나 위험한 범죄자인지 여실히 보여주었습니다. 당신은 교도소에서 평생을 썩게 되겠죠. 당신 아이들이 커가는 모습도 가까이에서 지켜보지 못하게 될 테고요. 당신을 좋아했던 팬들도 더는 살인자의 음악을 들으려고 하지 않겠죠. 당신은……."

아드리앙이 별안간 손을 들어 쥐스틴의 말을 중단시킨다. "나라고요!"

3

다시 취조실 안은 침묵에 휩싸인다. 쥐스틴 팀장은 온몸의 긴장이 풀리는 걸 느낀다.

자, 이제 내가 이겼어. 자백했잖아.

쥐스틴 팀장이 묻는다. "당신 부인을 살해한 사실을 인정하시죠?"

아드리앙은 두 손을 깍지 끼더니 고개를 든다.

"전화한 사람이 나란 뜻입니다."

"전화라니요?"

"범행에 쓰인 무기가 요트 창고에 있다고 제보한 사람이 나란 말입니다."

이건 무슨 뚱딴지같은 얘기지?

쥐스틴 팀장이 짜증을 내며 말한다. "도대체 무슨 말인지 알아들을 수 있게 말해보세요."

아드리앙이 의자를 앞으로 당겼고, 신경이 거슬리는 마찰음을 냈다.

"몇 달 전, 경찰은 요트에 있던 오리아나의 소지품 몇 가지를 나에게 돌려주었습니다."

쥐스틴 팀장은 속이 타는 느낌에 마른기침을 내뱉는다. 그 일에 대해서라면 쥐스틴 팀장도 잘 알고 있다. 통상적으로 사건 현장에서 발견한 모든 물품이 단서가 되는 건 아니다. 쥐스틴 팀장과 팀원들은 요트에 있던 물품들을 성격에 따라 분류했고, 그중에서 수사와 관련성 없는 물품들은 돌려주었다.

"당신들이 돌려준 물품 가운데 피 묻은 손수건이 한 장 있었습니다."

아드리앙이 잠시 진술을 중단하더니 쥐스틴 팀장과 엘 암라니 형사가 자신의 말을 경청하는지 살핀다.

"그때 난 황당한 생각 한 가지가 떠올랐습니다. 오리아나가 쓰던 브러시에서 머리카락 한 올을 찾아냈고, 손수건을 적셔 핏자국을 묻히고 나서 벽난로에 쓰는 부지깽이에 헤모글로빈 자국을 만들어냈죠. 그런 다음 경찰에 전화했고요."

쥐스틴 팀장은 깊은 탄식을 토해낸 다음 양팔로 가슴을 감싸안고 의자 깊숙이 등을 기댄다.

"당신이 증거를 날조해 당신 자신을 범인으로 만들었다는 말입니까?"

"네, 그렇습니다."

"이유가 뭔데요?"

"경찰이 수사를 재개해야 오리아나에게 무슨 일이 일어났는지 알 수 있을 것 같아서 그랬습니다."

"우리는 수사를 중단한 적이 없습니다."

아드리앙의 표정이 굳어지더니 잔뜩 눈썹을 찌푸린다.

"경찰이 지난 일 년 동안 수사해서 찾아낸 게 뭔데요? 내가 그렇게 해서라도 언론을 떠들썩하게 만들어놓으면 경찰이 경각심을 갖고 다시 열심히 수사에 임하지 않을까 하는 생각에 기소될 걸 각오하고 벌인 짓입니다. 새로운 증언이나 증거가 나타나면 수사에 대한 새로운 의지와 방향성을 제시해줄 수 있을 테니까요. 내 아이들을 위해서이기도 했습니다. 더는 내 아이들이 학교에서 아빠가 엄마를 살해했다는 말을 듣지 않도록 하려고, 더는 내 아이들이 그런 끔찍한 오해를 받아서는 안 되기에 자해에 가까운 방법을 쓸 수밖에 없었습니다. 오리아나가 그렇게 된 뒤로 아이들이 나를 바라보는 눈빛이 예전과는 많이 달라진 걸 느꼈습니다. 우리 사이에 믿음이 깨진 겁니다. 아이들이 나를 무서워하는 눈빛으로 바라볼 때마다 도저히 견딜 수 없었습니다."

쥐스틴 팀장은 자꾸만 그의 말에 설득되려는 마음을 다잡는다.

"난 당신이 하는 말을 도저히 믿을 수 없습니다."

과학수사대에서 부지깽이로 루미놀반응을 실험한 결과 파르스름한 형광빛으로 반응했고, 오리아나의 유전자와 일치하는 극소량의 헤모글로빈을 채취하는 데 성공한다. 과학수사대의 루미놀반응 결과 보고서는 응고된 혈액을 희석시킨 표본을 대상으로 실시한 실험이었다는 걸 명시했지만 사건이 발생한 지 일 년이 지난 시점의 실험이었다는 걸 고려한다면 정상적이라고 봐야 마땅했다.

쥐스틴 팀장은 그의 진술을 진지하게 받아들이기로 결심한다.

"당신의 진술이 사실이란 걸 어떻게 증명할 수 있죠?"

아드리앙은 그런 문제는 한 번도 고민해본 적이 없는 사람처럼 대수롭지 않게 말한다. "글쎄요, 내가 경찰에 전화하기 전 선불폰을 산 마트 직원이 나를 알아볼 겁니다."

쥐스틴 팀장이 그의 말을 즉시 반박한다.

"우리는 이미 두 번이나 물어봤습니다. 두 번 중 한 번은 바로 어제였죠. 마트 직원은 선불폰과 선불 전화카드를 팔긴 하지만 그런 고객들의 얼굴은 차라리 기억나지 않길 바란답니다."

"주변 도로에 설치된 감시 카메라에도 내가 나올 텐데요."

"니스의 물랭 지역은 마약 거래가 빈번하게 이루어지는 곳입니다. 당신은 그 지역에 발을 들여놓은 적이 없을 겁니다. 함부로 발을 들여놓았다가는 행방불명될 수도 있으니까요. 그 지역 감시 카메라는 최대 수명이 24시간입니다. 마약상들이 감시 카메라를 설치하기 무섭게 때려 부수기 때문에 이제는 시청에서도 설치를 포기했을 지경입니다."

아드리앙은 말문이 막히자 머리를 벅벅 긁는다.

"내가 선불폰을 살 때 거짓으로 제시한 가짜 이름을 알려드리죠."

"당신의 가짜 이름은 이미 언론에 유출되었고, 전 국민이 다 압니다. 혹시 선불 전화카드를 보관하고 있습니까?"

"당연히 버렸는데요. 당신들이 압수 수색을 해도 찾지 못하도록 하려면 버릴 수밖에요."

쥐스틴 팀장이 주먹으로 테이블을 쾅 내리친다.

"당신은 지금 우리를 놀리고 있습니다. 난처한 상황이 될 때마다 교묘한 거짓말로 위기를 모면하려는 꼼수를 부리는 거라고요. 적어도 당신이 섣부른 속임수는 쓰지 않으리라 생각했는데 이제는 아무것도 신뢰할 수가 없네요."

쥐스틴 팀장은 노트북 화면을 닫는다.

"내 생각을 말씀드리죠. 난 당신을 좋아하는 사람들을 이해할 수 있습니다. 당신에게는 분명 남다른 매력이 있어요. 딱히 어디가 매력적인지 묻는다면 대답하기 쉽지 않지만 말입니다. 어쩌면 당신의 눈 때문일 수도 있고, 아이처럼 제멋대로 헝클어진 머리카락 때문일 수도 있겠죠. 당신의 심드렁한 태도일 수도 있고, 지금 분명 여기에 있으면서도 마치 다른 곳에 있는 것 같은 느낌을 풍기기 때문일 수도 있겠죠. 아무튼 그 무언가가 당신을 매력적인 사람으로 보이게 만듭니다."

쥐스틴 팀장은 자리에서 벌떡 일어나 테이블 구석으로 이동한다. 그녀의 다리가 아드리앙의 다리를 슬쩍 스치자 그는 불편한 기색을 감추지 않는다.

"당신이 내가 뻔히 아는 남자들과 근본적으로는 다르지 않을지라도 내 눈에는 그렇게 보인다고요."

"무슨 뜻인지 알아듣게 말씀해보세요."

"'한 번 사는 인생, 자유롭게 살고 싶다'라고 말하는 남자들 말입니다. 그런 사람들은 흔히 사십 대의 위기니 오십 대의 절망이니 하면서 본인의 문제를 보편적으로 치환하며 합리화하죠. 인생이 잘못되고 있다는 실존적 불안감, 욕망이나 남성성을 상실할지도 모른다는 두려움, 거듭 실패만 하다가 삶이라는 무대에서 내려와야 할지도 모른다는 위기감에 시달리면서 겉으로는 아무렇지도 않은 척하죠."

아드리앙은 여전히 무슨 말인지 모르겠다는 듯이 어깨를 으쓱한다.

"형사님은 개인적인 고뇌를 지금 이 자리에서 투사하고 있다는 느낌이 드네요."

쥐스틴 팀장이 손을 들어 아드리앙을 위협한다.

"당신은 죽음에 대한 두려움 때문에 부인을 살해했다고 주장하는 거죠? 대단히 고귀하고, 품격 있고, 기사도 정신이 넘치는군요. 당신은 자지를 젊은 여자의 보지에 넣고 적시면서 죽음에 대한 두려움을 벗어던지려고 하죠? 당신은 *살아 있고, 여전히 상대를 보호할 수 있고, 상*

대가 여전히 몸을 기대는 존재'라고 느끼고 싶은 거죠?"

"마음대로 생각하세요. 생각은 형사님 자유니까."

쥐스틴 팀장이 소리친다. "헛소리 말고 당장 나가 뒈지세요."

아주 긴 침묵이 이어진다. 숙취처럼 불편하고 거북한 침묵이다.

푸이그르니에 반장과 캉디스 라숌이 취조실에 모습을 드러낸다. 자꾸만 샛길로 새는 심문을 멈추게 하려고.

오리아나 디 피에트로
20. 현실의 복수

당신은 현실을 무시할 수는 있지만 현실을 무시한 데 따르는 결과까지 무시할 수는 없다.

_ 아인 랜드

2023년 5월 5일

1

칸만

수채화로 그린 듯이 짙푸른 하늘, 잔잔한 은빛 바다, 조르주 브라크 스타일의 바닷새들이 가득한 레렝 제도 근처에 정박해놓은 요트의 플라이 브릿지에 오른 오리아나는 소파의 쿠션을 끌어 내려 선베드로 변형시킨 다음 거기에 몸을 눕힌다. 요트의 가장 높은 위치에서 주변을 둘러보니 수려한 주변 경관이 한눈에 들어온다. 생트마르그리트 섬과

생토노레 섬, 에스테렐 산맥, 현기증이 날 만큼 새파란 바다는 아무리 봐도 질리지 않을 만큼 아름답다.

오리아나는 두 눈을 감고 파도가 칠 때마다 가볍게 일렁이는 요트에 몸을 맡기고 심란한 생각을 벗어던지려고 애쓴다. 밀라노에서 항공기에 탑승해 니스 공항에 도착하자마자 항무관 사무실에 전화해 〈루나 블루호〉의 출항을 준비해달라고 요청한 다음 집에도 들르지 않고 곧장 칸으로 이동했다. 이제부터 내리는 결정에 따라 정해지는 결과의 무게를 제대로 가늠하려면 조용히 혼자 있을 시간이 필요했다.

아드리앙을 만나면 그동안에 있었던 모든 일들을 다 털어놓을 생각이다. 뇌종양과 완쾌, 거짓말과 판단 착오, 아델이라는 인물을 만들어낸 사연과 지금 그 여자 때문에 얼마나 큰 두려움에 떨고 있는지 허심탄회하게 털어놓을 계획이다. 내가 우리 가정의 안전이 위협받을까봐 얼마나 많이 걱정하고 있는지 말한 다음 나의 사사로운 원한은 잠시 옆으로 젖혀두고 아드리앙에게 용서를 빌 작정이다. 이 모든 상황을 만들어낸 책임이 오롯이 나에게 있다는 걸 인정할 생각이다. 아델을 우리의 실존에서 사라져버리게 하려면 아드리앙의 도움이 절실히 필요하다. 그 모든 일들이 계획대로 진행된다면 우리는 예전의 행복했던 시절로 돌아갈 수 있다.

나의 간절한 희망이다.

2
앙티브 곶

베른트 슐츠는 앙티브 곶을 따라가며 구불구불 이어지는 바닷가 오솔길을 걷는다. 바닷가에서 디 피에트로의 집으로 접근할 수 있는 곳에 높다란 담벼락이 세워져 있었으나 바위를 기어 올라간 그는 그다지 힘들이지 않고 집으로 향하는 철문 앞에 도착한다. 철문을 뛰어넘고 보니 콘크리트로 틈새를 메운 포석길이 깔려 있다.

요트 창고는 드론으로 찍은 사진을 통해 정찰한 그대로다. 나무 합판을 이어 붙인 제법 큰 창고로 군데군데 페인트가 떨어져 나간 상태다. 베른트 슐츠는 마스터키를 출입문에 꽂아 넣고 손쉽게 연다. 요트 창고 안으로 들어가보니 연장들과 밧줄, 낚시 그물들이 흩어져 있는 한가운데에 검은색 몸체에 빨간색으로 자리를 단장한 마샬 M2가 놓여 있다. 길이 5미터에 폭이 2미터로 가장 작은 모델이다. 베른트 슐츠는 남아 있는 연료의 양을 점검하고 나서 권양기를 이용해 고무보트를 바다에 띄운다. 갈매기 울음소리에 묻혀버린 권양기 소리를 오후가 되면서 일기 시작한 바람이 사방으로 흐트러뜨린다.

앙티브 곶을 떠난 고무보트는 레렝 제도 쪽으로 방향을 잡는다. 베른트 슐츠는 코트다쥐르의 아름다운 바다와 해무, 지중해로 떨어지는 석양을 감상하며 오늘 제거해야 할 목표물이 있는 곳을 향해 가고 있다. 이번 임무를 수행하는 마음가짐은 남달리 가벼운 편이다. 그는 의뢰인이 내민 봉투를 열고 사진을 처음 보았을 때부터 마음속으로 쾌재를 불렀다. 이번 목표물은 세상 사람들 모두가 익히 아는 가문의 상속자다. 어마어마한 부를 축적하고 사는 자산가들은 항상 그를 놀라게 한다. 그가 보기에 부자들의 삶은 보기 딱할 만큼 비극적이다. 세상의 모든 외설과 퇴폐의 중심에 돈이 주체할 수 없이 많은 그들이 자리하고 있다.

젊은 시절에 RAF의 일원으로 활동한 베른트 슐츠는 여전히 이 세상에서 부자들을 쫓아내고 노동자가 중심이 되는 세상을 갈망하고 있다. 프롤레타리아 혁명을 통해 부르주아들과 충복들, 기회주의적인 정치가들, 권력 유무에 따라 차별적인 법 적용을 하는 판사와 검사들, 비리에 눈이 먼 공직자들, 시민을 보호하기 위한 임무는 소홀하면서 마피아와 손잡고 검은돈을 수수하는 경찰을 처단하고 체제 전복을 이루어야 한다고 생각했다.

퇴폐한 자본주의는 살아남기 위해 개혁을 시도했고, 그러는 사이 베른트 슐츠는 시간을 훌쩍 흘려보내고 나이를 먹게 되었다. 머리카락이 점점 하얗게 세어가면서 그는 젊은 시절의 이상을 더는 간직하지 못하고 마오쩌둥 칼라에서 폴로셔츠로 갈아탔다. 그는 현실적으로 불가능해진 혁명의 가치를 옆으로 치워두었을 뿐 젊은 시절의 신념을 부정한 적은 없다.

베른트 슐츠는 이 구태의연하기 그지없는 자본주의 체제가 천년만년 유지될 거라고 보지 않는다. 자본주의 체제는 당장 눈앞으로 밀어닥친 기후 위기, 난민 위기, 정치 위기, 전염병 위기, 기아 위기 등을 해결할 능력이 없다. 탐욕의 절정을 향해 치닫는 부자들을 접할 때마다 베른트 슐츠는 세상의 붕괴가 가까워지고 있다는 생각을 금할 수 없다. 지금 이대로 자본주의 체제가 지속된다면 머지않아 핵전쟁이 발발해 공멸의 길을 걸을 수도 있다. 썩어버린 치아를 뽑아버리듯이, 고름이 꽉 들어찬 종기가 곪아 터지듯이, 암세포가 장기를 잠식하듯이 인간이라는 끔찍한 종족의 최후가 다가올 날이 머지않았을 수도 있다.

아무튼 인류 최후의 날이 될 때까지는 살아갈 수밖에 없다. 각종 공과금도 내야 하고, 생트마린느에 집을 마련하기 위해 빌린 대출금도 갚아야 하고, 집을 수리하거나 수영장을 관리하는 데 드는 비용, 랜드로버와 4L의 연료비가 있어야 살아갈 수 있다.

베른트 슐츠는 그동안 먹고살기 위해 해마다 서너 건의 일을 수주해왔다. 그는 탁월한 전문가였고, 언제나 의뢰인이 맡긴 임무를 차질 없이 수행했다. 언론은 범죄의 '우버화' 현상을 다루는 기사들을 앞다투어 게재했다. 개인 메신저의 '마법' 덕분에 대도시 외곽의 집단 주거지에서 마약을 거래해온 잔챙이 딜러들은 최근 들어 저비용 청부살인업자로 변신하는 경우가 흔하다. 나이 어린 청년들, 심지어 아직 미성년자인 아이들이 거리 한복판이나 호텔이나 극장 라운지에서 칼라시니코프 자동소총을 난사하는 사건이 심심치 않게 발생하고 있다. 대부분 의뢰인으로부터 청부살인을 접수받고 저지르는 짓이다. 그런 거친 방식은 의뢰인들의 기대에 반하는 일 처리라고 할 수 있다. 의뢰인들은 사전에 철저히 계획하고 완벽하게 검증한 다음 조용히 일 처리를 해주길 선호한다.

베른트 슐츠는 아무도 모르게 일을 감쪽같이 해내는 편이라 단연 최고의 전문가로 통한다. 그는 고무보트의 모터를 끄고 노를 저어 레렝 제도의 두 섬 사이에 정박해 있는 〈루나 블루호〉를 향해 접근해간다. 터키석 빛깔 바닷물 위에 정박해 있는 요트 가까이 다가가 시간을 확인해보니 저녁 7시 40분이다. 그는 밧줄을 이용해 고무보트를 요트에 묶는다. 임무를 수행하고 나서 〈루나 블루호〉에서 고무보트로 다시 옮겨 타려면 반드시 필요한 조치다.

3

도저히 긴장이 풀리지 않는다. 긴장이 풀리기는커녕 오히려 점점 더 막연한 불안감에 사로잡힌다. 오리아나는 뭔가 이상한 느낌이 들어 선글라스를 벗고 귀에서 에어팟도 빼낸다. 날씨는 쌀쌀하고, 바다 빛깔은 마치 누군가가 수은을 희석시키기라도 한 듯 점점 짙어지고 있다. 위험이 곧 밀어닥칠 것 같은 불안감이 대기 중에 퍼져 있다.

오리아나는 자리에서 일어나 파레오로 몸을 감싼다. 가까이에서 인기척이 느껴졌고, 목전에 임박한 위험을 감지하며 조타수나 경호원을 데려오지 않은 걸 후회했지만 이미 때는 늦었다. 아래층 갑판으로 조심스럽게 내려간 오리아나는 조타실 내부를 샅샅이 둘러보고 나서 요트를 한 바퀴 돌면서 선체에 뚫린 창문을 통해 안을 들여다본다. 눈에 들어오는 사람은 없었지만 여전히 불안감이 가시지 않는다.

공포감이 밀려들면서 얼어붙은 피부에 얼룩말 무늬처럼 소름이 돋는다. 오리아나는 배의 후미에서 잠시 멈춰 선 상태로 최대한 합리적이고 상식적인 선에서 추리를 해보고자 차분하게 현재 상황을 점검해본다.

나는 갑자기 무엇을 보았기에 이리도 겁을 집어먹었을까?

분명 누군가가 나를 지켜보고 있어. 그가 점점 가까이 다가오고 있어.

오리아나는 플라이 브릿지로 올라가는 트랩 쪽으로 몸을 숙인다. 바로 그 순간 오리아나는 유압 승강구 부근에서 요트에 묶여 있는 고무보트 한 척이 눈에 들어온다.

오리아나는 어찌나 크게 놀랐는지 터져 나오는 비명을 억제하지 못했다. 누군가 고무보트를 타고 와 요트에 옮겨 탔다는 뜻이다. 심장이 두

방망이질 치는 소리가 관자놀이에서도 고스란히 느껴진다. 플라이 브릿지로 올라가려던 오리아나는 급히 서두르다가 사다리 하나를 헛 밟는 바람에 갑판으로 다시 떨어진다.

오리아나가 몸을 일으키려는데 시커먼 실루엣 하나가 앞에서 해를 가로막는다. 네오프렌 잠수복 차림의 실루엣이 오리아나를 내려다본다. 괴한은 쇠꼬챙이 하나를 손에 들고 있다. 복면을 쓰고 있었지만 그가 누군지 알 수 있다. 괴한이 누군지 알게 된 오리아나는 공포에 사로잡혔고, 아무리 저항해봐야 결론은 뻔하다는 걸 받아들인다.

베른트 슐츠는 임무를 수행할 때 일이 질질 늘어지는 걸 선호하지 않는다. 그는 목표물을 제거할 때면 연민의 정 따위로 주저하지 않는다. 주어진 일이니까 해야 한다는 당위성을 느낄 뿐이다. 그는 인간적인 감정과 거리두기를 익혔고, 목표물의 비명과 고통, 철철 흐르는 피를 보고도 마음이 흔들리지 않는다.

베른트 슐츠는 청소년 시절부터 인간이 지구상에 출현하게 된 건 생명의 진화 때문이 아니라 우연과 우발적 상황이 빚어낸 결과일 뿐이라고 생각해왔다. 인간이 제아무리 만물의 영장 운운하며 거들먹거려봐야 다른 동식물들보다 크게 우월할 점도 없다고 생각했다. 인간은 스스로 지구에서 가장 능력 있는 존재를 자처하지만 단지 일방적인 주장에 불과할 뿐이다. 머지않아 그 주장은 틀렸다는 결론이 도출될 테니까.

베른트 슐츠는 쇠꼬챙이로 오리아나의 머리에 첫 번째 타격을 가하면서 그런 생각을 했다. 그의 두 번째 가격이 오리아나의 목덜미를 강타했고, 그녀는 비명을 지를 새도 없이 그대로 정신을 잃어버린다. 그녀가 쓰러져 있는 갑판에 피가 흥건하게 고이기 시작한다.

오리아나의 숨이 끊어졌다고 판단한 베른트 슐츠는 몸을 굽혀 그녀를 살펴본다. 그때 그녀가 손목에 찬 손목시계가 눈에 들어온다. 로즈 골드로 만들어진 시계로 주변부에 반짝이는 다이아몬드가 박힌 파텍필립이다. 손목시계는 언제나 그의 관심사고, 단단히 무장되어있는 정신을 흐트러뜨리는 유혹의 결정체다. 매사 냉철한 그를 굴복시키는 유일한 약점이 있다면 바로 시계다.

베른트 슐츠는 일을 깔끔하게 처리한 만큼 이 정도 보너스를 챙길 자격이 충분하다고 자신을 합리화하면서 오리아나의 손목에서 시계를 풀어 자신의 주머니에 넣는다. 이제 이 돈 많은 상속자 여인은 시계를 보고 정확한 시간에 맞춰 약속 장소로 나가야만 하는 걱정과는 무관할 테니까.

하늘에서 윤기가 반지르르한 갈매기들이 귀청을 찢을 듯이 울어댄다.

IV

다른 누군가

쥐스틴 타이앙디에
21. 모든 것이 시작된 곳

가장 위험한 환상은 오직 하나의 현실만이 존재한다고 생각하는 것이다.
현실은 여러 다른 버전들로 존재하며 그중 일부는 서로 모순되는 것처럼 보일 수도 있다.

_파울 바츨라빅

2024년 5월 25일 토요일
비오

1

쥐스틴 팀장은 비냐스 길이 시작되는 곳에 이르렀을 때 갑자기 차를 돌려 마을로 향한다. 방금 그런 일을 겪고도 집에 틀어박혀 지내는 건 그리 좋지 않은 선택이 될 것 같다는 생각이 든다. 지금 집으로 들어간다면 보나 마나 보드카를 연거푸 몇 잔 들이켜고 나서 렉소밀을 입 안에 털어 넣고 쓰러져 버릴 게 뻔하다. 이번에 쓰러지면 영영 다시 일어날 수 있을 것 같지 않다. 하나의 이미지가 플래시 불빛처럼 머릿속에서 번쩍 빛을 발한다. 밧줄에 목을 매단 자신의 몸뚱이가 맥없이 흔들리는 모습이다.

집에 혼자 처박혀 있기에는 몹시 심약한 상태라 온갖 악귀들에게 잡아먹힐 공산이 크다.

하지만 어디로 가지?

엄마? 그래, 이럴 때는 엄마 집이 최고야.

쥐스틴 팀장은 비오 입구를 지나 엄마 집까지 내처 달린다. 집 앞에 도착해 초인종을 누를지 말지 망설이다가 엄마가 깜빡 잊고 닫지 않은 창문을 통해 안으로 들어간다.

엄마는 내가 수없이 잔소리해도 문단속을 소홀히 한다니까.

우선 엄마의 침실문을 살짝 열고 안을 들여다본다. 병원에서 퇴원한 엄마는 침대에 누워 두 주먹을 꼭 쥔 상태로 잠들어 있다.

쥐스틴 팀장은 잠시 침대 가까이 다가가 엄마의 고른 숨소리를 듣는다. 학창 시절에 그녀는 주방 테이블에 앉아 노트북을 꺼내놓고 공부하길 좋아했다. 단 한 번도 그녀의 방이나 서재에서 공부한 적이 없다. 마세나 고교에서 대학입시 준비를 하는 동안에도 쥐스틴은 주방 테이블에서 밤을 새워가며 논술 공부를 하거나 예상 문제를 풀었다. 수험 준비에 여념이 없던 그 시절의 기억은 복합적인 감정을 불러일으킨다. 대학입시 공부에 전념하느라 여념이 없었지만 같은 반 학생들과 치열하게 경쟁하며 느꼈던 감정은 끔찍하다.

쥐스틴은 에콜 뒤 루브르 혹은 에콜 데 샤르트 같은 문화재 학교에 입학해 예술품 복원사가 되고 싶었다. 하지만 마세나 고교 대학입시 준비반이 쥐스틴의 꿈을 망가뜨렸다. 꿈을 포기한 쥐스틴은 생각에도 없던 법과대학에 입학했다.

대학입시 준비반에서 혹독한 훈련을 거쳐서인지 법과대학의 학사 학위와 행정고시는 오히려 쉬웠다. 쥐스틴은 여러 시험에 합격했으나 최종적으로 경찰학교를 선택했다. 경찰 초년병 시절만 해도 직업에 대한 열정이 있었으나 오래가지 않아 다른 동료 형사들과 마찬가지로 현실에 발목 잡히게 되었다. 프랑스 경찰은 지나치게 비대한 조직이라 운명면에서 효율성이 떨어진다는 지적이 많았다. 경찰 수뇌부들은 일선 형사들을 닦달하면 모든 일이 저절로 해결된다는 듯이 툭하면 호통을 치기 일쑤였다.

쥐스틴 팀장은 오리아나 살해 사건을 맡기 이전까지 딱히 중요한 사건을 맡아본 적이 없었다. 하필이면 개인적으로 불행한 일이 벌어졌을 때 중요한 사건을 맡다보니 머리가 복잡했다. 오리아나 살해 사건은 사회적으로 크게 주목받는 사건이었고, 성공적으로 해결하면 온갖 특전을 기대할 수 있었는데 가장 중요한 시점에 집중력을 잃고 헤매고 있다.

쥐스틴 팀장은 주전자에서 물 끓는 소리가 들려 상념에서 빠져나온다. 그녀는 녹차를 끓인 다음 냉장고에서 케이크 두 조각을 찾아낸다. 체리와 건포도가 들어간 브로사르 표 케이크다. 그녀에게는 '프루스트의 마들렌'에 해당하는 케이크다. 케이크의 단맛과 녹차의 알싸한 맛이 서로 부족한 부분을 보완해주어 제법 맛이 괜찮다.

베르고미 형사에게 문자를 보내 소식을 묻고 나서, 쥐스틴 팀장은 아드리앙을 심문하는 동안 계속 머릿속에서 맴돌던 기사를 찾아보려고 인터넷을 검색한다. 어린 시절을 보낸 집에 와 엄마가 잠든 모습을 보고, 거실에서 은은하게 발산하는 향초의 방울꽃 향을 맡으니 마음이 안정된다.

아직 오리아나 살해 사건은 해결되지 않았다. 아드리앙 들로네를 가장 유력한 용의자라 확신했는데 그를 심문한 결과 그가 범인이라고 특정할 수 있는 단서를 찾아내지 못했다.

심문 과정에서 찾아내지 못했던 단서를 과연 현장에서 찾아낼 수 있을까?

조금이나마 컨디션을 회복한 쥐스틴 팀장은 농구 시합에서 마지막 5분이 얼마나 중요한지 떠올린다. 마지막 5분 동안 선수들이 집중력과 의지를 발휘하면 게임의 승패를 바꿀 수 있다.

2

잿더미 속에서 꺼져가는 불씨를 되살려내려면 다시 처음으로 돌아가 비극적인 살해 사건이 발생한 근본적인 원인이 무엇인지 추적해볼 필요가 있다. 이 사건의 근원은 아드리앙과 오리아나의 첫 만남이다. 따라서 그들의 첫 만남이 어떤 배경과 경로를 통해 이루어졌는지 짚어보는건 중요한 의미가 있다.

쥐스틴 팀장은 《뉴욕타임스 매거진》 웹사이트에서 아드리앙을 심문하는 동안 계속 머릿속에서 맴돌던 기사를 찾아낸다. 2017년에 《뉴욕타임스 매거진》의 에버리 베일 기자가 아드리앙을 만나 진행한 인터뷰 기사다. 쥐스틴 팀장이 읽은 아드리앙의 인터뷰 기사는 많았지만 그중에서도 단연 알찬 내용을 담고 있어 참고할 가치가 있다. 과거의 저널리즘이 만들어낼 수 있는 가장 양질의 인터뷰 기사라고 해도 과언이 아니다. 아드리앙은 직설적이면서도 섬세한 뉘앙스를 놓치지 않으며 인터뷰에 응했다. 그는 시종일관 통찰력을 잃지 않고 균형 잡힌 시각으로 그때까지 전혀 세상에 알려진 적이 없는 아드리앙 들로네의 개인사를 알린다. 아드리앙이 어머니의 죽음이 불러온 트라우마, 아버지와의 복잡미묘한 관계, 잠시나마 마약에 빠져들었던 암울한 시기, 마약중독에서 벗어나기 위한 눈물겨운 투쟁에 대해 애써 얼버무리지 않고 직설적이고 대담하게 기자의 질문에 답한 인터뷰 기사이기도 하다.

쥐스틴 팀장은 비로소 머릿속에서 아른거리던 기사 내용을 찾아낸다. 아드리앙이 '스위스에서 받은 마약중독 치료'와 훗날 그의 부인이 될 오리아나를 '루가노'에서 처음 만났을 때를 술회하는 대목이다.

쥐스틴 팀장은 미간을 잔뜩 찌푸린다. 아드리앙은 분명 마약중독 치료 과정에서 오리아나를 만났다.

어떻게 그런 만남이 가능했을까? 오리아나는 그 당시 스위스에서 무얼 하고 있었을까? 오리아나도 약물이나 마약중독 치료를 받고 있었을까?

쥐스틴 팀장은 심문하는 동안 아드리앙에게 반드시 그 문제를 물어보려고 했으나 기회를 잡지 못했다. 기사 말미에 에버리 베일 기자의 메일 계정과 X 계정이 적혀 있다. 쥐스틴은 큰 기대 없이 에버리 베일 기자에게 아드리앙과 관련해 이야기를 나누어보고 싶다는 문자메시지를 남겼다.

쥐스틴은 머릿속으로는 계속 루가노를 생각하면서 현미차를 한 잔 더 끓인다. 스위스에는 단 한 번도 가본 적이 없어도 왠지 그 지명이 전하는 느낌이 귀에 익숙하다. 분명 얼마 전에 들어보았다.

어디에서 루가노라는 지명을 들었을까?

화면 앞에 다시 앉은 쥐스틴은 경찰 인트라넷에 접속한다. 진행 중인 수사와 관련한 모든 기록들을 디지털화해 저장해두는 곳이다. 용량이 매우 큰 파일이지만 주제어를 통하면 그리 어렵지 않게 접근 가능하다. 인트라넷 검색창에 루가노를 치자 즉시 쥐스틴이 찾던 서류를 보여준다. 스위스 티치노주에 속한 루가노는 오리아나가 살해당하기 몇 달 전부터 휴대폰으로 여러 차례 접속했던 곳이다. 오리아나는 피습당하기 사흘 전 직접 루가노에 다녀오기도 했다.

무엇 때문이었을까?

쥐스틴 팀장이 루가노에 대한 생각에 골몰해 있을 때 휴대폰이 울린다. 베르고미 형사다. 쥐스틴 팀장은 상대가 묻기 전에 먼저 선수를 친다.

"내가 대형 사고를 치는 바람에 심문에서 배제되었어요."

베르고미 형사는 깜짝 놀랐다는 듯이 호들갑을 떨지 않았다.

쥐스틴 팀장이 묻는다. "아델에 대해 뭘 좀 찾아냈어요?"

"미끼를 던져두고 입질이 오길 기다리는 중이야."

"아직 손에 넣은 건 없네요?"

"이번에 수사하면서 알게 되었는데 아드리앙 들로네는 매우 신중한 인물이더군. 그는 삶을 정해놓고 살았기 때문에 그가 연인을 만든다는 건 그리 쉽지 않은 일이었을 거야. 그렇다고 해서 내가 손 놓고 가만히 있었다고 생각하면 오산이지."

통화하는 동안 차들이 오가는 소리가 배경음악처럼 들려온다.

"이동 중이세요?"

"그르노블 근처 고속도로야."

"어딜 가려고요?"

베르고미 형사는 질문으로 대답을 대신한다.

"혹시 체호프의 총이 뭔지 알아?"

쥐스틴 팀장은 뜬금없는 질문에 당황해 잠시 뜸을 들인다. 대학입시 준비반 시절이 그다지 오래된 과거가 아니었기에 그녀는 재빨리 답을 찾아낸다.

"연극의 1장에서 총이 등장하면 2장이나 3장에서 반드시 총을 발사해야 한다는 법칙이죠."

"체호프의 총을 수사에 적용한다면 대략 이런 식이 될 거야. 가령 고액의 돈이 수사 초기에 등장할 경우 수사 막바지에도 등장해야 하는 거지."

쥐스틴 팀장은 평소 베르고미 형사의 비유가 매우 적절하다고 생각하는 편이었지만 이번에는 무슨 말인지 이해하기 쉽지 않다.

"그냥 쉽게 설명해보세요."

"장클로드 지글러 말이야."

쥐스틴의 기억에 남아 있는 장클로드 지글러 관련 일화는 희미했으나 대략적인 윤곽이 떠올랐다. 수사 초기에 강력반 금융 전담 형사가 디피에트로 그룹의 금융 자문 변호사인 장클로드 지글러를 소환한 적이 있다. 그는 오리아나의 계좌에서 본인 계좌로 30만 유로를 빼돌렸다는 혐의를 받고 있었고, 사실로 밝혀졌다. 오리아나 살해 사건과 무관해 보였지만 쥐스틴은 그를 심문해야 한다는 필요성을 느꼈다. 하지만 장클로드 지글러는 스위스 국적이라 심문을 거부했고, 강제 소환할 방법이 없어 심문을 포기할 수밖에 없었다.

"내가 오늘 장클로드 지글러와 통화했어." 베르고미 형사가 뭔가 흥미로운 사실이 있다는 듯이 잠시 뜸을 들인다. "장클로드 지글러가 오늘 오후에 만나자고 하더군."

"스위스에서요?"

"몽트뢰에 있는 자기 집으로 오라고 하더군. 체호프의 총이 떠오른 이유야. 언론보도를 통해 아드리앙의 감치 소식을 들은 사람들이 자기 입장을 분명하게 정리하려고 먼저 연락을 취해오고 있어."

쥐스틴 팀장이 뭔가 말하려는 순간 휴대폰 화면에 국제전화가 왔다는 메시지가 뜬다.

"전화가 왔으니까 나중에 다시 통화해요."

3

쥐스틴은 전화를 받으며 마음속으로 생각한다.

미국의 그 남자 기자?

"쥐스틴 타이앙디에 팀장입니다."

"에버리 베일 기자입니다. 메시지 잘 받았어요."

에버리는 남녀 구별 없이 사용되는 이름이라 남자일 거라 예상했는데 예상외로 여자다. 두 여자는 통상적인 인사를 마치자마자 곧장 본론으로 들어간다. 에버리 베일 기자는 아드리앙 들로네의 앨범이 발매될 때마다 기사를 써주었으니 아주 친한 사이는 아니더라도 어느 정도 친분이 있다고 봐야 한다. 쥐스틴 팀장은 미국 기자와 통화하면서 그녀가 아드리앙을 염려하고 있다는 느낌을 받는다.

에버리 베일 기자와 통화하는 동안 쥐스틴 팀장은 눈으로는 열심히 인터넷에 올라와 있는 그녀의 프로필을 검색한다. 에버리 베일 기자는 서른다섯 살에 계란형 얼굴, 윤기 나는 긴 머리와 옅은 빛깔 눈동자가 묘한 대조를 이루고 있고, 가녀린 체구에 우아하고 세련된 스타일이다. 쥐스틴의 엄마가 크리스 크로스 칼라 코트를 입고, 실크 스카프를 두르고, 카퓌신 백을 착용한 에버리 베일 기자를 봤다면 걸어 다니는 모델이라고 추켜세울 듯했다.

"일전에 보내드린 메일을 통해서도 설명했듯이 나는 당신이 쓴 기사를 읽고 나서 한 가지 확인하고 싶은 부분이 있었습니다."

"뭔지 말씀해보세요. 당시 내가 쓴 기사들을 꺼내놓을게요."

"혹시 아드리앙 들로네가 어디에서 마약중독 치료를 받았는지 아십니까?"

"기사에도 썼다시피 스위스의 루가노였습니다."

"정확하게 루가노의 어떤 병원이었죠?"

"카를 야스퍼스 의료센터였어요."

"아드리앙은 그 병원에서 오리아나를 처음 만났습니까?"

"그렇게 알고 있습니다."

"오리아나는 무슨 치료를 받느라 그 병원에 입원해 있었는지 혹시 아십니까?"

"자동차 사고 후유증 치료를 받고 있었습니다."

쥐스틴 팀장은 서류에서 날짜 하나를 확인한 후 베르고미 형사에게 즉시 메시지를 보낸다. "오리아나가 루가노의 카를 야스퍼스 의료센터에 입원했었다는 사실을 알고 있어요?"

나이 든 형사는 탁구공 넘기듯이 즉시 답장을 보낸다. "나는 금시초문이야." 쥐스틴 팀장이 끈질기게 묻는다. "그러면 오리아나가 교통사고를 당한 게 언제였는지 알아요?"

"여섯 살이나 일곱 살 때인 것으로 알고 있어."

쥐스틴 팀장은 다시 에버리 베일 기자에게 묻는다. "아드리앙과 오리아나가 2003년에 처음 만난 겁니까?"

"그렇게 알고 있습니다."

"그 당시 오리아나는 나이가 몇 살이었죠? 스무 살 정도는 됐나요?"

"그 정도 되었을 겁니다."

"오리아나는 여섯 살 때 교통사고를 당했더군요. 사고 후 15년이나 지난 때인데 오리아나는 그 병원에서 무슨 치료를 받고 있었죠?"

"정확한 병명이 뭔지는 나도 알지 못합니다. 그런 정보를 안다고 한들 수사에 무슨 도움이 되죠? 전혀 도움 될 게 없을 것 같은데요."

"혹시 아드리앙이 오리아나 몰래 바람을 피운 적이 있습니까?" 쥐스틴 팀장이 묻는다. 그 질문이 못마땅해 상대가 전화를 끊어버릴 수도 있었지만 묻지 않을 수 없다.

"그건 잘 모르겠고, 내가 그를 유혹했다가 퇴짜 맞은 적은 있어요. 아무리 추파를 던져도 본체만체하던데요."

"혹시 아델이라는 여자에 대해 들어본 적 있습니까? 아드리앙이 그 여자와 연인 관계였다는 말이 있던데요."

"설마 가수 아델은 아니죠? 농담이었습니다. 난 가수 아델 말고, 다른 아델은 전혀 모릅니다."

쥐스틴 팀장은 에버리 베일 기자에게 감사를 표하고 통화를 마친다. 그녀는 잠시 꼼짝하지 않고 컴퓨터 화면을 들여다보면서 새롭게 얻은 정보들을 정리한다. 이 정보들은 질문에 대한 답이라기보다 답 없는 질문들이라고 해야 더 정확할 듯하다. 쥐스틴 팀장은 노트북의 트랙패드를 살짝 건드려 화면을 중지시킨다.

구글 플라이트 사이트에 들어가보니 니스에서 오후 2시 40분에 출발해 한 시간 후 제네바에 내리는 항공권이 있다. 시간이 빠듯하긴 해도 서두르면 항공기에 탑승할 수 있을 것 같다. 단, 지금 당장 출발해야 한다. 쥐스틴 팀장은 이지젯 사이트에서 항공권을 구입한 후 공항을 향해 차를 몰면서 베르고미 형사에게 전화한다.

"나도 선배랑 비슷한 시각에 제네바에 도착할 수 있을 것 같아요. 이왕 이렇게 되었으니 공항에서 만나요. 장클로드 지글러를 같이 만나러 갔다가 루가노의 카를 야스퍼스 의료센터에 가면 되겠어요."

쥐스틴 타이앙디에
22. 잃어버린 기회

우리의 정신 속에는 작은 방이 하나 있어
우리는 그 안에 잃어버린 기회들에 대한 모든 기억을 차곡차곡 쌓아놓는다.
_무라카미 하루키

같은 날

스위스의 보 주

1

베르고미 형사의 911은 햇빛을 정면으로 받으며 몽트뢰 가도를 달린다. 쥐스틴 팀장이 휴대폰의 GPS를 보며 말한다. "길을 잘못 들었어요."

"제대로 왔다니까." 베르고미 형사가 고집스레 말한다. "이제 거의 다왔어."

햇볕이 강하게 내리쬐어 눈이 부시자 그는 차양을 내리고 간선도로에서 왼쪽으로 난 갈래 길로 들어선다. 한동안 침엽수 숲이 끝없이 이어진다.

쥐스틴 팀장은 푸이그르니에 반장과 엘 암라니 형사에게 문자메시지를 보내 아드리앙의 감치 기간이 연장되었는지 물었으나 좀처럼 답신이 오지 않는다.

쥐스틴 팀장은 장클로드 지글러에 대한 기사를 메모까지 해가면서 자세히 읽어보았고, 그에 대해 알아갈수록 점점 더 놀랐다. 장클로드 지글러는 일반적인 금융 자문 변호사가 아니다. 그는 무려 30년 동안 카를로 디 피에트로의 최측근이었다. 카를로의 금융 자문 변호사이자 브레인으로 디 피에트로 그룹의 자산을 도맡아 관리했다. 그는 외부에 잘 드러나지 않는 음지에서 일하면서 카를로의 사업이 번창하도록 도왔다. 모두 장클로드 지글러의 뛰어난 지략과 금융이나 법률에 대한 해박한 지식을 칭송했다. '건축가'라는 별명을 가진 그는 회사의 인수합병에 대한 법률적 기반을 마련해주었고, 그 덕분에 카를로는 다른 기업들을 인수합병해 사업을 폭넓게 확장해나간다. 요컨대 30만 유로 정도의 자금 횡령은 장클로드 지글러와 전혀 어울리지 않는 액수다. 그는 그 정도 액수를 빼돌리려고 횡령을 저지를 사람이 아니다. 피의자 신분으로 법정에 출두한 그는 30만 유로를 횡령한 사실을 인정했다. 그 결과 단기 징역형과 집행유예를 선고받았고 항소하지 않았다. 그 일이 있은 후 그는 디 피에트로 가문의 사업에서 손을 떼게 되었고, 그가 하던 일을 젊은 변호사인 아젤리오 카페키에게 양도한다.

그런데 왜 장클로드 지글러는 그 당시 법정에서 스스로 인정한 사실들을 이제 와서 재론해야 할 필요성을 느꼈을까?

커브 길을 돈 포르쉐는 식물 덩굴로 뒤덮인 다리를 건넌다. 다리를 건너자마자 감시 카메라가 설치되어있는 철문이 나타난다. 베르고미 형사가 경적을 두 번 울리자 철문이 양쪽으로 열리면서 고전 양식의 저택이 웅장한 자취를 드러낸다. 호수를 굽어보는 곳에 위치한 피렌체식 저택이다.

두 형사는 저택의 계단 앞에 차를 세우고 한참 동안 구부리고 있던 다리를 편다. 저택의 규모로 보아 당장이라도 집사가 달려 나올 것 같은데 주위는 온통 고요할 뿐이다. 대기 중에 라벤더 향기가 떠다닌다.

저만치 멀리 떨어진 곳에서 어떤 남자가 검은색과 흰색 털이 섞인 뉴펀들랜드 개 두 마리와 산책을 하고 있다. 쥐스틴 팀장은 그가 장클로드 지글러라는 사실을 한눈에 알 수 있다. 그는 아직 몸매가 날씬하고, 나이 든 배우처럼 품위 있게 늙어 보인다. 천천히 걸어 가까이 다가온 그는 친절하게 두 사람을 맞아준다. 그들은 집주인을 따라 저택 안으로 들어간다. 저택의 넓은 창으로 호수와 주변 풍광이 눈에 들어온다.

2

쥐스틴 팀장은 달걀판 위를 걷고 있는 듯이 긴장한다. 의례적인 인사말이 오가고 난 후 장클로드 지글러는 아드리앙 들로네가 어떻게 지내는지 묻는다.

"아직 감치가 끝나지 않았지만 수사 판사는 아드리앙 들로네를 기소하는 게 타당하다는 쪽에 무게를 두고 있습니다."

장클로드 지글러의 균형 잡힌 얼굴이 굳어진다.

"파올로와 소피아 때문에 걱정이 많아요. 그 아이들의 엄마는 끔찍하게 살해되었고, 이제 아빠마저 교도소에 들어가게 되면 그 아이들을 돌볼 사람이 마땅찮거든요."

"아드리앙 들로네를 잘 아십니까?"

장클로드 지글러는 다리를 꼬고 앉아 발을 까딱까딱 흔든다.

"자주 마주치긴 했지만 그다지 친한 사이는 아닙니다. 그 사람은 오리아나를 행복하게 해주었고, 아이들에게는 더없이 좋은 아빠였죠."

"아드리앙 들로네가 부인을 살해했을 수도 있다는 가정은 전혀 믿지 않으시는군요?"

"인간이 무슨 짓을 저질렀는지는 신만이 확실하게 아시겠지요. 분노는 아주 짧은 순간의 광기입니다. 아드리앙이 아무리 순간적인 광기에 휩싸여 있었다고 하더라도 쇠꼬챙이로 부인을 때려죽이는 짓을 할 사람은 아닙니다. 나로서는 도저히 상상하기 힘든 가설입니다."

"아드리앙 들로네에게 부인 말고 다른 연인이 있었다는 설이 있는데 혹시 들어보셨습니까?"

"나는 전혀 들어본 적 없습니다. 아드리앙을 자주 만났지만 새로운 연인 이야기를 한 적은 없었어요."

"아드리앙과 주로 어떤 이야기를 나누었습니까?"

"우리에게는 공통의 관심사가 있었죠. 콰트로첸토* 시대의 바흐 음악, 논리 철학 논고**, 로스코 그림이 우리가 만나면 주로 이야기를 나누는

---

*Quattrocento, 15세기 르네상스 시대
**Tractatus logico-philosophicus, 독일 출신의 철학자 비트겐슈타인이 생전에 출간한 유일한 저서

화제였죠."

장클로드 지글러가 보이지 않는 파리를 잡으려는 듯이 손사래를 친다.

"나는 아드리앙의 피아노 연주를 좋아했습니다. 아드리앙은 아주 뛰어난 피아니스트죠. 아드리앙의 즉흥연주는 대단히 놀라운 경지에 올라 있죠. 그는 자기만의 세계를 구축하고 있고, 그 안에서 살아가는 예술가입니다. 말하자면 현실보다는 관념의 세계, 사실보다는 상상의 세계를 더 좋아하는 사람이죠. 그런 사람은 결코 누군가를 살해하는 짓을 하지 않습니다."

"혹시 아델이라는 여자에 대해 알고 있습니까? 아드리앙과 매우 친한 사이 같던데요."

장클로드 지글러는 잠시 생각에 잠겼다가 대답한다. "전혀 모릅니다."

쥐스틴 팀장은 저택 안을 둘러본다. 집 안 여기저기에 조각상이 놓여 있고, 대형 화분에서 자라는 식물들이 눈에 들어온다. 무엇보다 창밖으로 내다보이는 레만 호수와 당뒤미디산이 빚어내는 절경이 압도적이다.

"이제 30만 유로의 행방에 대해 말씀해주실까요?" 쥐스틴 팀장이 다음 질문을 던진다. "어쩌면 그 질문에 대한 답변이 아드리앙의 누명을 벗겨주고, 그의 구속을 막아줄 수도 있습니다."

침묵.

베르고미 형사가 침묵을 깨고 묻는다. "왜 우리를 만나자고 하셨습니까?"

"나는 과거에 이 사건과 관련해 수사받을 때 진실을 말하지 않았습니다." 스위스 변호사가 위증한 사실을 털어놓는다. "나는 오리아나와의 좋은 관계를 망치지 않으려고 30만 유로를 횡령했다고 인정했죠."

장클로드 지글러는 다마스커스 패턴의 천으로 감싼 일인용 소파에서 몸을 잔뜩 웅크린다.

"오리아나가 살해당하기 얼마 전 나를 찾아왔었습니다. 우린 오래전부터 서로 가까운 사이였죠. 내가 디 피에트로 그룹의 총수인 카를로의 최측근이었으니까요. 나는 30년이 넘도록 디 피에트로 그룹에서 문서와 관련된 모든 일들을 도맡아 관장해왔습니다."

쥐스틴 팀장은 그의 말을 열심히 받아 적는다.

"혹시 오리아나가 찾아왔던 날짜가 정확히 언제였는지 기억하십니까?"

장클로드 지글러가 휴대폰을 열고 달력을 확인하더니 말한다. "5월 2일이었습니다."

오리아나가 피습당하기 3일 전이라는 뜻이다.

"사실 난 그 이전까지 몇 달 동안 오리아나를 만나지 못했습니다." 장클로드 지글러가 착잡한 얼굴로 말을 잇는다. "그날따라 오리아나의 얼굴이 무척이나 핼쑥해 보였고, 이유를 알 수는 없었지만 몹시 심란해 보였습니다. 오리아나는 내가 무슨 뜻인지 알아들을 수 없는 말을 늘어놓으면서 30만 유로를 융통해달라고 하더군요. 난 오리아나가 그 돈을 어디에 쓰려고 하는지 알 수 없었지만 서로 신뢰하는 사이였기에 30만 유로를 마련해주었습니다."

"오리아나는 돈의 용도를 끝까지 말하지 않던가요?"

"그냥 단지 '내 가정을 구하기 위해 돈이 필요해요'라고 말하더군요. 내가 거듭 캐물었지만 더 이상 아무 말도 해주지 않았습니다."

내 가정을 구하기 위해?

베르고미 형사가 말한다. "'내 가정을 구하기 위해'라는 말은 누군가 로부터 협박받고 있다는 말처럼 들리는데요?"

"나도 그런 느낌을 받았어요. 그래서 난 오리아나에게 무슨 일인지 꼬치꼬치 캐물으면서 내가 도와주겠다고 했죠. 그런 문제라면 내가 최 고의 전문가라 자부하니까요. 나는 오리아나의 이복동생이 저지른 분 별없는 짓이나 카를로의 실수로 발생한 복잡한 문제들을 여러 차례 깔 끔하게 해결해준 경험이 있거든요."

"그런데 왜 오리아나는 변호사님에게 도와달라고 하지 않았을까요? 혹시 짚이는 부분이 있습니까?"

"오리아나는 뭔지 모르지만 눈앞에 닥친 문제를 본인의 의지대로 결 연히 밀어붙이기로 결심한 듯이 보였습니다. 그 대신 오리아나는 나에 게 돈을 융통해간 사실을 비밀로 해달라고 신신당부하더군요. 나는 오 리아나에게 30만 유로를 마련해주었고, 그 일 때문에 자금 횡령으로 유죄를 선고받았죠. 집행유예로 풀려나긴 했지만요."

쥐스틴 팀장은 방금 전 장클로드 지글러의 증언으로 지금까지와는 전혀 다른 수사가 시작되었다고 생각한다.

만일 오리아나에게 숨겨둔 연인이 있었다면?

"변호사님이 보기에 '내 가정을 구하기 위해'라는 말은 어떤 의미로 파 악되던가요? 혹시 아드리앙의 외도 문제로 보이지는 않던가요?"

장클로드 지글러가 망설이지 않고 말한다. "난 즉시 수잔 클라렌을 떠올렸습니다."

쥐스틴 팀장과 베르고미 형사는 서로 눈짓을 주고받는다. 그 사건은 언론에서 집중적으로 보도되었기에 그들도 익히 아는 사건이다. 15년쯤 전에 BMW의 상속자인 수잔 클라텐은 어떤 플레이보이가 파놓은 함정에 걸려들어 수백만 달러를 날리게 된다. 그 후 그녀는 그 플레이보이에게 주던 돈의 액수를 차츰 줄여나간다. 그러자 플레이보이는 몰래 촬영해둔 그녀와의 정사 장면이 들어 있는 동영상을 언론에 뿌리고, 남편에게도 알리겠다고 협박한다. 수잔 클라텐은 극심한 스트레스에 시달리다가 변호사를 만나 그 문제를 상의했고, 결국 플레이보이는 사기 및 공갈 협박 혐의로 기소된다. 다만 그들의 정사 장면을 촬영한 동영상이 널리 유포되기에 이른다.

쥐스틴은 가늘게 실눈을 뜨고 흥분과 좌절 사이를 오간다. 수사를 하다가 지금처럼 새로운 진전이 있는 경우 수많은 의혹이 덩달아 제기되면서 전체적인 판을 읽기가 더욱 어려워지기 마련이다.

"내가 오리아나를 도울 수 있는 기회가 있었는데 허망하게 놓쳐버려 얼마나 안타까웠는지 모릅니다." 장클로드 지글러가 말을 잇는다. "오리아나가 무슨 문제로 그토록 힘들어했는지 고집스럽게 알아냈더라면 죽음을 면할 수 있었을지도 모르니까요."

만약이 현실이 된다면 세상 무슨 일인들 불가능하랴?

한동안 침묵이 감돌았고, 큰 키의 장클로드 지글러가 자리에서 힘겹게 몸을 일으킨다. 그의 얼굴에 어린 미소에는 이제 더 이상 할 말이 없으니 면담을 끝내자는 의사가 담겨 있다.

장클로드 지글러는 자동차를 세워둔 곳까지 두 형사를 정중하게 배웅한다. 그는 걸어가는 동안 베르고미 형사와 911 모델 차의 장점에 대해 몇 마디 의견을 교환한다. 차의 연료 분사 시스템, 점화 장치, 전기 배선에 대해 의견을 나누던 두 남자는 쥐스틴 팀장이 '콜롬보 반장식 질문'을 던지는 바람에 대화를 중단한다.

"마지막으로 한 가지만 더 묻겠습니다. 루가노의 카를 야스퍼스 의료 센터에 대해 아십니까?"

장클로드 지글러가 주머니에서 시가 한 개비를 꺼내며 말한다. "프랑수아 샤푸이 원장이 운영하는 병원입니다."

"프랑수아 샤푸이 원장이라면?"

"카를로 디 피에트로 총수가 절대적으로 신임했던 의사입니다. 그의 임종 때도 자리를 지킨 의사죠. 오리아나의 치료를 전담하기도 했고요."

장클로드 지글러가 크롬이 도금된 커터로 하나바 시가의 끝을 자르고 나서 말한다. "샤푸이 원장을 찾아가 직접 만나보세요. 고집스러운 데다 상냥한 성격은 아니어도 실력만큼은 알아주는 의사죠."

3

몽트뢰에서 루가노까지 차로 네 시간이나 걸리지만 쥐스틴 팀장은 수려한 경치를 감상하느라 지루할 틈이 없다. 하늘을 향해 매끈하게 뻗어 올라간 전나무들, 까마득히 높은 산들, 맑고 청량한 햇살 덕분에 마치 스위스 초콜릿 광고에 등장하는 배경을 지나는 느낌이다. 쥐스틴 팀장은 어디선가 연보라색 밀카 초콜릿 또는 아펜젤러 치즈를 만드는 농장이 눈에 들어올 것 같은 기대감에 눈을 크게 뜨고 차창 밖을 두리번거린다.

포르쉐의 고른 엔진 소리와 입을 꾹 다물고 있는 베르고미 형사의 오랜 침묵이 수면제 역할을 제대로 하는 바람에 쥐스틴은 자기도 모르는 사이에 깜빡 잠이 든다. 전날 꼬박 밤을 새워 심신이 피곤한 상태이기도 하다.

쥐스틴 팀장이 단잠을 자고 나서 눈을 떴을 때는 어느새 병원이 얼마 남지 않았다. 포르쉐는 세레지오 호수 변을 따라 이어진 좁은 도로를 전속력으로 달리고 있다. 라디오에서는 슈베르트 음악이 흘러나오고 있고, 차 앞 유리창으로 붉게 타오르는 석양이 시시각각 다가서는 느낌이 든다. 불그레한 하늘은 마치 타오르는 불길을 비추는 반사광 같다.

카를 야스퍼스 의료센터에 도착한 그들은 자갈을 깔아놓은 방문객 주차장에 차를 세운다. 보리수나무와 마로니에들 사이로 난 오솔길을 가로지르자 오래된 석재건물이 나타난다. 그 석재건물 주변에 나중에 지은 것으로 추정되는 유리와 강철 소재의 다면체 건물들이 다수 포진해 있다.

토요일 저녁이었으므로 병원은 매우 조용하다. 프랑수아 샤푸이 원장이 병원에 있을 가능성은 매우 낮다. 두 사람은 병원의 안내 카운터를 향해 걸어간다. 카운터 직원은 그들이 가까이 다가갈 때까지 독서에 열중하느라 여념이 없다. 그들이 인기척을 하자 여직원은 그제야 고개를 든다.

쥐스틴 팀장은 프랑스 경찰 신분증을 제시한 다음 용건을 말한다. "안녕하세요, 저는 니스 경찰청 강력반의 수사팀장 쥐스틴입니다. 제 옆에 있는 분은 동료 형사 주세 베르고미고요."

오십 대로 보이는 나이에 요즘 유행하는 픽시 스타일로 자른 짧은 은발, 한쪽 콧구멍의 피어싱, 양쪽 팔에 문신을 새긴 여직원의 명찰을 보니 레오니 로세스라고 적혀 있다.

"프랑수아 샤푸이 원장님을 만나러 왔습니다."

"샤푸이 원장님은 주말 오후에는 일하지 않습니다."

"굉장히 중요한 일이라 꼭 만나봐야 합니다."

"내일 다시 방문해주시겠습니까?"

"일요일은 쉬는 날이잖아요. 샤푸이 원장님이 내일 병원에 나오시는 게 확실합니까?"

"샤푸이 원장님은 병원 주인이기도 해서 매일 아침 8시에 병원에 나오십니다. 심지어 크리스마스에도요."

"아, 그렇군요."

쥐스틴 팀장이 낭패스러운 얼굴을 하자 베르고미 형사가 훨씬 실용적인 접근을 한다.

"근처에 괜찮은 호텔이 있습니까?"

레오니 로세스가 잠시 컴퓨터 화면을 들여다보며 대답한다. "원하신다면 병원 내부에서 하루 주무셔도 됩니다. 환자 가족들이 쉴 수 있는 방이 있거든요."

베르고미 형사가 말한다. "그렇게 해주신다면 정말 고맙죠."

레오니 로세스가 어디론가 전화를 걸었고, 5분도 안 되어 두 형사는 각자 작은 방 하나씩을 안내받는다.

4

베르고미 형사는 방으로 들어서자마자 문을 걸어 닫는다. 일인용 침대,

작은 욕실, 테이블과 의자가 각각 하나씩 비치된 방으로 지난날 수도사들이 쓰던 방처럼 소박한 분위기를 풍긴다. 창문으로 넓은 호수와 산이 내다보인다. 재킷과 양말을 벗은 그는 침대에 누워 두 눈을 감는다. 거의 이틀 동안 잠을 자지 못해 그야말로 기진맥진한 상태다.

잠도 못 자고 출장을 다니기에는 내가 이제 너무 늙었나?

수사는 긍정적인 방향으로 진행되고 있고, 어느 정도는 그의 공이 반영된 결과다. 그는 잠을 청하려고 눈을 감았으나 온갖 상념들이 집요하게 머릿속을 어지럽힌다. 오늘 오후, 장클로드 지글러의 저택에 머무는 동안 그의 마음속에서 무어라 형언하기 힘든 일이 일어났다. 스위스 변호사의 이야기를 듣는 동안 베르고미 형사의 시선은 한동안 아기 예수를 안고 있는 성모상에 머무른다. 한 줄기 햇살이 성모상을 어루만진다. 성모상에 눈길이 가 있는 동안 청소년 시절이 떠오른다. 신학교에 입학할지 말지 고민하던 때다. 아기 예수를 안고 있는 성모상을 보는 동안 그의 아들 아르튀르가 떠오른다.

내 아들, 아르튀르.

어린 시절, 통통한 볼에 방긋방긋 웃던 아들 녀석의 얼굴이 눈앞에서 아른거린다. 두 부자가 함께 해변을 달리고, 숲을 거닐고, 스타드 벨로드롬 경기장 관람석에서 올랭피크 드 마르세유 팀을 목이 터지도록 응원하던 모습이 주마등처럼 뇌리를 스친다. '골대로 직진',[*] '영원한 우승'.[**]

평소 같았으면 맥주를 마시고라도 떨쳐버렸을 이미지들이 계속 머릿

---

[*] 올랭피크 드 마르세유 팀의 구호
[**] OM팀이 1993년 뮌헨에서 열린 UEFA 챔피언스 리그에서 우승하기까지 과정을 담은 다큐멘터리 영상 제목

속을 어지럽힌다. 갑자기 온몸에 소름이 끼치더니 몸이 부들부들 떨린다. 자기도 모르게 터져 나오려던 흐느낌이 목에 걸리며 숨길을 막는다.

베르고미 형사는 자리에서 일어나 욕실 수도꼭지에 입을 대고 물을 벌컥벌컥 마신다.

"아빠?"

그는 흠칫 놀라 몸을 돌린다.

"아빠?"

아들 녀석의 환청이 자꾸만 그를 괴롭힌다.

언제까지 이렇게 살아갈 수는 없어.

베르고미 형사는 마음을 다잡으려고 권총을 찾았으나 이내 자동차 글로브박스에 넣어둔 게 기억난다. 다시 양말을 신고, 재킷을 걸친 그는 방을 나선다.

서쪽 하늘을 붉게 물들인 햇살이 호수의 수면 위에 반사되어 반짝이는 윤슬을 만들어낸다.

지금 이대로는 아무것도 할 수 없어.

베르고미 형사는 쥐스틴 팀장과 끝까지 수사에 집중하고 싶었으나 밤새 그를 괴롭히는 아들의 환청과 함께할 수는 없다.

차라리 허공으로 몸을 날려버릴까?

베르고미 형사는 포르쉐의 운전석에 앉아 글로브박스를 열고 MR73 권총을 꺼내 오른손에 쥔다. 손잡이의 감촉이 제법 부드럽다.

점점 더 자유를 말살시키는 이 빌어먹을 사회에 마지막으로 남아 있는 자유로운 선택권을 사용해버릴까?

"아빠?"

"아빠 여기 있어."

이제야 그는 아들의 부름에 답할 수 있다. 손에 총을 들고 있으니 한결 덜 무섭다. 필요할 경우 언제라도 대화를 중단할 수 있으니까. 그는 두 눈을 감는다. 똑같은 이미지와 질문이 이어진다.

그토록 사랑스럽고 착한 아들이 왜 그토록 참담한 지옥 길로 들어섰고, 나는 왜 수렁에 빠진 아들을 광명의 세계로 데려올 수 없을까? 방실방실 잘 웃던 내 아들이 왜 그토록 끔찍한 마약중독자가 되었을까?

식도역류 탓에 복장뼈 부근이 알코올을 들이부은 듯이 화끈거린다. 마지막으로 아르튀르와 대화를 시도했던 때가 떠오른다. 아르튀르는 이제 막 마약중독 치료센터에서 도망쳐 나오는 길이다.

이미 10년 전 일이다. 그날 대화 역시 결과가 좋지 않았고, 아버지와 아들은 서로에게 달려들며 몸싸움을 벌인다. 그 일 이후 부자 관계는 더욱 악화일로로 치닫게 되었고, 영영 회복하지 못했다. 베르고미 형사는 더는 아들 일로 속을 끓이지 않으려고 이제 아르튀르는 세상에 없다고, 착하고 천사 같던 아들은 이미 오래전에 악마의 자식이 되었다고 반복해서 되뇐다.

권총을 손에 쥔 베르고미 형사의 손이 잔뜩 긴장한다.

세상일이 그렇게 호락호락하지 않아.

그날 오후 그를 심하게 동요하게 만든 성모상은 그에게 그런 식으로 세상을 바라보는 건 자기 속만 편하면 된다는 안일한 선택이라고 일깨워준다.

내가 지금 있어야 할 곳은 아르튀르 곁이어야 해. 이 세상에서 바뀌지 않는 건 없어. 아르튀르의 내면에 분명 어린 시절의 천사 같은 모습이 조금은 남아 있을 거야. 아르튀르는 지금 어디에 있을까? 내 아들 아르튀르, 너 지금 어디에 있니?

루가노로 오는 길에 쥐스틴 팀장이 잠시 잠들어 있는 동안 베르고미 형사는 아들에 대한 정보를 얻어내려고 여기저기 연락을 취했다. 그 결과 아르튀르가 지난해에 리옹의 코르바 교도소에서 일 년 동안 복역한 사실을 알아냈다. 그 후 아르튀르는 에쉬롤 무단 거주지 근처에서 목격되었는데 그 이후의 행적은 남아 있지 않았다.

긴 한숨을 내쉰 베르고미 형사는 총을 다시 총집에 집어넣고, 포르쉐의 시동을 건다. 그는 호수와 나란히 달리는 길로 진입했고, 휴대폰의 GPS를 켠 다음 거치대에 꽂는다.

베르고미 형사는 아들을 찾아 나설 작정이다. 마약중독에서 벗어나도록 하는 게 얼마나 어려운 일인지 잘 알고 있었으나 죽을힘을 다할 결심이다. 이제 그에게는 끝까지 최선을 다할 용기와 힘이 있다. 이번 수사가 그를 다시 태어나게 해주었고, 아들을 다시 환한 세상으로 돌아오게 만들 에너지를 공급해주었다.

베르고미 형사의 뺨 위로 뜨거운 눈물이 흘러내린다. 주룩주룩 흘러내리는 눈물 너머에는 희미한 미소도 어려 있다.

표면이 울퉁불퉁한 도로를 지날 때마다 백미러에 매달아놓은 펜던트가 흔들린다. 성모 마리아를 조각한 은빛 펜던트다.

쥐스틴 타이앙디에
23. 엉망진창

모든 것이 엉망진창이다. 머리털, 침대, 말, 인생, 마음.

_잭 케루악

같은 날, 밤 9시

1

쥐스틴 팀장은 잠이 오지 않아 침대에서 이리저리 뒤척인다. 방이 추웠다가 더워지고, 숨이 막힐 듯 답답했다가 텅 비어 보인다. 장클로드 지글러를 만나 머릿속을 정리할 시간을 얻었고, 진실에 더욱 가까이 다가가고 있다는 확신을 얻게 되었다. 그 진실이 계속 움직이기에 손가락 사이로 빠져나가게 해서는 안 된다.

쥐스틴 팀장은 아드레날린이 솟구치는데 밤새도록 방 안에 처박혀 있어야 한다는 게 마음에 들지 않는다. 그녀는 벗어두었던 원피스를 다시 입고, 그 위에 점퍼를 걸치고, 앵클부츠를 신은 다음 복도로 나선다. 베르고미 형사의 방문을 두드려보았으나 아무런 대답이 없어 그대로 계단을 내려와 병원 정원으로 나선다.

나무들로 둘러싸인 병원 건물이 검푸른 하늘을 배경으로 서 있다. 바람이 몰고 온 구름이 달의 한 귀퉁이를 살짝 가린 상태다. 쥐스틴 팀장은 주차장으로 가는 길에 레오니 로세스와 마주친다. 그녀는 마치 할리 데이비슨을 타는 바이커처럼 가죽점퍼로 몸을 감싸고 있다.

"혹시 출출하지 않으세요, 형사님?" 레오니가 묻는다. "카페테리아 직원에게 요깃거리를 만들어달라고 할까요?"

쥐스틴 팀장은 정중하게 레오니의 호의를 거절하고 나서 묻는다. "샤푸이 원장님을 당장 만나 뵙고 싶은데, 혹시 어디에 사는지 알 수 있을까요?"

레오니가 선선히 대답한다. "몬테크리스토에 사세요."

"몬테크리스토 백작처럼?"

쥐스틴 팀장의 농담에 레오니가 빙긋 웃더니 집게손가락으로 산등성이를 가리킨다.

"루가노는 높은 산으로 둘러싸인 곳이죠. 오른쪽 산꼭대기에 있는 조각상이 보이세요?"

저 멀리 언덕에 서 있는 예수 그리스도의 조각상이 쥐스틴의 눈에 들어온다.

"샤푸이 원장님이 저 언덕쯤에 사세요?"

레오니가 고개를 끄덕인다.

"여기서 걸어가자면 먼가요?"

"그다지 멀지 않아요. 전차를 타고 갈 수도 있어요. 밤 11시까지 조각상이 있는 언덕을 오르내리는 푸니쿨라 전차가 있거든요."

쥐스틴 팀장은 그제야 베르고미 형사의 포르쉐가 사라진 사실을 확인하고 깜짝 놀란다. 혹시나 하는 생각에 휴대폰을 꺼내 확인해보았지만 베르고미 형사가 남긴 문자메시지는 없다.

레오니가 와인색 픽업의 문을 열며 인사를 건넨다. "좋은 시간 되세요, 형사님."

"푸니쿨라는 어디에서 타죠?"

"파라디소에서 타요. 연방 철도역 근처죠."

"거기까지 태워주실래요?"

레오니는 손목시계를 힐끗 보고 나서 말한다. "얼른 타세요. 오늘 저녁에 북클럽에 가기로 했는데 아직은 시간이 조금 남네요."

쥐스틴 팀장은 푸니쿨라를 타러 가는 길에 베르고미 형사에게 전화했지만 받지 않는다. 그에게 문자메시지를 보내면서 쥐스틴은 운전에 열중하고 있는 레오니의 팔을 뒤덮은 문신을 바라본다. 맹금류, 천사, 십자가, 멕시코 스타일 해골, 단검, 불타는 심장 등을 새긴 문신이다. 손가락마다 착용한 뱀이나 데스마스크 형태의 반지도 눈길을 끈다. 틀에 박힌 반항아의 상징물들이다.

"샤푸이 원장님을 잘 아세요?"

"카를 야스퍼스 의료센터에서 일한 지 25년이 넘었으니까 매우 잘 안다고 할 수 있죠. 샤푸이 원장님은 뛰어난 의사고, 병원 직원들 모두가 존경하는 분이죠."

"여전히 진료를 하세요, 아니면 병원 운영에만 전념하세요?"

"아직도 직접 환자들을 받고 계세요. 전 세계에서 샤푸이 원장님을 만나러 오는 환자들이 많거든요. 스위스에서 가장 뛰어난 정신과 전문의로 알려진 분이죠."

쥐스틴 팀장은 소스라치게 놀란다.

"샤푸이 원장님이 정신과 전문의라고요?"

"네, 아직 모르셨어요?"

"네, 몰랐어요."

레오니가 농담 반 진담 반으로 대못을 박는다.

"수사팀장님이라면서 정보에 취약하시네요."

쥐스틴 팀장이 그 말에 반박하려는데 레오니가 먼저 묻는다. "오리아나 디 피에트로 살해 사건 때문에 샤푸이 원장님을 찾아오셨죠?"

"오리아나를 아세요? 이 병원에 자주 왔었나요?"

레오니가 진눈깨비가 내리기 시작하자 와이퍼를 작동시킨다.

"오리아나가 샤푸이 원장님의 환자였다는 사실은 누구나 다 아는 사실이죠. 오리아나가 엄마와 함께 자동차 사고를 당했을 때 이 병원으로 실려와 치료를 받았거든요."

"그 이후로도 줄곧 이 병원에서 후유증 치료를 받았나요?"

"6주에 한 번씩 우리 병원에 왔어요." 레오니가 확인해준다.

"오리아나는 무슨 병 때문에 오래도록 치료를 받았나요?"

레오니가 그 질문에는 대답을 회피한다.

"그건 나도 몰라요."

쥐스틴은 꼭꼭 감춰두었던 비장의 카드를 꺼낸다.

"방에 붙어 있는 병원 조직도를 봤어요. 당신은 평범한 직원이 아니라 샤푸이 원장의 개인 비서더군요. 당신 정도면 오리아나가 무슨 병을 앓고 있었는지 알고 있을 텐데요."

레오니는 한동안 침묵하다가 빨간색 신호등에 걸려 차가 멈추었을 때 말한다. "오리아나는 뇌종양을 앓았어요."

"확실합니까?"

레오니가 고개를 아래위로 끄덕인다.

"2022년 가을에 오리아나는 뇌종양 진단을 받았습니다. 뇌종양 교모세포종 4기였죠. 뇌종양 중에서도 최악이었어요. 나는 그 정보가 단 한 번도 언론에 언급되지 않아 오히려 놀랐습니다."

쥐스틴 팀장은 그 말에 반신반의할 수밖에 없었다.

"그 말이 사실이라면 오리아나의 사체를 부검할 때 발견되지 않았을 리 없는데요."

신호등이 다시 녹색으로 바뀐다.

"부검할 때 뇌종양이 발견되지 않은 이유는 오리아나가 완치되었기 때문이죠."

쥐스틴은 한동안 무슨 말인지 이해가 되지 않아 레오니를 멍하니 쳐다본다. 레오니가 중대한 비밀을 털어놓듯이 말한다. "오리아나가 마지막으로 샤푸이 원장님을 찾아왔을 때 두 사람은 언성을 높이며 말다툼을 벌였어요. 오리아나는 문을 쾅 닫고 가버렸죠. 그 이전까지만 해도 그런 일이 단 한 번도 없었거든요."

레오니가 운전하는 픽업이 로터리를 지나 터널을 통과하자 나무 울타리가 엉성하게 쳐져 있는 숲속 주차장이 나타난다.

"이제 다 왔습니다. 이제부터 질문은 사절입니다. 가뜩이나 너무 많은 말을 했거든요."

쥐스틴 팀장은 점퍼 소매로 김 서린 차 유리를 닦는다.

"언덕 위에 올라가면 샤푸이 원장님의 집이 보이나요?"

"휴대폰을 이리 줘보세요. GPS에 주소를 찍어줄 테니까."

쥐스틴이 휴대폰을 건네준다.

레오니가 휴대폰 화면을 보며 말한다. "휴대폰 배터리가 방전되기 직전이네요."

레오니는 GPS에 샤푸이 원장의 주소를 입력하고 나서 휴대폰을 돌려준다.

"난 북클럽에 가봐야 하니까 부디 샤푸이 원장님을 만나 좋은 정보 얻어가길 바랍니다."

쥐스틴이 차에서 내리면서 묻는다. "오늘, 북클럽에서 무슨 책을 읽기로 했나요?"

"퍼트리샤 하이스미스의《아내를 죽였습니까》."

쥐스틴이 차 문을 닫으며 혼잣말처럼 중얼거린다. "결말이 그렇고 그런 소설이죠."

2

밤 10시

푸니쿨라는 세 개의 전차를 강철 케이블을 이용해 언덕 위 정상까지 끌어올리는 방식으로 운행된다. 매표 창구에는 표를 사려는 사람이 한 명도 없다. 쥐스틴 팀장은 전차의 첫 번째 칸에 오른다. 푸니쿨라에 올라 주변을 살펴보니 몬테크리스토 일대는 진눈깨비가 내리고 있어 아무것도 보이지 않는다.

쥐스틴은 휴대폰을 열고 경찰청 서버에 접속한다. 오리아나가 언제 루가노에 마지막으로 왔는지 확인하기 위해서다. 5월 2일이 마지막 방문이다. 오리아나가 장클로드 지글러를 만나 30만 유로를 융통해달라고 했던 바로 그날이다.

캄캄한 어둠 속에서 호수와 주변을 에워싼 산들 사이로 희미한 불빛이 보인다. 푸니쿨라가 드디어 언덕 꼭대기에 도착한다. 식당이 하나 있긴 했지만 문이 닫혀 있고, 우중충한 날씨 탓인지 개미 새끼 한 마리 보이지 않는다.

쥐스틴 팀장은 휴대폰 램프를 켜고 레오니가 주소를 입력해준 GPS가 안내하는 대로 발걸음을 옮긴다. 그녀는 점퍼를 머리까지 올려 쓰고 오솔길을 따라 걷다가 숲 쪽으로 방향을 튼다. 진눈깨비가 점점 더 거세지더니 이내 폭우로 바뀌었고, 천둥과 번개, 얼음장처럼 차가운 바람이 쉴 새 없이 분다.

쥐스틴 팀장은 GPS 화면에 눈을 고정시키고 최대한 빨리 앞으로 나아간다. 전나무와 낙엽송이 위협적인 그림자를 만들어내고 있다. 언제라도 그녀를 집어삼킬 듯이 무시무시한 거인들 같다. 30분쯤 걸었을 때 휴대폰 배터리가 방전되어버린다.

쥐스틴은 몇 번이나 길을 잘못 들어 크게 낙담한 끝에 다시 돌아 나온다. 물을 잔뜩 머금은 원피스는 이제 추레한 걸레 같다. 어찌나 심하게 추운지 저절로 온몸이 떨리고, 아래윗니가 부딪친다. 그 와중에 갑자기 프랑시스 카브렐의 노래 가사가 떠오른다.

'내 고통의 거리는 수 미터 물에 잠겨 있고, 내 핏줄을 타고 흐르는 혈액 속에는 진흙이 수 톤이네.'

쥐스틴 팀장의 눈앞에 두 개의 콘크리트 기둥이 나타난다. 담쟁이덩굴로 뒤덮인 콘크리트 기둥에 알루미늄 문이 달려 있고, 그 위에 자그마한 종이 매달려 있다.

쥐스틴 팀장은 일단 주인에게 방문한 사실을 알리지 말고 움직여보기로 마음먹는다. 대문 위로 올라간 쥐스틴은 관목들이 점령하고 있는 반대편으로 뛰어내린다. 희미한 빛이 흘러나오는 곳으로 무턱대고 걸어가던 쥐스틴은 예기치 않은 광경을 목도하고 걸음을 멈춘다.

샤푸이 원장이 사는 집은 동양식 전통가옥에 현대적인 디자인이 살짝 가미된 주택이다. 다면체 3층 건물에는 여러 개의 테라스가 마련되어 있다. 쥐스틴 팀장은 몇 그루의 벚나무와 줄을 지어 늘어선 대나무 뒤로 몸을 숨겨가며 최대한 소리를 내지 않고 집 가까이 다가간다. 건물과 마주 보는 곳에 불을 밝혀놓은 연못이 있고, 잉어들이 한가로이 헤엄치는 모습이 보인다. 연못의 분수대에서 흘러나오는 물소리는 세차게 내리는 빗소리에 힘없이 묻혀버린다.

그때 큰 목소리가 들려온다.

"당신, 누구요? 당신은 지금 내 사유지에 허락도 받지 않고 들어와 있어요."

밤을 가르는 우렁찬 목소리다.

"총을 쏘기 전에 두 손을 높이 들어 올려요."

이런, 빌어먹을!

쥐스틴은 두 손을 들어 올리고 나서 천천히 몸을 돌린다. 나이가 지긋한 남자가 총을 들고 그녀를 겨누고 있다. 큰 키에 우람한 몸집, 긴 카키색 재킷 차림의 남자다.

"샤푸이 원장님입니까?" 쥐스틴이 묻는다. "저는 니스 경찰청 강력반의 쥐스틴 타이앙디에 팀장입니다."

점퍼 주머니에서 프랑스 경찰의 삼색 신분증을 꺼내던 쥐스틴은 순간적으로 이끼가 잔뜩 낀 바위를 밟는 바람에 바닥으로 쓰러진다. 샤푸이 원장은 그제야 총구를 내리고 삼색 신분증을 집어 들어 잠시 신분을 확인한다. 그는 그제야 손을 내밀어 쥐스틴이 일어서도록 돕는다.

"토요일 저녁인데 여긴 어쩐 일이시죠?"

"원장님과 긴히 나눌 얘기가 있어서 찾아왔습니다. 한 남자의 인생이 걸린 문제입니다."

"일단 집 안으로 들어가 몸이나 말리고 봅시다." 샤푸이 원장이 머리 끝에서 발끝까지 비에 흠뻑 젖어 생쥐 꼴이 된 쥐스틴을 바라보면서 말한다. "계속 그런 상태로 있다가는 급성 폐렴에 걸릴 수도 있어요."

쥐스틴 타이앙디에
24. 감금당한 여인

대체로 이성은 감금당한 자들에게는 그리 오래 깃들지 않는다.

_장 드 라 퐁텐

1

프랑수아 샤푸이 원장의 집은 인테리어 장식이 거의 되어 있지 않다. 일본식으로 다다미를 깐 바닥에 종이 갓을 씌운 등, 위압적인 느낌을 주는 금강역사 조각상 두 개가 장식물의 전부다.

샤푸이 원장이 돌화로 위에 차를 끓일 물을 데울 주전자를 올려놓고 잠시 미닫이문 뒤로 자취를 감춘다. 잠시 후 그가 커다란 수건과 큼지막한 맨투맨 셔츠를 들고 다시 나타난다.

"수건으로 물기를 닦아내고 젖은 옷을 말리는 동안 이 셔츠로 갈아입고 있어요." 그가 거의 명령조로 말한다. "그대로 있다가는 폐렴에 걸려

죽을 수도 있으니까."

샤푸이 원장은 전지가위, 분재용 전지 톱, 분재용 노브 커터 따위를 연장주머니 속에 집어넣는다. 그는 분재를 다듬다가 쥐스틴이 나타나는 바람에 갑자기 하던 일을 중단한 눈치다.

쥐스틴 팀장은 따뜻한 현미차를 마시면서 샤푸이 원장을 찬찬히 살펴본다. 뒤로 빗어 넘긴 머리, 잘 다듬은 콧수염, 깊은 주름이 잡힌 얼굴이 눈에 들어온다. 대체로 지난날의 명배우 리노 벤추라와 닮은 얼굴이다. 〈총잡이 삼촌들〉보다는 〈팔레르모에서 보낸 100일〉을 찍던 시절의 리노 벤추라 쪽이다. 하늘색 옥스퍼드 셔츠에 브이넥 스웨터를 입은 그는 비행사들이 애용하는 안경을 착용하고 있다.

샤푸이 원장이 정원사용 앞치마를 벗으며 묻는다. "프랑스에서 왔다고 했죠?"

"네, 프랑스 니스 경찰청 강력반 수사팀장인 쥐스틴 타이앙디에입니다. 오리아나 디 피에트로 살해 사건 수사를 담당하고 있습니다."

"그 사건이 나와 무슨 상관이 있는데요?"

"오리아나는 지난 30년 동안 원장님의 환자였습니다."

샤푸이 원장이 잔기침을 해가며 목소리를 가다듬는다.

"내 비서가 30분 전에 전화했더군요. 그래서 나에게서 알고 싶은 게 뭔데요?"

"오리아나가 뇌종양을 앓았던 게 분명한 사실입니까?"

"네, 하지만 얼마 후 나았습니다."

"마지막으로 오리아나를 만났을 때 크게 다투었다고 하던데요? 이유를 알 수 있을까요?"

"수사와는 전혀 관계없는 문제 아닌가요?"

"수사와 관계가 있고 없고는 원장님이 판단할 문제가 아닙니다."

샤푸이 원장은 할 말을 잃은 듯 잠시 입을 꾹 다물고 있다.

쥐스틴 팀장은 또 다른 질문을 던진다. "오리아나의 남편도 잘 아십니까?"

"오리아나가 자주 남편에 대해 이야기하는 걸 들었지만 한 번도 만나본 적은 없습니다."

"그런데 오리아나의 남편도 한때 마약중독 문제로 원장님의 병원에 입원했다고 하던데요?"

"아마도 마약중독 질환 병동에 입원했었나봅니다. 내가 이 병원을 운영하기 전에 있었던 일이겠네요."

"오리아나의 남편은 그 이후로 카를 야스퍼스 의료센터에 단 한 번도 오지 않았나요?"

"내가 알기로는 그렇습니다."

샤푸이 원장은 상대를 뚫어볼 듯한 시선으로 쥐스틴을 응시한다. 쥐스틴은 그가 그녀의 정서 결핍, 깊이를 알 수 없는 우울, 항우울제와 벤조디아제핀, 지하 저장실에 매달아놓은 밧줄에 이르기까지 모든 걸 꿰뚫어 보고 있다고 느껴진다. 수치심에 쥐구멍이라도 찾아야 정상이지만 그가 자신을 측은히 여겨 모든 질문에 솔직하게 대답해주기를 바란다.

"이번 수사를 진행하는 동안 나는 완전히 헛다리를 짚는 실수를 저질렀습니다." 쥐스틴이 말을 잇는다. "하마터면 아무런 죄도 없는 사람을 교도소에 보낼 뻔했죠."

샤푸이 원장이 어깨를 으쓱한다.

"이제 수사가 잘못된 걸 깨달았으니 결과적으로 잘된 일 아닌가요?"

"아직은 내가 뒷감당할 단계가 아니라서 걱정이 많습니다. 언론은 여전히 그가 범인이라는 기조를 그대로 유지하고 있거든요."

"내가 당신이 처한 상황에 무슨 도움이 될 수 있을까요?"

"나는 오리아나의 남편 아드리앙과 모종의 관계를 맺고 있고, 오리아나를 살해했을 가능성이 높은 여인을 찾아내야 합니다. 아델이라는 이름을 가진 여인인데 혹시 이름을 들어본 적이 있습니까?"

그 순간 샤푸이 원장의 얼굴이 몹시 굳어지더니 안경을 벗고 눈두덩을 문지른다. 그가 긴 한숨을 내쉬며 자리에서 일어나더니 빗물이 흘러내리는 창 쪽으로 몇 걸음 자리를 옮겨간다. 뒷짐을 지고 창가에 선 그가 뿌옇게 물기를 머금은 창 너머로 펼쳐진 숲을 뚫어지게 바라본다. 자리에서 일어나 창가로 다가간 쥐스틴은 샤푸이 원장이 그만의 십자가를 짊어지고 있고, 그를 붙잡고 놓아주지 않는 유령들에게 끊임없이 시달리고 있다는 걸 깨닫는다.

"샤푸이 원장님, 오리아나의 두 아이들을 위해 저를 도와주세요."

샤푸이 원장이 혼잣말처럼 웅얼거린다. "그래요, 난 아델을 잘 알고 있습니다."

"어디에 가면 아델을 찾을 수 있을까요?"

"밀라노 공동묘지 공원에 가보세요."

"아델이 죽었나요?"

"서두르지 말고 자리에 앉아요. 내가 차를 한 잔 더 끓여올 동안."

2

"1992년, 그러니까 오리아나가 일곱 살일 때 처음 만났습니다. 그 아이가 심각한 교통사고로 엄마를 잃은 지 일 년쯤 지났을 무렵이었죠. 나는 여러 차례 어려운 수술을 받은 오리아나가 루가노의 우리 병원에서 치료받을 수 있도록 해주었습니다. 오리아나는 운동 신경 재활 치료가 절실히 필요했거든요."

쥐스틴 팀장과 샤푸이 원장은 자수를 놓은 천을 씌운 탁자를 사이에 두고 이야기를 나누고 있다. 탁자 위에는 옻칠한 쟁반이 놓여 있다.

"오리아나는 정이 많고 영리한 아이였습니다. 사고로 다친 몸의 상처가 완벽하게 회복되지 않은 상태였고, 심리적으로도 허약해 심한 정신불안 증세에 시달리기도 했죠. 오리아나는 일 년 넘게 우리 병원에서 입원 치료를 받았습니다. 그 아이에게 분명 도움이 된 치료였습니다. 난 소아 정신과 전문의는 아니었는데 오리아나는 나 말고 다른 의사는 보려고 하지 않았죠. 그만큼 우리 두 사람은 너무나 잘 통했습니다. 오리아나는 그 후로도 건강 검진을 받거나 몸이 아플 때마다 우리 병원을 찾았죠."

샤푸이 원장은 오래된 기억을 떠올리기 위해서인 듯 두 눈을 가느다랗게 뜨고 말을 이어나간다.

"청소년기 초기에 오리아나는 거식증과 폭식증에 시달렸습니다. 칼로 자기 몸을 그어대는 자해를 시작했고, 술을 마시거나 온갖 약들을 삼켰죠. 충동적이고 무절제한 행동을 보이기도 했고요. 하지만 나와 함께 정신분석 상담을 진행하면서 다행히 좋은 결실을 맺게 되었습니다. 내가 오리아나를 괴롭히는 트라우마의 근원을 찾아낸 것이죠."

샤푸이 원장은 방금 자신이 한 말의 여운이 효과적으로 지속되기를 바라는 듯 잠시 말을 멈춘다.

"오리아나는 엄마가 자기 때문에 목숨을 잃게 되었고, 그 책임이 오롯이 자기에게 있다고 느꼈습니다."

"그럴 만한 이유가 있었나요?"

샤푸이 원장은 자신이 하는 말을 주의 깊게 경청하는 쥐스틴을 바라보며 이야기를 이어간다. 그는 상자 속에서 빠져나온 고양이가 자동차 사고를 유발했고, 결국 안나 마리아 디 피에트로의 목숨을 앗아가게 된 경위를 차근차근 설명한다.

"고작 일곱 살인 어린아이가 감당하기에는 너무나 무겁고 가혹한 트라우마가 아닐 수 없었죠. 신체적 혹은 심리적 폭력을 당하거나 트라우마를 심하게 겪은 어린아이들 가운데 내면 분열 기제를 발동시키는 경우가 종종 있습니다. 고통스러운 사건들과 거리를 두기 위한 무의식적인 방어기제라고 할 수 있죠. 오리아나도 그런 경우였습니다."

일단 말문이 열리자 샤푸이 원장은 거침이 없다.

"어린아이들은 일관되고 안정적인 자아가 형성되어 있지 않은 경우가 많습니다. 감당하기 힘든 트라우마를 겪은 어린아이들은 더러 고통스러운 기억을 다른 자아에 저장해두기도 합니다. 아픈 기억들이 가하는 고통에서 벗어나기 위한 선택이죠. 이를테면 하나의 몸 안에 두 개의 인격체가 존재하게 된다는 뜻입니다. 원래 존재하던 인격체와 제2의 인격체가 하나의 몸 안에서 같이 지내게 되는 것이죠. 원래 존재하던 인격체는 매일의 일상을 함께하는 인격체고, 제2의 인격체는 어둠 속에서 트라우마를 안고 웅크리고 있는 인격체라고 보면 됩니다."

"원장님은 지금 오리아나의 내면에 두 개의 인격체가 들어 있었다고 말씀하시는 겁니까?"

"다소 정리되지 않은 표현이지만 그런 의미입니다. 정신의학과 용어로는 그런 경우를 해리성 정체 장애라고 합니다."

"일종의 조현병인가요?"

샤푸이 원장이 인상을 찌푸리며 고개를 젓는다.

"조현병과는 다릅니다. 그 두 가지를 혼동하는 경우가 많은데 사실은 아무런 관련 없는 별개의 질환입니다."

"두 질환은 어떤 점에서 차이가 있을까요?"

"현실과의 관계에서 보면 차이가 분명합니다. 조현병은 실제로 존재하는 세계에 대한 지각을 변질시키는 정신 질환을 뜻합니다. 조현병 환자들은 실존하는 세계와 자신을 괴롭히는 환상을 구별하지 못하지만 그렇다고 해서 여러 정체성을 내포하는 건 아닙니다. 반면 해리성 정체 장애의 경우 정체성과 기억의 지속성이 손상된 상태죠."

정신과 전문의는 설명을 이어간다.

"조현병은 유전적인 요인이 크게 작용하는 반면 해리성 정체 장애는 극심한 트라우마가 있을 때 야기됩니다. 이 두 가지 질환에 대한 치료법 또한 크게 다릅니다. 조현병은 주로 신경 이완제로 치료하고, 해리성 정체 장애는 심리요법으로 치료하니까요."

쥐스틴 팀장은 이제 대화를 수사로 유도했다.

"그러니까 오리아나의 몸 안에 두 개의 정체성이 들어 있었군요?"

"그렇습니다. 두 개의 정체성이 오리아나의 의지와 상관없이 번갈아 나타나게 된 것이고요."

"원장님의 치료는 성공적이었나요?"

"나는 오랜 기간 오리아나의 치료에 매진했습니다. 그 결과 청소년기가 끝나갈 무렵 오리아나는 거의 장애를 극복한 상태가 되었죠. 정체성과 관련해 안정적인 통제가 가능해졌고, 장애의 원인이었던 트라우마 극복도 괄목할 만하게 이루어졌으니까요. 해리성 정체 장애 치료를 담당하는 정신과 전문의는 환자의 내면에 존재하는 서로 다른 정체성 사이에 다리를 놓아주는 매개자 역할을 합니다. 내 역할은 오리아나가 단일한 정체성을 찾도록 도움을 주는 것이었죠. 우리의 노력이 좋은 결실을 맺게 되어 오리아나는 무사히 학업을 마치고 빛나는 경력을 쌓을 수 있게 되었습니다. 결혼도 했고, 자녀도 둘이나 낳았고요."

"아드리앙은 부인의 해리성 정체 장애를 알고 있었습니까?"

"아뇨." 샤푸이 원장이 전혀 망설이는 기색 없이 단호하게 대답한다. "오리아나는 모든 사실을 있는 그대로 툭 터놓고 이야기할 수 있을 만큼 자신의 병에 대해 개방적이지 못했습니다. 남편을 비롯해 주변 사람들 모두에게 자신이 해리성 정체 장애를 앓고 있다는 걸 비밀로 했죠."

해리성 정체 장애는 쥐스틴 팀장의 머릿속에서 로버트 루이스 스티븐슨의 소설 《지킬 박사와 하이드 씨》나 알프레드 히치콕 감독의 영화 〈싸이코〉를 비롯해 예전 소설이나 영화를 상기시켰다. 쥐스틴 팀장은 최근 SNS에서 정신적인 문제로 고통받는 젊은이들이 공동체를 만들어 서로의 경험을 공유한다는 이야기를 들은 적이 있다.

샤푸이 원장이 상대의 마음을 읽기라도 한 듯이 한마디 덧붙인다.

"이 병증은 적어도 지난 50년 동안 정신과 의사들을 분열시켜왔습니다. 1970년대와 1980년대엔 몇몇 의사들의 파행이 있었죠. 자기들이 유명해지기 위해 환자들에게 아무 말이나 막 하게 내버려두었거든요. 그런 이유로 해리성 정체 장애를 바라보는 시선이 불신으로 가득 차게 되었죠. 무엇이든 되는 대로 다 정체성 장애라는 말을 갖다 붙이는 경우가 많았으니까요."

샤푸이 원장은 손잡이 없는 도자기 잔에 차를 따르고 나서 말을 잇는다.

"영상 의학의 발달로 비로소 해리성 정체 장애의 특성을 의학적으로 입증할 수 있게 되었습니다. 해리성 정체 장애 환자들을 CT 촬영해보면 그들의 뇌가 특별하게 활동한다는 결과를 알 수 있게 되었으니까요. 그들의 뇌에서 활성화되는 신경 회로망을 살펴보면 극심한 트라우마로 고통스러워하는 환자들의 신경 회로망과 일치하는 부분이 많습니다."

"해리성 정체 장애를 아렐의 경우와 연관 지어 설명해주실 수 있을까요?"

"아렐은 바로 오리아나의 또 다른 자아입니다."

"또 다른 자아라면?"

"또 다른 인격체라는 뜻입니다."

3

쥐스틴 팀장의 믿을 수 없어 하는 표정이 샤푸이 원장의 심기를 불편하게 만든다. 그는 교사가 이해력이 떨어지는 학생을 꾸짖듯이 쥐스틴 팀장에게 면박을 준다.

"형사님은 내가 지금껏 애써 설명한 내용을 제대로 이해하지 못했군요."

"그러니까 다시 한번 설명해주시면 감사하겠습니다."

"해리성 정체 장애는 하나의 몸 안에 각기 다른 인격체가 들어 있는 경우를 말합니다. 엄마의 목숨을 잃게 했다는 트라우마에 시달리던 오리아나의 몸 안에서 아델 켈레르라는 또 다른 인격체가 만들어진 겁니다."

샤푸이 원장은 양손을 벌려 저울처럼 만든다.

"아델은 트라우마에 시달리던 오리아나의 고통을 경감시켜주는 또 다른 인격체입니다. 가령 오리아나는 다른 사람들 눈에는 강해 보이지만 스스로 약한 존재라고 느끼는 인격체인 반면, 아델은 약해 보이지만 강한 정신력을 가진 인격체죠."

쥐스틴 팀장은 프랑수아 트뤼포 감독의 영화 〈마지막 지하철〉에 나오는 대사가 떠오른다. *"내 안에 두 여자가 살아."*

"원장님은 오리아나를 성공적으로 치료했다고 하지 않았나요?"

"비교적 성공적인 치료였다고 자부하지만 해리성 정체 장애는 완치가 불가합니다. 오리아나가 극심한 스트레스를 받거나 고통을 당하는 순간이 되면 아델이 다시 등장하는 식이죠. 오리아나가 시리아에서 인질로 잡혔을 때, 아버지가 돌아가셨을 때, 뇌종양 선고를 받았을 때가 바로 그런 경우에 해당됩니다."

"오리아나 자신도 아델의 존재를 의식하고 있었나요?"

"전혀 의식하지 못했고, 그게 바로 문제입니다. 해리성 정체 장애는 환자마다 각기 다른 특징을 보입니다. 환자들은 저마다 각기 다른 방식으로 몸 안에 존재하는 또 다른 인격체를 대하게 된다는 뜻입니다. 오리아나의 경우 또 다른 인격체가 원래 자신을 통제하고 있다는 사실을 전혀 눈치채지 못했습니다. 물론 그 반대의 경우도 성립합니다."

"그 반대의 경우라면?"

"원래의 인격체와 또 다른 인격체가 서로 분리된 삶을 살게 되는 겁니다. 몸 안에 칸막이를 쳐 각기 공생하는 식이죠. 한 사람의 몸 안에 각기 다른 인격체가 기억상실증에 걸린 상태로 존재하는 식이죠."

"조금 전에 또 다른 인격체가 원래의 인격체를 통제한다고 하셨는데, 어떤 방식으로 통제가 이루어집니까?"

"마치 나 아닌 다른 누군가가 나의 몸을 통제하는 것처럼 느끼게 됩니다. 심지어 얼굴 표정, 자세나 태도, 목소리까지도 달라질 수 있습니다."

"그런 변화는 대개 얼마만큼의 시차를 두고 일어나게 될까요?"

"스위치를 누르면 전등이 켜지듯이 순간적으로 변화가 일어날 수도 있습니다. 긴장감이 최고조로 상승했다거나 스트레스를 심하게 받을 경우 단 몇 초 만에 또 다른 인격체로 바뀝니다. 어떤 경우에는 원래 인격체와 또 다른 인격체가 동시에 상대의 존재를 인식하고 서로 소리 내어 대화를 나누기도 합니다."

순간적으로 아주 끔찍한 광경이 쥐스틴 팀장의 뇌리를 스쳐 지나갔다. 한 여인의 몸 안에 깃든 두 인격체가 서로 자신이 주인이라고 주장하며 상대를 통제하려고 드는 바람에 여인이 괴성을 지르며 몸을 기괴하게 비트는 모습이었다.

샤푸이 원장의 증언은 교착 상태에 빠진 수사에 결정적인 한 방을 제시해준다. 어둠에 휩싸여 있던 미로가 환해지면서 비로소 출구가 눈에 들어오는 느낌이다.

"서로 다른 인격체의 삶에 대해서도 설명해 주시겠습니까? 아델은 오리아나의 무의식 속에서 살아가는 겁니까?"

"또 다른 인격체들은 자율적인 내면세계를 갖고 있는데, 그 세계가 매우 풍성하고 정교할 수 있습니다. 이를테면 또 다른 인격체는 자기만의 사고 체계와 추억거리를 구축해두고, 그것이 모두 사실인 양 철석같이 믿는 것이죠. 일종의 평행 현실이고, 원래의 인격체는 전혀 인지하지 못하고 있는 것들이죠."

"그렇다면 또 다른 인격체는 자기가 원래의 인격체에서 파생되었다는 사실을 인식하고 있습니까?"

"반드시 그렇지는 않습니다." 샤푸이 원장은 잠시 생각에 잠겼다가 설명을 이어나간다. "또 다른 인격체가 원래의 인격체를 누르고 자신이 우위를 점하려는 의도를 내비치는 경우도 있습니다. 원래의 인격체를 제거하고 싶어 하는 겁니다. 만약 그렇게 할 경우 정작 자기도 존재하지 않게 된다는 사실을 인식하지 못하는 것이죠. 아마도 오리아나와 아델 사이에도 그런 일이 일어났을 거라는 생각이 듭니다."

4

오리아나의 몸 안에 서로 다른 인격체가 존재한다.

쥐스틴 팀장은 이제 모든 정황을 또렷이 볼 수 있다. 한동안 멈춰 서 있던 머릿속의 톱니바퀴가 이제야 원활하게 돌아가는 느낌이 든다. 수사 초기부터 발목을 잡았던 수수께끼가 마침내 풀리기 시작한다.

쥐스틴 팀장은 오리아나의 해리성 정체 장애를 바탕으로 가설을 세워

나갔고, 서서히 하나의 구체적인 시나리오가 만들어진다.

2022년 가을, 오리아나는 자신이 뇌종양 교모세포종 4기고, 고작 몇 개월밖에 살지 못한다는 걸 알게 된다. 청천벽력 같은 소식에 극심한 스트레스를 받게 되었고, 내면의 또 다른 인격체인 아델 켈레르가 다시 모습을 드러내게 된다. 아델은 아드리앙 들로네와 환상 속에서의 관계를 이어간다. 아델의 일기장은 그녀의 머릿속에 존재하는 환상의 세계를 입증한다.

2023년 봄, 오리아나는 의사의 예상과 달리 뇌종양이 거의 나았다는 소식을 듣는다. 그러자 오리아나는 다시 자신의 삶을 스스로 통제하기를 원하게 되었고, 성가신 존재인 아델로부터 해방되고자 한다. 바로 그날, 오리아나는 장클로드 지글러를 만나 30만 유로를 융통해달라고 요청한다.

오리아나는 왜 돈이 필요했을까?

샤푸이 원장이 말한다. "오리아나는 그 돈을 아델에게 주려고 했을 겁니다."

쥐스틴 팀장이 이의를 제기한다. "만약 그렇다면 그 돈이 발견되었어야 마땅하지 않을까요?"

"아델이 그 돈을 또 다른 누군가에게 주었다면 이야기가 달라지죠."

샤푸이 원장의 말을 듣고 보니 그럴 듯하다.

아델은 그 돈을 누구에게 건넸을까?

쥐스틴 팀장은 다시 풀리지 않는 수수께끼에 매달린다. 문득 생각의 방향이 다른 시나리오가 떠오른다.

"혹시 휴대폰 충전기가 있을까요? 원장님께 보여드릴 게 있어서요."

휴대폰을 충전한 쥐스틴 팀장은 샤푸이 원장에게 오리아나가 사망하기 전날 칸 병원에서 진행했던 면담에 대해 설명하면서 휴대폰을 켠다.

"오리아나의 증언은 10분 만에 뒤집어졌습니다. 원장님도 보시다시피 아연실색할 만한 일이었죠."

샤푸이 원장은 두 차례 진행된 오리아나와의 면담 영상을 차례로 지켜본다. 먼저, 오리아나가 피습당했던 사실을 전혀 기억하지 못한다고 진술하는 영상, 치료를 받으려고 잠시 중지했다가 속개된 면담에서 신랄한 태도로 남편 아드리앙을 고발하는 영상이다.

샤푸이 원장은 몇 번이나 영상을 돌려본다. 눈앞에서 펼쳐지는 장면에 충격을 받은 동시에 매우 흥미로운 사실을 발견한 듯하다. 샤푸이 원장 옆에 앉아 해리성 정체 장애에 빗대어 영상을 다시 보던 쥐스틴 팀장은 그토록 오랜 시간 동안 그녀의 뇌리를 빠져나간 게 무엇인지 비로소 깨닫는다. 그것은 바로 두 번의 면담을 촬영한 영상에서 드러나는 오리아나의 목소리 변화를 인지하지 못했다는 사실이다.

샤푸이 교수가 묻는다. "형사님도 보셨습니까?"

"오리아나와 두 번의 면담 사이에서 원래의 인격체가 또 다른 인격체로 바뀌었다는 걸 이제야 감지하게 되었습니다."

샤푸이 원장은 영상을 정지시키더니 큰 소리로 설명을 이어나간다.

"혼수상태에 빠졌다가 잠시 정신이 돌아온 오리아나는 끔찍할 정도로 심하게 다친 상태로 병원에 누워 있는 자신을 보는 순간 깜짝 놀라게 되었죠. 그녀는 자신이 병원에 실려오기 전 어떤 식으로 피습당했는지 전혀 기억나지 않아 아무것도 이해할 수 없는 상태였습니다. 오리아나는 그런 정신 상태로 형사님의 질문에 답하기 시작한 겁니다. 영상을 보면 오리아나가 몹시 당황한 상태로 공포에 질려 있는 게 느껴질 겁니다. 오리아나의 몸 상태가 어찌나 안 좋은지 잠시 면담을 중지하기도 했죠."

쥐스틴 팀장이 그 뒤를 잇는다.

"오리아나가 심한 스트레스를 받을 때마다 아델이 나타나 그녀를 지배하려 듭니다."

샤푸이 원장도 동의한다.

쥐스틴 팀장이 고개를 갸웃거리며 묻는다. "그런데 두 번째 영상에서 왜 갑자기 오리아나의 인격체가 바뀌게 된 걸까요?"

샤푸이 원장은 한동안 침묵을 지키며 생각을 정리하더니 한 가지 가설을 제시한다.

"아마도 오리아나는 죽음을 앞두고 의식이 명료해진 순간이 있었고, 그때 아델은 자신이 또 다른 인격체에 지나지 않기에 결코 오리아나의 자리를 차지할 수 없다는 걸 깨닫게 되었겠죠."

쥐스틴 팀장이 의사가 말한 가설을 보완했다.

"아델의 마지막 선택은 아드리앙을 고발해 오리아나의 삶을 망가뜨리는 것이었군요?"

샤푸이 원장이 시나리오를 마무리 짓는다. "아델은 사라진 후에도 오리아나에게 방해가 되고 싶었던 겁니다."

그 말을 끝으로 방 안은 긴 침묵에 빠져든다.

쥐스틴이 갑자기 무릎을 치며 말한다. "이제야 아델이 30만 유로를 어디에 썼는지 알아냈어요. 그 돈으로 계약을 맺은 거예요."

"계약이라면?"

"살인 청부업자와의 계약 말입니다. 오리아나를 죽이는 계약."

요란스럽게 한숨을 내쉰 샤푸이 원장은 안경을 벗더니 콧등을 꾹꾹 누른다.

"결국 의뢰인과 희생자가 동일 인물인 계약이었네요."

고개를 끄덕이는 쥐스틴 팀장의 머릿속에서 두 가지 상반된 감정이 교차한다. 마침내 수사의 끝에 다다랐다는 만족감과 이 모든 내용을 재판정에서 입증해 보이기 쉽지 않을 거라는 생각이었다.

5

여전히 폭풍우가 몰아친다. 강풍에 대나무들이 몸을 굽히고, 향나무들은 몸을 심하게 떨어댄다. 쥐스틴 팀장은 창문을 통해 바깥 풍경을 내다본다. 빗속에서도 의연하기 그지없는 크메르 조각상이 눈에 들어온다.

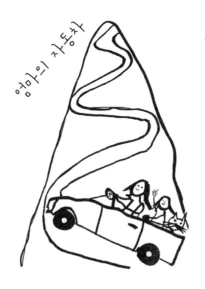

아드리앙 들로네
심문 받고 수감되다

www.nicematin.com, 2024년 5월 26일

아드리앙은 범행을 자백하지 않았지만 니스 검찰청의 필리프 레클뤼즈 검사는 그를 요트에서 부인을 살해한 용의자로 간주할 수밖에 없는 중대한 단서들을 확보하고 있다고 말한다.

오리아나 살해 사건이 발생한 지 일 년이 지난 지금, 세계적인 재즈 피아니스트 아드리앙 들로네는 감치가 끝난 5월 25일 토요일에 수사 판사에게 불려가 '고의적인 배우자 살해' 혐의로 심문받았다. 그는 현재 그라스 구치소에서 일시적인 구류 상태로 있다.

아드리앙의 변호를 맡은 마르크 르푀브르 변호사에 따르면 아드리앙은 여전히 부인을 살해한 혐의와 관련해 그 어떤 사실도 인정하지 않고 있다고 한다.

마르크 르푀브르 변호사는 이렇게 말한다.

"수사 판사가 내린 이번 구류 결정은 아무런 법적 근거가 없습니다. 우리는 단호한 태도로 구류 결정을 규탄합니다."

(후속보도가 이어집니다.)

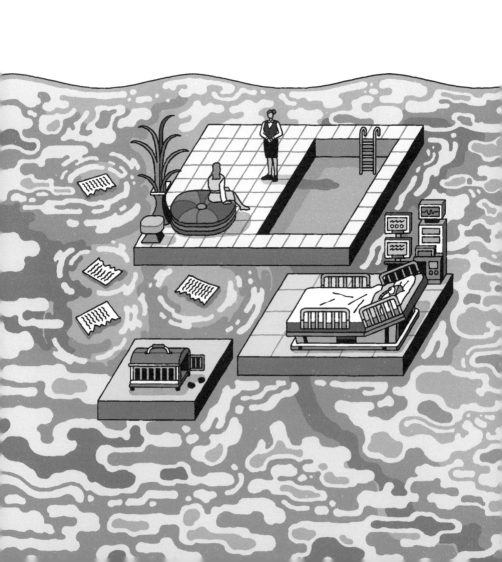

에필로그(들)

아리아드네의 실

$$(i\gamma^{\mu}\partial_{\mu} - m)\psi = 0$$

_디랙 방정식

2024년 가을

니스

쥐스틴 팀장이 10월 8일 화요일에 니스 경찰청에 도착했을 때 베르고미 형사는 먼저 출근해 컴퓨터 앞에 앉아 있었다. 그의 얼굴에 흥분한 기색이 역력했다.

그가 쥐스틴 팀장을 보자마자 소리쳤다. "이리 와봐. 알림이 떴어."

쥐스틴 팀장은 그가 무슨 말을 하는지 전혀 감이 오지 않았다. 그의 테이블로 다가가 컴퓨터 화면을 보고 나서야 쥐스틴은 그가 중고 명품 시계 거래 사이트에 접속해 있다는 사실을 확인했다. 백여 개 나라의 시계 전문가들과 시계 마니아들의 거래 상황을 한눈에 들여다볼 수 있는 사이트다. 경찰은 큰 기대를 하지 않으면서도 18개월째 행방이 묘연한 오리아나의 도난당한 파텍필립 노틸러스 시계를 추적해오고 있다.

쥐스틴 팀장이 묻는다. "오리아나가 도난당한 시계와 같은 모델이 확실하죠?"

베르고미 형사가 장담한다. "확실해."

파텍필립 노틸러스는 팔각형의 35밀리 로즈골드에 가장자리를 둘러 가며 다이아몬드를 박아 넣은 제품이다. 얼핏 보면 흔한 모델처럼 보이지만 다른 제품들과 뚜렷이 구별되는 특징이 있어 높은 가치를 인정받고 있다. 은색 문자판에 '티파니 앤 코'라고 새겨진 글씨가 다른 시계와 차이를 만들어내는 요소다. 그 글자 덕분에 이 시계가 뉴욕의 명품 매장에서 판매되었고, 지극히 제한적인 수량만 생산되었다는 사실을 짐작하게 해준다.

베르고미 형사가 컴퓨터 화면 아래쪽을 가리킨다. 그가 가리킨 곳에 시계의 현재 위치가 나와 있다. 이 제품은 18개월 동안 두 개가 판매되었는데, 홍콩과 두바이에서 판매되어 물건 확인이 불가능했다. 하지만 이번에 시계를 판매하려고 내놓은 곳은 파리 8구에 위치한 명품 매장이다.

"아직 오리아나의 시계라고 단정할 수는 없으니까 너무 흥분하지는 말자고요." 쥐스틴 팀장이 침착하게 말한다. "파리에는 내가 다녀올게요."

§

쥐스틴 팀장은 니스에서 오전에 출발하는 항공기에 올라 점심 무렵 파리에 도착한다. 과학수사대 요원 한 명과 동행한 쥐스틴 팀장은 '되찾은 시간'이라는 간판이 붙은 명품 시계 상점의 문을 열고 안으로 들어간다. 샹젤리제 인근 마르뵈프 가에 자리 잡은 상점이다.

시계상은 카운터로 활용하는 작은 호두나무 책상 앞에서 경찰의 방문을 기다리고 있다. 쥐스틴 팀장은 두 시간 전 그와 통화하면서 미리 시계와 관련해 사연을 설명해두었다. 허리가 들어간 셔츠에 페이즐리 문양의 조끼를 입은 상점 주인은 사흘 전에 한 번도 본 적 없는 고객이 찾아와 문제의 시계를 맡겨두고 갔다고 털어놓는다. 시계의 가격은 22만 유로로 책정했지만 상점 주인과 18만 유로까지 가격 조정을 할 수 있다는 사인을 받아둔 상태다.

안타깝게도 파텍필립 노틸러스는 매장에 내놓기 전 표면이 반짝거릴 만큼 깨끗이 닦아놓은 상태라 지문을 채취하는 건 불가능해 보인다. 그나마 다행스러운 점은 시계를 맡겨둔 고객이 시계 케이스도 두고 간 것이다. 시계를 처음 발매할 당시 케이스는 아니었지만 겉에 옻칠을 하고, 안에 보관용 벨벳 쿠션을 넣은 나무 상자다.

쥐스틴 팀장과 동행한 과학수사대 요원은 지문을 채취한 다음 신속하게 실험실로 달려간다.

§

쥐스틴 팀장은 길 건너편 회전 초밥집에서 식사를 하며 지문 검사 결과가 나오기를 초조하게 기다린다.

아드리앙 들로네는 그라스 교도소에 수감되었다. 그의 변호인은 두 번이나 석방을 요청했지만 곧바로 기각당했다. 샤푸이 원장은 두 명의 수사 판사를 만나 해리성 정체 장애에 대해 설명해주었지만 그들을 설득하기에는 역부족이었다. 수사 판사들은 이미 지난주에 오리아나 살해 사건 수사를 종결하는 결정에 서명한 상태다.

수사 종결은 재판의 시작을 의미한다. 아드리앙의 변호인은 수사 판사의 기소 서류는 껍데기뿐이라고 소리쳤으나 그의 고객이 법정으로 이송되는 걸 막을 방도는 없었다.

§

오후 3시 무렵 쥐스틴 팀장에게 지문 채취 결과가 전달된다. 시계 상자에서 채취한 여러 지문들 가운데 하나가 오리아나의 요트에 남아 있던 지문과 일치한다는 결과다. 경찰의 데이터파일 어디에도 등재되어 있지 않은 지문이었으나 시계 상점 주인이 제공한 은행인증서 덕분에 콩브리 생트마린느에 거주하는 마티아스 페슬러라는 남자를 찾아냈다. 그는 오후 늦게 낭트 경찰에 체포되어 그날 밤 니스 경찰청으로 이송된다.

용의자는 감치 상태로 있는 동안 묵비권을 행사했지만 곧 신원이 밝혀진다. 본명이 베른트 슐츠인 그는 과거 RAF에서 활동한 테러범으로 2004년 이후 줄곧 이탈리아 경찰의 추격을 받아온 인물이다.

베른트 슐츠의 거처를 압수 수색한 결과 거액의 현금과 오리아나가 소유했던 베를루티 가방이 발견된다. 2023년 5월 5일 자 니스 공항 감시 카메라를 확인해본 결과 베른트 슐츠가 브레스트에서 출발하는 항공기에 탑승해 니스 공항에서 내리는 모습이 찍혔다. 오리아나가 요트에서 피습당한 바로 그날이다.

니스 공항의 감시 카메라 영상과 여러 증거들이 나오자 베른트 슐츠는 태도를 바꾸어 범행 사실을 순순히 털어놓는다. 그는 요트에서 오리아나를 쇠꼬챙이로 내리친 사실을 인정하면서도, 자신은 그녀가 돈을 건네주고 요청한 청부 살인을 했을 뿐이라고 주장한다.

§

베른트 슐츠는 10월 10일 목요일에 그라스 구치소에 수감된다.

§

아드리앙은 즉시 석방되었고, 아이들과 함께 주말을 보낸다.

오리아나 디 피에트로의

살해 용의자

구치소에서 자살

베른트 슐츠는 영원히 재판정에 설 수 없게 된다. 오리아나 살해 사건의 범인으로 지목받고 있는 그는 금요일 아침 그라스 구치소에서 스스로 목숨을 끊은 시신으로 발견된다.

이탈리아 정부가 송환을 요청한 RAF 요원 베른트 슐츠는 지난달 콩브리 생트마린느에서 전격 체포된다. 일 년 동안 이어진 긴 수사 끝에 오리아나의 남편 아드리앙이 유력한 용의자로 지목되어 감치 상태로 지내다가 무혐의로 풀려나는 등 반전을 거듭한 수사는 이제야 정말 마무리되어가고 있는 시점이다. 교도소에서 흘러나온 정보에 따르면 베른트 슐츠는 침대 시트로 목을 맨 상태로 순찰을 돌던 교도관에게 발견되었다고 한다. 그를 발견한 교도관은 심호흡 정지 상태였던 그를 깨어나게 하기 위해 즉시 응급조치를 실시했으나 끝내 회생시키지 못했다.

범인의 자살로 오리아나 살해 사건 수사는 모두 종결된다. 아직 명쾌하게 해소되지 않은 의혹이 남아 있는 사건이지만 진실을 밝힐 수 있는 기회는 사실상 모두 사라진 것으로 보인다. 오리아나 살해 사건과 별개로 교도 행정 관련 감사가 실시되고 있다. 이번 사건으로 프랑스가 유로 국가들을 통틀어 재소자의 자살률이 가장 높은 나라로 확인되었다.

스테판 피아넬리

대역

해피 엔딩은 이야기를 언제 멈추느냐에 달려 있다.

_오슨 웰스

2024년 12월 18일

니스 경찰청

커피를 다 마신 쥐스틴 팀장은 일회용 컵을 쓰레기통에 던져 넣는다. 이제껏 사무실이 이토록 말끔하게 정리된 적은 없다. 그녀는 마지막으로 사무실을 둘러본다.

미련이 남아 있는 걸까?

쥐스틴 팀장은 두 달 전 푸이그르니에 반장에게 사직서를 제출했고, 오늘 저녁부터 자유인이 된다. 장시간 고민한 끝에 이제 더는 경찰에 남아 있어야 할 당위성을 찾을 수 없어 내린 결론이다. 교육 분야도 난맥상을 보이고 있지만 치안 분야 역시 회복 불가능한 상태로 치닫고 있다. 요컨대 폭풍 전야였고, 성취동기가 높은 경찰들에게도 좌절감을 안겨주었다.

쥐스틴 팀장은 엘리베이터에 올라 경찰청 봉인 자료 보관실이 있는 지하로 내려간다. 그는 오리아나의 시계를 챙겼다. 그 시계를 아드리앙에게 돌려주는 일이야말로 형사로서의 마지막 임무로 받아들인다. 아드리앙은 코르티나담페초에서 아이들과 함께 크리스마스 휴가를 보내고 있다.

쥐스틴 팀장은 선글라스를 끼고 베르고미에게 빌린 포르쉐의 운전석에 앉아 이탈리아 북부를 향해 가속페달을 밟는다. 전 남편 로맹과 소아외과 의사에 대해서는 이제 관심이 없다. 그들은 머나먼 과거 속의 인물이 되었다. 어느 날 아침, 잠에서 깨어났을 때 그 여자의 인스타에 들어가 사진을 훔쳐보는 행위가 한없이 창피하고 시시해 보였다. 지금은 그들에 대한 증오심마저도 깨끗이 날려버렸다. 그들을 시기하고 질투하느라 충분히 힘들었던 만큼 마침내 깨끗이 치유할 수 있게 되었다.

정오 무렵 밀라노에 도착한 쥐스틴은 무슨 이유인지는 모르겠으나 들로네 부인이라는 도발적인 이름으로 예약해놓은 식당에서 식사를 하며 휴식을 취한다. 예약한 인물의 이름에 걸맞게 손목에 파텍필립 시계도 착용한다.

식당을 나온 쥐스틴은 스키장까지 달린다. 모든 걸 털어버리고 얻은 자유를 만끽하고 싶다. 오후 3시에 베르가모를 지난 쥐스틴은 한 시간 후 베로나, 파도바, 베네치아를 거쳐 트레비소에서 고속도로를 빠져나온다. 그녀는 벨루노를 지나 아슬아슬한 커브 길이 시작되는 지점에 있는 작은 공터에 차를 세운다. 도로 한쪽 끝의 공터에 작은 조형물이 세

워져 있다. 분홍빛이 도는 석재 십자가로 오리아나의 어머니를 기리는
조형물이다. 카를로 디 피에트로는 이 조형물을 설치하면서 직접 묘비
명을 작성했다.

**1991년 2월 1일 바로 이곳에서 자동차 사고로 세상을 떠난 나의 아내
안나 마리아를 기리며. 영원한 사랑과 그리움을 담아.**

쥐스틴 팀장은 조형물 앞에서 묵상하며 35년 전 비극적 사건으로 희
생된 안나 마리아를 추도한다.

§

"우리 딸, 차로 이동 중에는 절대로 고양이가 든 상자를 열면 안 돼,
알았지?"
"네, 엄마."

§

쥐스틴 팀장은 잠시 사고 장면을 머릿속으로 그려본다. 차도와 보도
사이의 연석을 들이받은 마세라티는 허공으로 날아올랐다가 벼랑으로
굴러떨어진다. 전복되어 떨어지는 차, 바위에 부딪혀 찌그러진 차체,
차에서 솟아오르는 검은 연기, 지옥이나 다름없는 모습이 눈에 선하다.

비극적인 사건들은 지하나 바닷물 속을 흐르는 자연 발생 전류처럼 우리의 실존에 끊임없이 영향을 미친다. 우리가 사는 곳에는 항상 위험한 일들이 도사리고 있어 아무리 조심해도 모든 사고를 예방할 수는 없다. 그저 최악의 사고가 발생하지 않기만을 기도하고 바라는 수밖에 없다. 물 위에 떠다니는 한 줌의 지푸라기처럼.

쥐스틴은 날카로운 고양이 울음소리가 들려와 즉각 몸을 돌린다. 십자가 조형물 뒤에 숨어 그녀를 뚫어지게 바라보는 고양이 한 마리가 눈에 들어온다. 복슬복슬한 털이 빼곡한 동글동글한 고양이의 몸을 보자니 마치 털 인형을 대하는 느낌이다.

쥐스틴이 녀석 쪽으로 한 발짝 다가서며 눈을 찡긋한다. 그러자 녀석이 위험을 느꼈는지 재빨리 자취를 감춘다.

§

쥐스틴 팀장은 다시 운전석에 올라 양편으로 늘어선 산맥 사이를 달린다. 하루의 마지막 햇살이 돌로미티산맥의 봉우리들이 만들어내는 깎아지른 능선들을 훑고 지나간다. 파스텔톤 하늘 아래에서 석회암들은 패배할 걸 뻔히 알면서도 전투에 나선 군인들처럼 무지개 어린 선홍빛을 뿜어내다가 돌연 어둠 속으로 자취를 감춘다.

§

쥐스틴 팀장은 땅거미가 내려앉을 무렵이 되어서야 코르티나담페초에 도착한다. 스키장을 30분쯤 앞두고 쾌청하던 날씨가 돌변하더니 굵은 눈송이를 뿌리기 시작한다. 와이퍼 위에 눈이 쌓이자 쥐스틴 팀장은 벌써부터 되돌아갈 일이 걱정되었지만 곧장 샬레로 향했다. GPS가 제대로 작동하지 않아 도로에 염화칼슘을 뿌리느라 여념이 없는 시청 직원 두 명에게 길을 물어야 했다.

디 피에트로의 샬레는 숲으로 들어가기 직전에 자리 잡고 있다. 시내에서 가자면 마을의 가장 마지막에 자리해 동화책에 나오는 집처럼 뾰족한 삼각 지붕이 인상적인 3층짜리 전통가옥이다.

쥐스틴은 시동을 켜둔 상태로 차를 세운다. 그녀는 손목시계를 상자에 다시 집어넣고 나서 잠시 자신이 지금 이곳에 무얼 하러 왔는지 돌아본다.

쥐스틴은 용기를 내려고 숨을 크게 들이마신 다음 차에서 내린다. 차가운 바람이 몰아치는 눈보라 속으로 머리를 내밀기 무섭게 굵은 눈송이들이 머리에 떨어진다. 그녀는 환한 불빛이 비치는 집을 향해 천천히 걸어간다.

유리창을 통해 벽난로와 주방 그리고 저녁 준비를 하느라 분주한 아드리앙과 아이들의 모습이 보인다. 그들의 즐거운 웃음소리가 음악 소리와 뒤섞인다. 쥐스틴은 문득 이 집을 방문한 자신이 생뚱맞다는 생각이 든다. 경찰로서의 마지막 임무로 아드리앙에게 파텍필립 시계를 전해주기로 한 자신의 결정이 우스꽝스럽게 느껴진다.

쥐스틴은 찬바람에 흩날리는 눈송이들을 얼굴에 맞아가며 발걸음을 돌린다.

"누굴 만나러 오셨죠?"

목소리에 놀라 몸을 돌린 쥐스틴은 샬레의 문 앞에 서 있는 아드리앙을 발견한다. 평소의 모습 그대로 파란색 폴로셔츠 차림에 제멋대로 형클어진 머리카락을 하고 있다. 쥐스틴을 알아본 그가 그다지 많이 놀라지는 않으며 가까이 다가온다.

그가 눈보라 속에서 서로 다른 눈빛을 빛내며 묻는다. "여기서 뭐 하세요, 콜롬보 형사님?"

"부인이 차고 다니던 파텍필립을 돌려주려고 왔어요."

쥐스틴이 내민 상자를 받아 든 아드리앙이 미심쩍은 표정으로 묻는다.

"나에게 시계를 전해주는 게 목적이었다면 택배로도 보내실 수 있었을 텐데요? 내가 감히 짐작해보자면 형사님이 나 없이는 못 살 것 같아 이렇게 먼 길을 달려온 게 아닐까요?"

"잘난 척은 여전하시네요. 800킬로미터를 쉬지 않고 달려 여기에 도착한 지 겨우 20초가 지났을 뿐인데 당신 때문에 벌써부터 짜증이 나기 시작하네요."

그때 소피아와 파올로가 나타난다. 소피아가 얼른 아빠 품으로 달려든다. 아드리앙은 파올로도 가까이 불러 쥐스틴을 소개한다. 모두 눈보라가 심해 잠시 그 자리에 얼어붙은 듯 꼼짝도 하지 않는다.

"자, 집 안으로 들어갑시다. 여기 이렇게 서 있다가는 눈사람이 되겠어요."

쥐스틴 팀장이 샬레 안으로 들어갈 수 있도록 아드리앙이 길을 터준다.

그가 샬레의 문을 열어주며 묻는다. "혹시 라자냐를 좋아하세요?"

사랑, 그후

　　새벽 2시, 쥐스틴은 갈증이 심해 잠을 이룰 수 없다. 아드리앙을 깨우지 않기 위해 조심스레 몸을 일으킨 그녀는 어둠 속에서 몇 발짝 걸음을 옮겨 안락의자 팔걸이에 걸쳐놓은 담요를 찾아든다. 담요로 몸을 감싼 그녀는 나무 계단이 삐걱거리는 소리를 내지 않도록 조심하며 아래층으로 내려간다.

　　집 안이 온통 고요 속에 잠겨 있는 가운데 쥐스틴은 주방으로 살금살금 걸어간다. 물을 마시지 않고는 도저히 견딜 수 없는 갈증이다. 이 벅찬 행복감에 목이 타는지 아드리앙이 손수 요리한 라자냐가 너무 짰는지 알 수 없다.

쥐스틴은 냉장고 문을 열고 스발바르디 생수 한 병을 꺼내 컵에 따라 벌컥벌컥 마신다. 거실의 벽난로 불이 꺼져가고 있지만 살레는 여전히 포근하다. 통나무를 가공하지 않고 그대로 사용한 들보와 벽, 짐승의 가죽으로 만든 바닥 깔개, 황갈색 가죽 소파가 대체로 야생의 느낌을 그대로 살려주고 있다.

창밖으로 온통 하얀 세상이 펼쳐져 있다. 눈이 계속 내려 쌓이면서 울창한 전나무 숲도 온통 하얀 세상이 되어가고 있다. 컵에 든 물을 한 방울도 남기지 않고 다 마신 쥐스틴은 주방으로 돌아가 컵을 개수대에 내려놓는다. 그녀는 다시 위층으로 올라가기 전에 벽난로 앞에서 걸음을 멈춘다. 불그스름한 불씨들이 아직도 열기를 머금은 잿더미 속에서 탁탁 소리를 내며 타고 있다.

벽난로에 장작을 한두 개 더 넣으려고 두리번거리다보니 황동으로 만든 벽난로용 연장통이 눈에 들어온다. 네 개의 용머리가 달린 홈에 삽과 빗자루, 불쏘시개가 들어 있다. 네 번째 홈, 그러니까 부지깽이가 들어 있어야 할 자리는 비어 있다.

쥐스틴은 침을 꿀꺽 삼킨다. 갑자기 바이스가 가슴을 조이는 듯 피가 흐름을 멈춘다.

혹시 내가 판을 잘못 읽었나?

마루가 삐걱거리는 소리에 쥐스틴은 깜짝 놀라 몸을 돌린다.

아드리앙이 계단 아래쪽에 서서 미소 짓는 얼굴로 그녀를 바라보고 있다.

"혹시 부지깽이를 찾고 있어요?"

그가 소파 주변에 어지러이 나뒹굴고 있는 아이들의 장난감을 가리킨다. 쥐스틴은 두 눈을 가느다랗게 뜨고 그가 가리키는 곳을 쳐다본다. 등받이 없는 의자 발치에 장난감 말과 일각수가 나뒹굴고 있다. 양말에 솜을 채워 넣고, 구리 단추를 달고, 천 조각을 얼기설기 잘라 만든 장난감이다. 빗자루 손잡이가 몸통인 말은 털실로 풍성한 갈기를 만들어 셰틀랜드 포니 같은 모습이다. 부지깽이가 몸통인 유니콘은 키친타월을 둘둘 감아 만든 뿔을 달고, 목에는 반다나를 두른 모습이어서 잠시 긴장했던 그녀를 안심시킨다.

〈끝〉

옮긴이의 말

　언제부턴가 우리는 특정 분야의 전문가들이 그들끼리만 사용해오던 이른바 전문용어들이 보통 사람들의 입에서도 일상용어처럼 자주 오르내리는 세상에서 살아가고 있다. 여러 해 전 한 유명 가수가 '내 속엔 내가 너무도 많아 당신의 쉴 곳 없네'라는 기막힌 구절로 시작하는 애절한 노래로 온 국민의 마음을 촉촉이 적시더니, 얼마 전엔 '내 속에 나만 가득한 사람', 즉 타인을 받아들여 공감하고 소통하는 능력이 부족한 이른바 자폐 스펙트럼 안에 있는 인물이 변호사로 뛰어난 역량을 발휘하는 드라마가 폭발적인 인기를 끌었다. 〈이상한 변호사 우영우〉 덕분에 이제는 자폐 스펙트럼 장애라는 생소한 용어가 많은 이들의 일상적인 대화에 끼어들어도 그다지 어색하지 않게 되었다. 하긴 그전에도 〈레인 맨〉, 〈말아톤〉, 〈그것만이 내 세상〉, 〈증인〉 등 자폐 스펙트럼 안에 있는 이들 가운데 어떤 한 분야에서 특출한 재능을 보이는 서번트 증후군을 다룬 영화들을 심심찮게 대할 수 있긴 했다.

최근 들어 가스라이팅이라는 표현 또한 일상용어가 되어가고 있다. 사전적인 의미로 보자면 가스라이팅은 '상황을 조작해 상대방이 스스로 의심하게 만들어 판단력을 잃게 만드는 정서적 학대 행위 또는 심리적 지배'다. 가스라이팅을 당한 사람은 점점 더 자신을 믿지 못하고 가스라이팅을 가하는 상대에게만 의존하게 되어 그 굴레에서 벗어나지 못한다. 열정만 있다면 낮은 보수도 얼마든지 견딜 수 있어야 한다는 식으로 몰아가는 '열정 페이'도 일종의 가스라이팅에 해당된다고 할 수 있다. 내가 나 아닌 다른 사람 식으로 생각하게 조종하는 것이니 말이다.

해리성 정체 장애를 비롯해 다중 인격도 요즘 문학작품이나 드라마, 영화 등에서 자주 다루어지는 소재 가운데 하나다. 이 경우엔 내 안에 내가 가득한 것이 아니라 나 아닌 각기 다른 여러 인격체가 살고 있는 현상을 가리킨다. 나이, 성별, 기질, 성격이 제각각인 여러 인격체가 하나의 몸을 공유하면 어떤 일이 벌어질까? 주로 어린 시절에 극심한 학대나 끔찍한 사고를 겪은 이들 사이에서 나타나는 매우 특별하고 기이한 심리 현상이어서 그런지 동서고금을 통해 적지 않은 작품들이 이 주제를 다루고 있으나 실제 임상에서 이와 같은 진단을 받은 사람은 아주 드물다고 한다. 범죄를 저지른 자들이 감형받을 요량으로 '다중 인격'을 내세우며 '나도 모르게 내가 한 짓'이라고 강변한다는 씁쓸한 뒷이야기도 들려오는 게 사실이다.

기욤 뮈소의 2024년 신작 《미로 속 아이》도 이렇듯 내 안에 살고 있는 여러 인격체 가운데 하나가 또 다른 인격체를 죽음에 이르게 하는, 요컨대 해리성 정체 장애의 극단적인 상황을 보여주는 것으로 시작한다. 기욤 뮈소는 자타가 공인하는 스릴러의 달인답게 돈 많은 이탈리아 상속녀가 자가 소유 요트에서 살해된 사건을 밀도 있게 파헤친다. 이 과정에서 그는 사건을 수사하는 경찰 관계자들이며 유력 용의자로 지목된 남편, 죽은 상속녀의 주치의 같은 주변 인물들의 개인사도 비중 있게 부각시켜 이야기를 한결 풍성하게 엮어가는 타고난 이야기꾼으로서의 노력도 게을리하지 않는다.

모두가 부러워하는, 모든 걸 다 가진 것처럼 보이는 한 여인의 죽음.

한 편의 소설이 그저 재미있는 하나의 심심풀이 읽을거리에 머무르지 않고, 그 이상의 울림을 주는 건 제각기 남모를 걱정거리와 고민을 안고서 절망적일 정도로 치열하게 살아가는 등장인물들의 다채로운 삶이 그 안에서 펼쳐지기 때문이다. 기욤 뮈소를 비롯한 적지 않은 작가들이 굳이 현실에서 만날 확률이 거의 없을 거라는 희귀병 환자를 집중 조명하는 것도, 우리가 그들의 삶을 통해서 인생을 바라보는 또 다른 관점을 가질 수 있고, 그렇게 함으로써 인간에 대한 이해의 폭을 넓힐 수 있기 때문일 것이다. 정말이지 이 세상엔 얼마나 다양한 사람들이 살아가고 있는지!

양영란

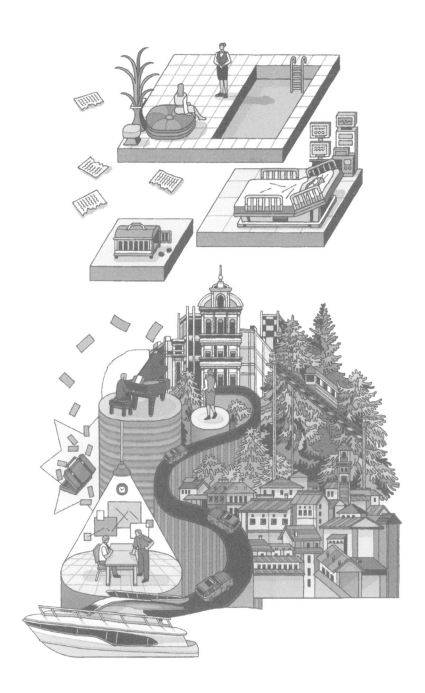